南来北往谁是客

范小青——著

图书在版编目（CIP）数据

南来北往谁是客 / 范小青著 . —北京 : 中国书籍出版社 , 2018.1
ISBN 978-7-5068-6671-2

Ⅰ . ①南… Ⅱ . ①范… Ⅲ . ①短篇小说－小说集－中国－当代 Ⅳ . ① I247.7

中国版本图书馆 CIP 数据核字（2018）第 022418 号

南来北往谁是客

范小青　著

图书策划	牛　超　崔付建
责任编辑	牛　超
责任印制	孙马飞　马　芝
出版发行	中国书籍出版社
地　　址	北京市丰台区三路居路 97 号（邮编：100073）
电　　话	（010）52257143（总编室）（010）52257140（发行部）
电子邮箱	eo@chinabp.com.cn
经　　销	全国新华书店
印　　刷	三河市华东印刷有限公司
开　　本	650 毫米 ×940 毫米　1/16
字　　数	268 千字
印　　张	16.5
版　　次	2018 年 4 月第 1 版　　2020 年 7 月第 2 次印刷
书　　号	ISBN 978-7-5068-6671-2
定　　价	52.00 元

目录

我们聚会吧

校庆的时候，许多年不见的同学重新又见面了，先是参加校庆大会，然后各年级各班级分头活动，那叫一个热闹，那叫一个激动，差不多就是失散多年亲人团聚那样子。

我和大家的情况略有不同，我是转学来的，转来时上五年级，到了该上六年级的时候，学校停课了，大家散了，后来就不知道了。所以我其实只在这所小学上了一年学。

可一年的时间也是时间呀，一年的同学也是同学呀，一年的时间里同学之间可以发生很多事情呢，何况五年级同学已不同于小同学，我们已经开始长大了。

我至今还记得我们班上的头面人物，一个叫刘国庆，一个叫王小兰，一男一女，两个人物，用现在的话说，那是两个魔头，专找同学的茬，连老师也敢欺负，老师也拿他们没有办法，只好用了招安收买的办法，叫他们一个当班长，一个当副班长。

人物也好，魔头也好，他们倒没有欺生，没有和我过不去，不知道是因为我这个人向来低调、不惹事，还是他们另有心思，没工夫和我计较。

这一说就好多年过去了。我听说母校校庆有纪念活动，我就来了。可奇怪的是，我没有找到我当年所在的五年级（五）班的同学，我在大操场的人群中挤来挤去，想看看有没有熟悉的面孔。可是我又想，怎么会是熟悉的面孔呢，我和他们只同了一年学，本来记忆就不够深刻，何况已经过去几十年了，那本来就不深刻的记忆，恐怕早已经淡出了。至于那两个人物，我虽然记得清楚，但记忆中的他们，还都是小孩模样，谁知道后来他们都长成什么样子了。

所以我猜想可能他们都来了，但是我认不出他们，他们也一样认不出我。

好在大会之后还有小聚会，一旦回到自己的班级，总会勾起一些沉没了的回忆。我只要找到我们班的活动地点就行。

这也不难，母校考虑得十分周到，在操场的入口和出口处，都竖起了巨大的指示图，从指示图上，可以找到自己所在班组的活动场所在哪里。

那许许多多的班级，被写在一个又一个的小框框里，由许许多多的线条牵扯着，很像一棵大树无数的树枝上，结了很多的果子，虽然有些凌乱，但毕竟是同根生的。

一开始我还是有点奇怪，为什么标明的班级都要用小框框起来呢，后来很快就发现了，写在框框里，让寻找的人注意力更集中，更便于发现。

我沿着这些线索，逐一认真搜索，一个又一个的框框从我眼下滑过去，因为指示图的高大，我必须得仰着脖子。

奇怪的是，我找了又找，却没有找到我的班级，五年级（五）班。

我停下来揉了揉又酸又胀的脖子，再耐下心来，沿着各条线索重新再找一遍，又找一遍，直找得眼花缭乱，头晕目眩，始终没有看到我的班级。

我忍不住问旁边的一个校友，他看起来和我年纪也差不多，他也在寻找他的班级，我说，怎么没有五年级（五）班。他朝我笑了笑，说，五年级（五）班？你这个说法不准确的，应该先找到年份，每一年都有五年级（五）班，你是哪一年的五年级（五）班呢，你看看这里，还有 1951 年的呢，如果是 1951 年上五年级？那是几岁？看起来你还没那么老呢。

我被他说得有点难为情，但也醍醐灌顶了，我赶紧搜索我的那个年代，果然有啊，五年级从一班到四班都赫然在榜，但是偏偏没有我所在的五班。

旁边那个陌生而热情的校友指了指大图，对我说，这些框框，都是由各个班级的同学中的牵头人牵出来的，如果同学中没有牵头人和校方联系，校方哪里考虑得到那么多届那么多班那么多同学，一百年了呢，好多班级肯定是全班覆灭了。

我又听明白了，也就是说，如果我们的班级没有出现在指示图上，就说明我们班没有人站出来做牵头人，没有和校方联系上。

这是群龙无首。难怪我在人群中找不到我的同班同学，他们不知道散落在哪个角落呢。

那个校友已经找到了他的班级，他高高兴兴地准备走了，可是看到我仍然傻傻地站在图前，一筹莫展，他又好心了，告诉我说，校方为了方便同学联系，特地建了网站，你可以到网上去发帖子，寻找自己的同班同学，有好多人，都是这样联系上的，也有是老师出面的，像班主任之类，总之，毕竟是母校，无论多少年过去，大家还是有感情的。他意犹未尽，临走时还说，你还可以在那里建一个吧，这样就更方便，只要是你班上的，看到了，就会有人到吧里来的。

校庆这一天，我没有碰到我的五年级（五）班的同学，也许他们都在场，也许我们擦肩而过，但是我没有和他们接上头。我回去以后，按照那个校友的指点，我上了母校的网站，发了帖子，并且建了一个某某年五年级（五）班吧。

没等多久，我同学已经来了。

第一个进来的同学网名叫“吧里横”，按照他的自我介绍，因为经常出入各种网络论坛，不是楼主就是沙发，有瘾，不抢会难受，这一次在同学中也依然抢了沙发。

我问他真名是什么，他还跟我调皮，说叫“李猜”。

他大概知道我想不起来班上有“李猜”这个人，才又说，李猜就是叫你猜罢。然后他反过来问我叫什么。

我才停顿了片刻，他那边已经有反应了，不愧是“吧里横”，速度够快，他说，你应该回答我，你叫李一猜，就是你也猜。既然我让你猜，你也得让我猜猜是不是？

我不觉得这样有意思，你猜我我猜你，这是要哪样，同学之间还捉迷藏？我直接告诉了他我的名字，我叫周子恒。

他立刻“哈哈”起来，原来是你小子，你小子那时候就是个人物，专门欺负女同学。

我有点疑惑，他说的是我吗，我只在那个班里待了一年，我有那么霸道吗？

我又想，我还是别瞎怀疑了，好不容易联系上一个同学，可别因为已经很久远的那一丝丝一点点的不确切，把人家给吓跑了，我赶紧承认说，嘿嘿，那时候，就那样，嘿嘿——

就这样，隔三岔五，就有同学进来，过了不多久，在我五（五）班吧里，已经有十来个同学了，同学集中了，就自然会想起老师，我同学说（五）班班主任是俞老师，叫俞敏秀。

紧接着出现了令我们十分欣喜的事情，俞老师真的来了。我虽然暂时还没有想起我班主任到底是姓俞还是姓什么，但是看到我同学都欢欣鼓舞，我也就毫无疑问地跟着我同学一起认了班主任。

对了，说到这儿，我记得的那两个人物还没有出场，我在吧里把这个事情牵了出来，为了唤醒大家可能已经沉睡的记忆，为了调动大家对于刘国庆和王小兰的兴趣，我把我所记得的他们的事迹夸了张后写出来，简直就是一篇乡愁美文。

我同学看了我的回忆录，认为我写得很传神，写活了那两个人，并且因为这两个同学的活灵活现，让大家重新回到了小学五年级时的情景之中。当然在某些细节上，我同学也会出现分歧，比如我一个同学说，我记得王小兰，别人都扎两条小辫，就她披头散发，像个鬼。

我另一个同学就不同意，说，不对吧，你记错了吧，我记忆中的王小兰才不像鬼。

再比如关于刘国庆的身高，有同学记得他长得很高，也有同学说他是个矮个子。

虽然出现几个不同的版本，但都是鸡毛蒜皮的小问题，所以我必须说，这都正常，很正常。

难道不是吗。

我相信关于刘国庆和王小兰的回忆，以后还会继续下去，因为他们两个始终没有出现在吧里。

我五（五）班吧并不是专门为他们两个开设的，他们不出现，自有其他同学出现，现在同学已经聚了一些，班主任老师也来了，很快我们就互相加了微信，而且肯定是要建个群的，为了取个不同于一般的群名，大家都很费思量，想了许多个，结果越多越觉得没有合适的，越多越觉得显示不出个性特点，有人提议用母校所在的地名，有人提议用母校的一棵树的名字，有人提议就用班级名，更多的同学想出很多成语，比如“情深似海”，比如“情同手足”，比如“情投意合”等，虽然情意浓浓，但水平实在一般。

最后还是老师胜我们一筹，俞老师建议叫“野渡无人”。

我同学很崇拜老师，他们也许并不太清楚用“野渡无人”做群名到底是什么意思，几个意思，但他们都无条件纷纷点赞。其实我心里明白，这个群名好像是我老师从我的名字中衍生出来的，我叫周子恒，和“舟自横”谐音，野渡无人舟自横。

虽然人数还不够多，但已经是一个像模像样的组织了，我觉得时机差不多了，可以向母校报到了，下次校庆的时候，在指示图上，也会有我们的一个小框框了。

母校网站的首页上有“联系我们”这个栏目，我发贴上去，说我们五年级（五）班找到组织了，向母校报个到，今后母校有什么活动，可以直接和联系人我联系，附上了我的邮箱和手机号。

接下来的事情，就是相约聚会了。我同学热情高涨，都说可以AA制，但我说我的经济条件还可以，何况我是牵头人，所以最后由我订了饭店，发了通知。

虽然相逢不相识，但毕竟有隔不断的同学之情，我们像真正的老同学一样热烈拥抱。都见上面了，也不穿马甲了，真姓大名都坦白出来了，果然有时代特色，建国，卫国，爱国，爱民，爱平，之类，我问他们哪个是让我猜的“李猜”，就是“吧里横”，却没有人肯认，都说不是自己，我也没跟他们计较。

女生的名字则是另一种样子，普通，而且带个“小”字的特别多，小萍，小燕，小红，小什么。

那时候做家长才懒惰，哪像现在的家长，为孩子取个名，都要把最难认的字找出来。

据说有一个孩子叫甏齑，还一个叫赍蒽，关我何事？

我还是关心我的同学聚会吧。我的同学纷纷回忆和诉说当年发生在班上的故事，一个同学想起了他把前排女同学的辫子绑在椅背上的事情，另一个同学又想起了用弹弓打了老师的脸，还有一个同学说她那时候已经知道暗恋，恋的就是班长刘国庆。

我的同学嗓子都说哑了，眼眶也说红了，他们越来越投入，越来越像真的，我的眼睛却渐渐模糊起来，心里也渐渐疑虑起来，我在旁边细细观察，我一个同学的年纪似乎不太对，他比我们都年轻，脸上皱纹很少，难道他拉了皮？怪恐怖的。还有一个同学，他说他叫李小丽，能够吗，这不明明是个女生的名字吗？再一个更有古怪，我注意到他一进门就很心虚，用慌乱的眼光对着每一个同学瞄来瞄去，不知道这又是几个意思。另一个女生也挺有意思，她端坐的姿势和她的眼神，不像是参加同学聚会，倒像是警察来查案，或者至少也是巡视组来巡视观察的。

就在我思想开小差的时候，不知道是谁起的头，我同学已经开始共同回忆当年发生的一个重大事件。

回忆总会有误差的，但是在刘国庆和王小兰打死俞老师的这个事情上，大家似乎都记得很清楚，差不多得出了完全一致的结论。

我同学一发而不可收了，我却成了旁观者，但毕竟旁观者清，我感觉他们记错事情了，这差错太大了，如果打死的是俞老师，俞老师怎么还会出现在我们群里，我们的群名“野渡无人”还是她给取的呢。

我小心提醒我同学，你们是不是记错了，被打死的是俞老师吗?

我同学异口同声地说，不会记错的，打死的就是俞老师。

我魂飞魄散了，赶紧躲到一边，用手机登上母校网站，向维护管理网站的老师求助，那老师说，这位同学，你怎么又来了，请你别开玩笑了，我只是兼职维护网站，维护网站也没有减少我的课时，我没有多余的时间和你们乱开玩笑。

我又奇了怪，向组织报到是乱开玩笑吗?

我老师跟我说，你怎么不是乱开玩笑，我们学校，你的那个年级，根本就没有五班，总共招了四个班，哪来的五年级（五）班?

我晕了一会，慢慢清醒过来，不能够啊，难道我上的是一个不存在的班级，老师您可不带这么玩的，我理直气壮地说，老师，您一定是记错了，要不您再认真核查一遍，难道一个班级会平白无故地消失了吗?我怕我老师又用什么话来堵我，赶紧又换了个思路以攻为守，我说，老师，如果真没有的话，那我是谁呢?我明明上的是五年级（五）班，五班却不存在?

我老师说，同学，我又看不见你，我怎么知道你是谁，反正你那个年级就是没有五班，这是历史的真实，这是铁的事实，谁也无法改变的。

我必须强词夺理，我说，老师，据我所知，我母校每一个年级招生都是五个班，为什么到我们那一年，就只招四个班呢？

我老师有备而来，才不会被我问住，他回复我说，他早就去请教过学校的老校友，老校友告诉他，那一年闹饥荒，饿死了好多孩子，招不满五个班，所以只有四个班，你刚才说得不错，每一年都是招五个班，但是你们这个年级，恰好是我们学校这么多年唯一的一个例外。

我好像听到“嗖”的一声，难道是我的灵魂出窍了？难道我们五（五）班的同学都是饿死鬼吗？

我赶紧说，老师，不对的，不对的，我们都好好地活着，我们不是鬼。

我虽然看不见我老师，但我知道我老师真生气了，我赶紧抬出另一个老师来缓和气氛，我说，老师，您别着急，我们五（五）班，不仅有同学，还有老师，俞老师，她也和我们在一起，难不成老师还会骗人吗。

我老师立刻反问我，你说俞老师？哪个俞老师？

我更加理直气壮，俞老师，俞敏秀老师，我们当年的班主任。

页面上立刻出现了一个惊悚的骷髅头，同学，你吓死本宝宝了，俞敏秀老师？俞敏秀老师早就去世了，是被同学打死的。

幸好我已经习惯了我老师的一惊一乍，我沉着地追问，老师，你说俞老师早已经去世，那是什么时候，老师你查到了吗？

我老师说，这事情还需要要查吗，你自己想想，就知道那是什么时候。

谁打的？

据说一个叫刘国庆，一个叫王小兰。

我又赶紧问，那，这两个同学被枪毙了吗?

枪毙？开什么玩笑。据说那是很混乱的时候，很多小孩子一起围上去打一个老师，打死老师后，大家都散了回家吃晚饭，谁也没法追究。

现在我越来越镇定了，我说，老师，关于刘国庆王小兰打死俞老师的事情，你的说法和我同学的回忆是一致的，这说明什么，这说明我同学是存在的，我五班也是存在的。

我老师简直像是百度百科，永远都可以对答如流，他很快回答我说，这也不一定，我曾经在微信圈里看到过类似的故事，就是小学生打死老师的故事，所以我们现在说的这件事情，也可能发生在别的学校。

我又立刻顶上去说，老师，你只要查一查学生名册，有没有刘国庆王小兰，就知道了。

我老师说，同学，你这是存心为难我，你让我怎么查，连你们这个班都没有，哪来的学生名册——最后我老师终于怕了我的纠缠，他干脆到学校档案室，找出了那一年的班级名册，拍成图片发给了我。

有图有真相也还是击不垮我重回母校怀抱的坚定意志，我说，老师，如果你坚持说没有五（五）班，那我呢，我到底是哪个班的?

我老师毫不客气地说，如果你坚持你是五班的，那么我得出的结论就是：你并不存在。

我这才相信了吗?

我相信没有我们这个班吗?

我相信没有我这个人吗?

我回到同学聚会的场景中，我再一次细细看着他们的脸，我发现他们有破绽，却没有发现他们都是鬼。

我要毫不留情地揭穿他们，我上前大喝一声，呔，你们别造了，根本就没有这个班，没有五（五）班，你们都是不存在的，坦白吧，你们到底是谁？

我预测我同学都吓尿了，都吓得坐地上了。

可是没有。

我同学都很淡定，他们是淡定哥淡定姐，他们还说了淡定的话，看庭前花开花落，望天空云卷云舒，等等。

我却是上蹿下跳，狂风暴雨，我说，你们别跟我开玩笑，小心我让你们笑不出来。

我同学都笑出来了。

然后，然后，出乎我的意料，他们竟然挨着个儿，一个一个的，真的开始坦白了。

一个同学先说，我叫李小丽。

我立刻说，你明明是个男生，怎么叫个女生的名字？

李小丽说，李小丽不是我的名字，是我太太的名字，我太太死了，学校不知道，前几天还给她发了校庆的请柬，我很想替她参加校庆，可那天有事没去成，我就到她母校的网站上看看，看到了你的五班——

我急切打断他说，李小丽说过她是五班的吗？

李小丽说，没有，我不知道她是几班的，因为你五班正在谈论刘国庆王小兰，我记得在哪里知道过他们的名字，但他们不是我的同学，想来就是我太太的同学了。

我继续追问，你既然进来了，你为什么要扮成高冷，一言不发？

李小丽说，我是代表我太太进来的，我太太是个孤独的人，尤其不喜欢和熟人打交道，所以我只看看，不说话，这样，她就算死了，也会很安心的。

李小丽说过之后，纪爱民说了，我坦白，我是四班的。

我气急败坏说，你是四班的，那你明明知道没有五班是不是，你还冒充五班的进来捣乱？

纪爱民说，我不是来捣乱的，我是来寻找存在感的，我在四班混得不行，人家一个吃鸡塞了牙缝，另一个人便秘了，都被狂赞，可我的信息永远石沉大海，无人理睬，在那个四班，我根本就不存在。

我尖刻地说，那你就干脆找一个不存在的班。

纪爱民说，可是我找了不存在的班以后，我存在了呀，我现在是“野渡无人”里的群红，难道不是吗？我不是你们的灵魂人物吗？

他是。

接着有一个叫杨卫国的坦白说，我记性不好，我不记得我是哪个班的，那四个班我都去认过，可他们都是说我不是他们班的，那只有到五班来了，我不是来看热闹的，我是来认祖归宗的。

我嘲讽他说，结果认了个空。

杨卫国无所谓说，认空就认空，反正我已经在这里了。

又一个女生说话了，她就是那个开始一直端坐着观察大家的同学，只是她现在完全改变了刚进来时的姿势，放低了姿态，她说，我承认我不是五班的，其实是不是五班我才不在乎，是几班我也不在乎，我在闺蜜群里，被闺蜜卖了，我在辣妈群里，被辣妈骗了，

我进到同事群里，直接影响我升职了，所以我想到一个陌生的地方来看看。

这也可以算是一条逻辑。

可我不能服了他们这样的逻辑，虽然我同学个个振振有词，把一个明明不存在的事情造得那么有存在感，幸好我还有一个不知死活的老师呢，我得赶紧把她抛出来，我说，那俞老师呢，她早就被打死了，难怪她今天没来，但是她怎么会在我们群里呢，难道现在鬼也能入群了吗？

奇怪的事情发生了，那个脸上没有褶子的年轻的同学站了起来，沉沉稳稳地说，谁说我是鬼，谁说我死了，谁说我没来？

好像他就是俞老师似的。

冒充谁不好，要去冒充一个死人？

而且他都没有男扮女装？

我的年轻的同学把身份证拿了出来，说，我是路人甲，你们可以看看我的身份证。

其实他一开口，我就听出他的口音，不过并没等我戳穿他，他已经抢先说了，我从外地来。

真是闻所未闻，大开眼界，我说，你特地从外地赶来冒充俞老师？

我的年轻的同学说，我没有冒充，本来就没有俞老师，何来的冒充——接着他也和大家一样坦白了，他是输错了网址错误地进入了我母校网站，又误打误撞进入了五（五）班，发现我同学在吧里找俞老师，而且这个班上还有刘国庆和王小兰，他就直接用“俞老师”的名字进来了。

我追问他，你既然是路人甲，和我们完全无关，你进来干

什么？

俞老师说，我认得刘国庆王小兰和俞老师。

我气得大声叫嚷起来，你胡说，连五班都没有，怎么会有五班的同学和老师？你怎么会认得他们？

俞老师说，他们是我创造出来的，换句话说，就是我瞎编出来的，我是个作家，我写过一篇小说，小说题目就叫《五（五）班》，班上有刘国庆和王小兰，他们小时候打死了俞敏秀老师——我就知道，原来艺术和生活是完全重叠的——所以我当然要到你们这里来，你们这里的东西，就是小说嘛。

我同学兴奋起来，纷纷向俞老师请教胡编乱造的经验，我可着急了。

我怎能不着急，现在他们一个一个地露出了原形，只剩下我了。

我是谁呢，我怎么会出现在这个不存在的五班呢？

想到我，你们难道没有毛骨悚然么？

我是一个不存在的人？

我是一个鬼魂？

我是一个精神病患者？

我是一个穿越而来的古代人、未来人、外星人？

或者——

我是这个学校的学生？

我不是这个学校的学生？

我是五年级？

我不是五年级？

也或者——

我是刘国庆，我老婆叫王小兰？

我是刘国庆和王小兰的儿子？

我是俞敏秀老师的女儿？

我就是俞敏秀老师？

我问了自己无数个问题，可我发现我同学根本不关心我是谁，我忍不住责问他们，你们都知道自己是谁，你们难道不想知道我是谁吗？

我同学异口同声说，我们怎么会不知道你，你是群主嘛，“野渡无人”的群主。

我赶紧解释，我指的不是群里的我，而是真实的我，现实中的我，你们不想知道吗？即使你们不想知道，可我自己很想知道，你们不能帮助我把自己找出来吗？

我同学和我老师七嘴八舌：

你是谁不重要。

重要的是我们不知道你是谁。

更重要的是我们聚会了。

或者，我同学再进一步开导我，听说过一句话吧，不要和熟人打交道。

我说，我只听说过不要和陌生人说话。

我同学说，你那是旧社会的想法了。

总之吧，我同学我老师他们都不想知道我是谁，而且也不想让我知道我是谁，其实我很想知道我是谁，但是大家不这么认为，我也就从众了吧。

其实后来我也想通了，我到底是谁，确实不那么重要了，大家就不要追究了，我自己也不追究了。

重要的是我们聚会了。

更重要的是聚会成为我班的新的里程碑。

聚会以后，我们同学老师间的感情渐渐地深厚，互相间的了解也渐渐地深入，后来我们甚至越来越熟悉，越来越亲热，我们每天晚上睡觉前，都会狂聊一通，谁去上个厕所回来，至少又多了几百条，每天早晨大家都抢着升群旗，唱群歌，互祝早上好，互祝新一天好，在马桶上要坐一个小时，多人长了痔疮。

后来，我们真的成了像亲人一样的熟人了。

于是，再后来，就和许许多多的群一样，我们就渐渐地，疏远了，渐渐地，没有声音了。

过了不多久，“野渡无人”就真的无人了。

南来北往谁是客

房租是按季预付的，一般在上一季到期的前十天左右，负责任的中介会主动打给房客，提醒快到时间了。房客也是懂规矩的，大多数按时付款，也有少数人会拖拖拉拉，但一般不会拖过一个星期，最多十天，总是会有一些借口，出差啦，忙啦，有什么特别的事情啦，但并不是存心要做老赖，因为这是赖不出名堂的，赖出的结果，就是中介和房东一起扣下押金，换锁，把他的东西扔出去，很快这房就成了另一个房客的住所——这是合同中所约定的，合法合理合情。

这就是我的日常工作。现在人口流动越来越多，寻求租房的人也越来越多，我们的日子比从前好过些，凡是地段、面积、价格等各方面都还合理的出租屋，出手还是比较快的。现在的人比从前更聪明一些，不会因小失大，同样一屋，你少要一百块和多要一百块，租出去的速度可是大不一样。

租金通常是由房屋租赁市场决定的，我们左右不了，我们只是希望人口的流动大一些，更大一些，因为他们每流动一次，我们就能赚一次中介费。

在这方面房东的心情比我们复杂，他们一方面希望流动不要太大，这样可以有稳定的租金收入，不用担心房子空出来租不出去，但如果长时间不流动，始终是同一个租客租住的话，他们想涨房租的想法又无法实现，这也是合同所约定的，所以他们心里总是在挠痒痒，左右为难。

至于房客，那就是南来北往、千奇百怪的了，他们的来路，我完全不知，他们的心思，我捉摸不透，我始终归纳不了他们的共同性。有一次我经手的一套房，一年中转了三次，前两次都是未到租期提前爽约的，我不仅赚了中介，违约金里也有我一份，我不免向我哥嗨了一下，我哥说，你嗨翻了啦。

我辛酸地笑了。

这就嗨翻了？

听说有个中国富豪，半年内在美国加州买了三处豪宅，每套平均 3000 万美金，那中介才叫 high 呢，我翻什么翻。

还有一次租期到了，房客按规矩把钥匙交给我，我要进房间核查一下协议中登记的物品，防止有差错，拿着钥匙开门进去一看，我的个神哟，这哪里还是原来那个出租屋，分明已经成了个时装杂货铺，我粗略一打量，各式包包有几十个，五彩缤纷的腰带有几十条，整包的丝袜和内裤还没拆封呢。我赶紧说，你这样不行，你得收拾干净再走。女神倒也不反对，说，我知道了，我会收拾的。

我轻信了她，第二天，我再进屋的时候，发现她骗了我，我赶紧打电话给她，问她是否走了，她说走了呀，彻底走了呀。说这话

时，她已经登上了飞往大洋彼岸的飞机了，正待关机，我若再迟几分钟，或许一辈子也联系不上她了。

为了清理她的这些存货，我可费了老大劲了，关键是不知道怎么处理它们，扔了吧，有点可惜，拣了去卖吧，也不知道哪里有人收购，我试着挂了一件到网上去，结果被人吐槽垃圾货尾货什么的，我也不敢再挂了。那就送人吧，可是我没人可送，我女友刚成了我的前女友，这件事使我看到任何一个女孩都发怵，我得远离女色，修复我受伤的心灵。

幸好我把这事情告诉了同事，我同事带上他们的男友女友蜂拥而至，帮我拣掉了一大半有用的垃圾，我这才打扫干净了出租屋，开始重新物色房客。

吸取了这一回的教训，在以后的租房合同中，我建议我哥加一条清洁费，如果房客搬走时，房间是干净的，两清，如果房客像前面那个女孩偷偷留下脏乱不堪的房间溜了，打扫卫生的费用得由房东负担，五十元。

有的房东比较好说话，经济条件又尚可，区区五十元，不计较，就写在协议上了，也有的房东斤斤计较，一分不让，我的房子给他住脏了，凭什么还要我付打扫费。他不无道理，但那该算在谁的头上呢，算我中介吗？当然啦，只有我是逃不脱的，我只要过个手，我就得承担责任。所以如果房东为了区区五十元清洁费，坚持不签，我就自认倒霉了，难道我能为了一点清洁费而放弃一套房子的中介费吗。

我们天天扯皮。这就是我的日常工作。这种日子很无聊，我总是幻想着有什么奇遇，让生活有点刺激，让好运降临。可是做梦吧，无论好运噩运，它都不来找我，老老实实安于现状吧我。

结果就出事了。

其实起先也算不上个什么事，就是到了交钱的日子，租客没有来交钱，这也不算不正常，一般耐心等两天就会出来的。可是等了好几个“两天”也没有出来，打手机一直无法接通。

其实也还好啦，现在社会上，一个人失踪几天也不算稀奇事情，可是房东担心呀，心慌得不行呀，房客莫明其妙地失踪，会不会把房子给拐走了？

可是房子一直在那里，那是拐不走的，但房、地两证，那可是随时可能被人弄走的呀。但那两证明明一直都在他自己手里捏着呢，而且他一直是深埋箱底的。就算当初到中介来挂牌出租时，也没敢把原件带来，据说自打拿到两证，他就一直没敢动过它们，现在听说房客不见了，第一件事情就是回去看两证。两证原件安安静静地呆着，怎么看也不像是假的。

可他心里仍然发慌，怀疑此两证已经不是彼两证，怀疑被偷梁换柱了。

我只好陪他去鉴定，鉴定结果这是真的两证，就是原来发的那两证，可他坚持不肯相信呀，拿着左看右看，满脸怀疑。那鉴定的人恼了，说，你若还是不相信，认为它们是假的，那你给我吧，我重新做两张真的给你。

他一听此话，再无二话，抱紧两证逃了出去。

两证的事情总算是平息了，但是房客仍然没有出现，

我们商量了一下，决定用房东自留的那把钥匙开门进去看情况，作决定的时候，我心里就怦怦地乱跳起来了。

有人租个房子专门用来藏受贿赃款，现金堆了一屋子，据说最后检察官来查抄的时候，把房东吓晕过去了，我也得提前保护好我

的小心脏，我可从来没见过很多的钱，若真是见着了，晕过去恐怕就醒不来了，所以那就不叫晕过去，该叫死过去了。

还有一个人，租房子就是为了杀死情人，最后果然成功，留下情人的尸体，走了。至今没有破案。这种事情，别说亲眼看到真实的画面，闭上眼睛一想我就腿软。

再有一个人，也比较离奇，租了房子从来没来住，也不放东西，后来问他为什么，他说就是喜欢有房子的感觉。一般人认为他有病，或者是给钱烧的，我比较敏感，我隐约觉得他是想做什么事的，不过没有来得及，没有找到机会而已。

所以那一天我们闯进出租屋的时候，我是跟在房东后面进去的，我可不想有什么恐怖的情形让我第一眼看到，本来房子也不是我的，跟我没多大关系。要吓也不应该先吓到我嘛。

结果什么也没有，吓人的东西没有，不吓人的东西也没有，屋子里十分平常，根本不像人走了的样子，什么东西都在，连袜子还晾在卫生间里呢。

现在我虽然安心了一点，可我房东并不满意，他抱怨说，早知道应该听人劝的，人家都说小中介找不得，小中介不地道。我不服他，我说，地道不地道和中介大小没关系。他也不服我，说，怎么没关系，你中介公司总共才七个人，能介绍到什么守规矩懂法律的房客。我不知道他这不符合逻辑的离奇的想法从何而来，不过反正现在的人什么想法都有，我们不觉得离奇，也不觉得委屈，现在唯一可做的事情，就是再等一等。

我们又等了一些日子，他还是没有出现，这就等过了忍耐期了，房东决定换锁，重新出租。

房间里虽然没什么异常，但是又脏又乱，按照合约规定，房东掏出五十元清洁费给我，我接了过来，说我马上联系保洁公司。

其实这清洁费是我自己赚的——你们可别泄露了我的秘密哦，数尺男儿，怪难为情的。

我先查了电表水表之类，然后替他算了一笔账，他欠下的水电煤气物业费等等相加，恰好是他留下的押金，也就是说，如果这时候他是想提前退租了，我们扣下那押金，正好两不相欠，如果是这样，他不会一声不吭就走，提前退房，在我们这儿，很家常便饭。

但是因为他没有带走任何物品，不像是提前退租，虽然没什么贵重东西，但毕竟都是生活必需品啊，哪怕一根牙刷，也是天天用得着的呀。

我知道房东对房客的不告而辞仍然心有不甘，好像连带着怀疑我中介也有猫腻似的，所以打扫房间的时候，我十分细心，想多少找一点蛛丝马迹出来了，还我清白。

我果然在床底下看到一张小纸片，上面有个电话号码，我照着打过去，是一个女的，问我是谁，我报了房客的名字，她也不记得，我只好说，我这儿有你的电话号码。她似乎立刻明白了，立刻骂了起来，狗日的，你害老子惹一身病，老子是靠这个吃饭的，你断了老子的财路。明明是个女的，一口一个老子，我请问道，你，你是一位小姐吗？那小姐说，你在哪里？老子找你算账。我吓得赶紧说，对不起，打错了。

小姐可没认为我打错了，通过查询我的手机线索，她带着人找到了我，我赶紧叙述事实，他们怎肯相信，我冤啊，不过幸好我还没被吓傻，我还够机灵，那纸条上留下的小姐电话号码的笔迹可不是我的笔迹，一眼就能看出来，他们让我也写下那几个数字，我写下后，他们一一认真核对，小姐毕竟不是老太，眼明心亮的，不带诬陷讹诈，朝我看了一眼，就说，不是他，老子从来不接过长成这样的。

小姐还挑嫖客，逆天啊。

她倒是放过了我，可我还想从她那儿了解些什么呢，我说，你还记得那个人吗？他有什么特殊的情况吗？跟你透露过什么异常的事情吗？小姐喷我说，你以为我是干什么的，你以为我心理医生啊，我们的过程都是有脚本的，要根据脚本说话，就像接头暗号，我说我来自贫困山区，他说他老婆对他不好，就这样，最后两眼一闭，完事。

我算是逃过一劫。

但我也一无收获。

我继续打扫房间，我又发现东西了，是一个笔记本。可是一想到一个电话号码就差点害了我，我还敢看他的笔记吗。

可我贱呀，搁在桌上的笔记本没有惹我，我心里却痒痒的，老是想着去惹它，最后我还是犯了贱，去把笔记本翻了开来。

这是一本账本，记的都是些往来账目，真没什么看头，我简单地翻了翻，就想放弃了，但是在账本的最后一页，也就是他记下的最后的一笔账，却把我吓了一跳，这是一笔出售房屋的入账，出租的面积恰好就是他租的这套房子。

我隐隐感觉不妙，赶紧告诉了房东，房东立刻报了警，警察来了，东看看西看看，也不知道看什么，好像也没有看出什么来，警察说，这算什么事，你们报的什么警？

我说是人口失踪，警察不肯承认，反问我说，人口失踪？谁失踪？谁报失踪？你是失踪人口的什么人？我说我是房屋中介，警察气得笑了起来，说，没见过，人口失踪，一般只有家属报案、同事报案，朋友报案都很少见，中介报案，没见过。房东急着朝我翻白眼，说，不是报人口失踪，是报财物失窃。警察也同样不承认他的说法，人家只是记了一笔账，关你什么事，你的房子还在不在呢？我房东紧张说，在，就在这里。警察说，那有没有人拿着两证来找你，说这房子是他的？房东更紧张说，没有，绝没有。警察说，那不就得了，你的房子没有被卖，卖掉的不是你的房子。

其实即使警察不来，我也是这么想的，可房东心里不这么想啊，就算警察来过了，跟他说过了，他心里仍然放不下，好像脚底下的这个房子，已经不是他的了。

他威胁我要把房子收回去，不出租了，我也不怕他，我中介过手的房子何止几百几千套，还在乎他这一套，但我这想法被我哥痛扁一顿，你只知道几百几千，你不知道千千万万也都是一加一加一加起来的。我只得回头再做房东的工作，房东说，要我继续出租可以，你得找到那个人。

大千世界，如茫茫大海，我上哪儿找他去？

当然还是有地方的，那个地方什么人都有，什么鸟也有，那个地方什么事都有，没有事也能造出事来。

我发了一条微博，简述了自己的遭遇，跪求诸位大虾伸出援助之手帮我找出那个人来。

我是有思想准备的，片刻之后，我被痛K的日子就开始了。

我无所谓啦，我又不是名人，不是土豪，不是官僚，屌丝一枚，说得好听叫中介，说得恶心点，那是专吃别人牙缝里的残渣。

很快就有一场关于黑中介的声讨专场，我隔岸观火，仔细欣赏，真是有理有据有观点，有血有肉有骨头。

我的真名被人肉出来了，我前女友也被人肉出来了。其实这事

情跟她无关，我挺对不住她的，但是想到她莫名离我而去，我也算出了一口恶气。

谁说被黑中介坑害的屌丝不值得同情，我跟谁急，可是偏偏许多“黑中介”就是由我这样的屌丝组成的呀，亲们，你们应该左右为难才是，你们应该无从下嘴才是，你们一边同情屌丝，你们一边痛骂黑中介，你们对付的是同一个我呀。

你们到底要哪样？

因为早有充分准备，我一般不会被击垮，顶多装丫挺尸，我躲在暗处守候唾沫中的曙光。

曙光还没有出现，战场却不断扩大，战火不断蔓延，紧跟着房东就被提溜出来了。

被提溜出来的房东原来根本就不是房东，他小心守护着的那两证，上面并不是他的名字，显然他被吓着了，他主动过来找我，想向我说明情况，可我才不想听，只要他提供的房子确实是空在那里，只要有人愿意租住，我就能嫌取中介费，只要我能够嫌取中介费，其他我还想要哪样？

他唠唠叨叨说的什么，我全没听进去，房子到底是谁的我没兴趣，反正不会是我的，房子到底是哪来的，我更没有兴趣，偷来的，抢来的，骗来的，天上掉下来的，都不关我事，但是他有一句话我听清楚了，他说幸好你们公司小，不规范，不严实，否则根本不需要用大脑，用脚趾头一想也能想出来，两证上的名字和我这个人能对上号吗？

我才不必要把两证上的名字和这个人对上号，有什么对上对不上的呢，无非就是一个女性的名字罢，或者无非就是一个外国人的名字罢，再或者就是一个网名罢，这实在也没什么可惊奇的。

他见我全无好奇心，最后满意地跟我说，你看，我都这么说了，你仍然不看我的两证，所以我才会找你们做中介嘛。

他还真理直气壮啊。

可我还真不能跟他计较，一计较，他走了，找别的中介去了，我不得被我哥拍死？

接下来我哥也出事了。

警察找我询问的时候，并没有说我哥出了什么事，他们甚至装着若无其事的样子，聊家常似的跟我套近乎，他们报出我哥的名字后，又问我，他是叫这个名字吗？我“嘿”了一声说，我哥就是这个名字。警察一听我称他为“哥”，顿时两眼放光，哦，他是你哥哥吗？我的脸顿时红了。

其实我哥并不是我哥，他是我老板，我也从来没有当面喊过他哥，我够不着，我只是偷偷把他当作“哥”，好歹感觉自己是有靠山的。但是既然这个不靠谱的“靠山”被警察盯上了，我得赶紧撇清自己，我说，他不是我哥，他是我老板。警察并不相信我，我又说服他们，你们难道看不出来吗，我和他又不同姓，也不同乡，长得更是一点不像。警察这才放过我，只管追问我“哥”的事情。

后来我才知道，我哥被怀疑是一个网上通缉的逃犯，因为他和那个逃犯同名同姓还同乡。我哥被警察带走了，我公司顿时乱成了一团，大家不知道该怎么办了，我就挺身而出了。

平时我们之间为了抢客户，互相打黑枪，使绊子，现在知道朝不保夕了，才暂时地团结起来，我们商量了一下，决定一起把公司的业务正常运转下去，我甚至觉得即使没有我哥，我也能当上我哥。可惜好景不长，只过了一天，警察就打电话来让我们取保候审我哥。

我哥回来说，那照片上明明不是我，还怀疑我整容了，你们觉得我整容了吗？我们都不敢看我哥的脸，可我哥却敢盯着我看，说，听说你准备坐我的位子了？狗日的小报告还打得很神速啊，我以为我哥要炒我鱿鱼了，没想却因祸得福，我哥认为我对公司有责任心，不仅表扬了我，还提拔我当了中层。

即便是意外惊喜来临之时，我也仍然没敢看我哥的脸。

说实在话。一直到今天，我也不知道我哥是谁。

好在我哥的脸并没有影响我们的工作，中介还是要介的，那个不是房东的房东的那套居室，也还是要出租的，寻找前任房客的事情尚未完成，但我有信心，我知道后续的事情还是会发生的。

果然有人来了，是那位房客的父母，一对风烛残年的老人，因为听别人说有人在找他们的儿子，就知道儿子出事了，千里迢迢从乡下赶来，向我要他们的儿子。

我并没有猜想他们是来讹诈我的，他们都这么老了，老得都快不能用钱了，讹诈我真是没有意思的。

我倒是很希望能够从老两口那儿探听到这个失踪的神秘房客的一些情况，就像那次对小姐一样，我又多嘴了，我又多事了，我问他们，你们的儿子，有什么特别的地方吗，就是，和别人不太一样的，任何方面。但是老人家坚持说他们的儿子是一个完全正常的人，他早年从老家出来以后，就一直没有回去，他们好多年没见着他了。

无语啊，这算是正常吗？

但是回头再想想，这又有什么不正常呢。

老两口可是对了号来入座的，这号就是一个村子一个名字一个年龄一个性别一个等等等等，反正，对上的就是他儿子，或者换一种说法，这些内容和他们的儿子全对上了。可他们持着号来却没能入座，因为座不见了，他们十分悲观，双双认定他们的儿子已经出事了，我倒是想得开，我劝他们说，老人家，现在外面这么乱，重号的事情也是经常发生的，即使是同一个村子同一个名字同一个年龄同一个性别，最后也不一定是同一个人。

只是老两口千里迢迢而来，难道就这么空手而归么，他们和我们都无法知道失踪的这个房客到底是不是他们的儿子，我又出想法了，问他们要照片，他们立刻奇怪地反问我，怎么，我们自己的儿子我们自己不认得吗，出来找他还用得着带照片吗？

你能说他们说得没道理吗，真不能，他们说得挺在理的。

老两口其实是做了最坏的打算来的，说白了，他们以为是来收尸的，连后事的一些必需品都准备上了，结果并没见着尸，比原来的预想要强多了，我陪他们到那个房间里去看了看，还希望他们能够嗅出儿子的气味。

这只是我的痴心妄想，这是不可能的。

最后他们手持着一个空号走了。

在以后的一些日子里，又来过几个人，一个是他的老婆，一个是他的中学同学，还有一个是什么我都忘了，反正每听说有人来，我就接待一下，我也没有什么可兴奋的，因为找到找不到这个房客，和我的工作已经没什么关系了。

我们的计划有条不紊，其实也很简单，重新开始招租罢。

有一天我正陪一位客户去看房，接到我同事的电话，说，那个人回来了，他用原来的钥匙去开原来的门，开不开，就找到我公司去了。

我赶紧往回赶，两下终于见上了，他已经听我同事说了我们寻找他的过程，他笑着对我说，你们想多了，没那么多可能性，只是我记错了一个月，我以为到下个月初才付下一季的租金，至于我的手机打不通，是因为我出差的地方是个山区，没有信号，所以就这样了，无意中给你们添麻烦了，向你们道歉。

他这样说，你们以为我会相信他吗，不可能，因为我根本就不认得他，他不是我要找的那个房客。不过我沉得住气，并没有一下子揭穿他，我且看他怎么进行。

结果大大出乎我的意料，他竟反过来将了我一军，问我说，你们换人了？我说，换什么人？他说，换了你呀，我不认得你，你不是原来和我联系的那位嘛，那位离开了吗，你是替换他的吧？我说，一定是哪里搞错了，我找的不是你，我找原来租住这个居室的客户。他说，就是我嘛。

他说的一切都是对头的，我无法从中挑剔出任何漏洞，我最后试验了一下，他手持的那把旧钥匙，能够开得了换下来的那把旧锁，这下子我有点懵，我想求助我的同事，但他们怎可能知道，个人联系的客户，同事是不接触的，接触了会有抢客的嫌疑，所以我的同事并不认得我的房客。

我找房东，房东也没有见过房客，出租房屋的时候，房东没有到场，也不需要到场，他要的只是租金，现在房东看到房客把新三个月的租金已经奉出来了，他只管收钱就行，不用管房客的脸长成什么样。

房东把新锁的钥匙交给了房客。

他们都觉得这事情是真实的，那么唯一的可能就是我自己是假的。

事情就这么顺利地结束了，真是皆大欢喜的结果呵。

可我一直以为这是我做的一个梦，我想尽快从梦中醒来对他们说，你们错了，他真的不是他。

但是我一直没有醒来。

或者我不是在做梦。

死要面子活受罪

老头走了，老太就成了遗孀。

遗孀乡下人听不懂，但是政策条文上就是写的这两个字，要给乡下人解释的话，遗孀就是寡妇。

可是要说寡妇也不太对头，乡下人听了会笑的，寡妇门前是非多，这是乡下人对寡妇的认识，可老太都这么老了，还能有啥是非。

老太还有残疾，不能走路，所以，她现在只有唯一的一件事可做，就是等着去和老头集合。那日子就是一潭死水，不会有什么波澜。

可是谁知道呢，有时候风吹过来，也会起一点小小的波澜。

比如现在，她的孙子来了，他站在她面前，朝她伸出一只手，说，老太，给我几钱。

老太哪有钱。老头在的时候，他种一点蔬菜挑到集镇上去卖，他们有一点生活来源，可是这一点生活来源现在跟着老头一起走了。

她的孙子也知道她没有钱，但他实在是走投无路了，才会到她这儿来试试运气。

可惜他的运气和她的运气一样的坏。

孙子该走了，可是他不甘心呀，他走出去又走了回来，说，老太，你总归要给我一点钱，你总归要想办法给我一点钱，否则的话，我的血就要流光了，我的九条命都没有了，我的什么什么什么。

她听不懂孙子在说什么，什么什么什么。她的命够背的，不光死了老头，不光瘫了痪，她的耳朵也背了，她的脑袋也不太灵光了，她很想听明白孙子说什么，可她实在是听不明白。

孙子知道彻底歇菜了。

孙子本来是要往网吧去的，可是因为没有钱，他只能朝另一个方向走，改变方向让他心里难过得哭了起来，他一路哭着一路在村里走动。

他没想到他一哭他的运气就来了。他们村里有一个上面派来的大学生村官，大家喊他张村官，张村官看到一个小孩子在路上哭，他关心地问他，你怎么哭啦，你有什么事？

孙子使了一点心计，说，我爷爷死了，我奶奶病了，她没有钱。

张村官正从乡镇开会回来，他依稀记得会上说到的事情，似乎可以和眼前这个哭泣的孩子联系起来，张村官赶紧掏出记录本，翻过几页，赫然看到“低保金”三个字。

张村官赶快安慰那孙子说，你别哭了，你奶奶这样的情况，可以去乡民政领低保。

那孙子不知道什么叫低保，但他听到一个“领”字，就已经领悟到了，孙子兴奋地说，怎么领，怎么领，我去领行吗，我现在就去领。

张村官也不知道该怎么领，开会时上面只说了新的政策规定哪些人可以领低保，但没有交代怎么领，但是如果他对孙子说他不知道该怎么领，那会显得他太无知，太没有水平，而且，对农民的生活太不关心，所以他先含糊了一下，说，你奶奶叫什么名字，我记下来。

这个问题把孙子问住了，奶奶有名字吗，孙子从来没有听说奶奶有什么名字，奶奶倒是有各种不同的称呼，“老太”，“老太婆”，“老糊涂”，“老东西”，“老死人”，可孙子知道这些都不是人的姓名，虽然也有人姓“老”，老子就姓“老”，可奶奶肯定不姓“老”。孙子着急地问张村官，没有名字不行吗，没有名字不能领吗？张村官笑了起来，说，那当然，没有名字什么也不行。比如，你要是没有名字，你能上学吗？

张村官着急着回村部传达会议精神，他对那孙子说，你先回去问一下你奶奶的名字，回头有时间我再来找你核实。

那孙子又往老太家里走，不过走到一半孙子就明白过来了，老太这么老了，她什么事情都不记得了，她能记得自己的名字吗，孙子放弃了去问老太名字的打算，直接回家了。

那孙子一到家就急急地问，爸，老太叫什么名字？那老子奇怪说，老太婆的名字怎么啦，你要她的名字干什么？那孙子还想守住这个秘密，以便，以便——反正孙子是有想法的，所以他说，你别管我干什么，你快告诉我老太叫什么名字。那老子挠了挠头，说，

咦，你倒是难住我了，老太婆的名字，你让我想想，我想想——咦，就在嘴边的，怎么想不起来了？那孙子提醒他说，姓陈。孙子的推理是正确的，他爷爷姓陈，老太也会姓陈。可那老子又挠头，说，是姓陈，不过本来肯定不是姓陈，老太婆是外村嫁过来的，她娘家那村姓什么呢，忘了，反正姓陈是不错的，可叫个陈什么呢？那孙子对老子很不满，批评说，你把自己老娘的名字都忘记了，你是个不孝子。那老子倒不服了，说，你个做孙子的，你就是个贤孙，你怎么也忘记呢？那孙子理直气壮说，我不是忘记了，我是从来就不知道，打我懂事起，我就听你们喊她姓“老”。那老子笑了起来，一笑，把他的脑洞笑开了，他想起来了，赶紧说，知道了，知道了，叫个陈玲娣。

那孙子大喜，赶紧从书包里取出纸笔，要那老子把陈玲娣三个字记下，那老子边念叨边写，耳东陈，王字旁的玲，女字旁的——还没写全了，就被他老婆当头浇了一盆冷水，她在一边冷笑说，你真有两下子。那老子迟疑了一下，有些吃不准了，说，不对吗，不是陈玲娣？那老婆说，明明叫个领弟，想领出个弟弟来，结果领出七八个丫头，这就是你家那老东西的命。

孙子总算得到了老太的名字，他急着去找张村官，可是他妈不让他走，非要他说出为什么，那孙子脑子还灵，立刻说谎说，老师布置作文，要写我的奶奶。他妈不服气说，什么老师，人家都是布置写我的妈妈，至少也是写我的爸爸，你们这老师，吃错药了。

虽然妈妈不满意，但孙子满意了，他拿到了老太的名字，他可以去找张村官，去领老太的低保。

那孙子径直往村里去，村干部正在开会，那孙子在外面探头探脑的，村长不知道他怎么回事，说要赶他走，张村官认得出孙子，说，他是找我的，我出去一下。

张村官出来和那孙子说话，那孙子告诉张村官，奶奶的名字找到了，把写着老太名字的纸条交给张村官看，说，你领我去乡上吧，我们去领。张村官接了纸条，让那孙子在外面等着，他要进去了解一下，毕竟他是外来的村官，真正的村官都没发话呢。

他进去说到这件事情，并把那老太的名字报了出来，村长想了想，吃不准地说，陈领弟？陈领弟吗？我们村好像没这个人。那张村官说，是个老太太，老头不久前死了。村长又想了想，还是吃不准，说，死了老头的老太也没有叫陈领弟的。

那孙子在窗外听见了，就在外面着急着喊，我家老太叫陈领弟，我奶奶就叫陈领弟。村长朝外看看，没认出这孙子是谁。张村官说，他就是陈领弟的孙子。村长来气说，张村官你怎么这么轴，连陈领弟都没有，哪来陈领弟的孙子，若不是他年纪小，我就认定他是骗子。

虽然村长糊涂，但总算村支书还清醒，他认出那孙子来了，说，是孙子，没错，是陈本金的孙子。村长却又不服，说，就算他是真孙子，可陈本金的老太婆哪里叫陈领弟，没有的事。张村官觉得像是自己犯了错似的，但又觉得自己没有错，嘀咕着说，不能查查村民登记册么。

村干部都不吱声，村支书和村长脸色不大好看，张村官虽然到村里有一段时间了，但他还是很不了解农村的情况，他到底是个城里人。

没有人接张村官的话头，张村官也知道自己说了外行话，但他不知道怎么下台阶，还是村长给他下了台阶，说，要不，等开完会，你陪那孙子到陈本金家去一下，看看陈本金的户口本不就知道了么，这有什么难的。

张村官顿时红了脸，一件这么简单的事情，让他想复杂了。

村干部继续开会，那孙子坐在门口的台阶上等，等到张村官开完会出来，他们一起往老太家去。

老太家并不大，家具也不多，户口本无论藏在哪儿，都不难找出来，可是他们没有找到，那张村官倒有些着急了，问那孙子，要是这样子，就更麻烦了，连你爷爷叫什么都不知道了？如果连爷爷的名字都不知道，那更不可能领到低保金了。那孙子也急了，我爷爷叫陈本金，我爷爷明明叫陈本金，村支书村长他们都认的。张村官说，可是写在哪里呢？哪里有陈本金的名字呢。户口本都没有，登记册也不看，哪里看得见你爷爷的名字呢？

张村官的急，和那孙子的急还不大一样，那孙子是真急呀，都急出汗来了。结果他急中生智，想起来了。

陈本金的名字，刻在他的墓碑上呢。

张村官跟着那孙子到了墓地，阴森森的，觉得自己怪晦气，看到一个小孩在路上哭，哭就哭罢，多什么事啥，现在连累到自己甚至还要跑到别人的墓地来，前两周过清明节，他忙于工作，自己娘的坟都没来得及去上。又想，也好，在这儿托他们捎个信罢，那地方的人，应该都认得罢。

墓地蛮大，那孙子迷了路，引着张村官转了半天，也没找到爷爷的坟，只得请张村官用手机打他老子的手机，那老子接到张村官的电话，吓了一跳，问为什么要到墓地去。张村官觉得自己也说不清，他把手机交给那孙子，那孙子对着手机哭着说，我要找爷爷的名字，我要找爷爷的名字。

那老子说，你要找爷爷的名字你问我不就得了，哪有到墓地去

找，你傻了是不是？那孙子说，你说了不算，嘴里的不算，我要看见名字，我看不见陈本金三个字，就不算数。那老子不知道儿子犯了什么症，又担心儿子在坟堆里中邪，赶紧告诉他爷爷的墓在哪个区第几排第几号。

那孙子这才找到了爷爷的墓碑，朝着张村官叫了起来，瞧，瞧，陈本金，是陈本金。

何止是陈本金，连陈本金老婆的名字也刻在上面呢。本来墓地都是给两个老人备的，一个先走了，另一个的名字也会刻上去，生的和死的，只是用不同的描漆颜色区别，死了的那个，就是红色字，还没死的那个，是金色字。等没死的那个也死了，就换成一样的红色字了。

老太的金色名字赫然在目。

先母陈林地。

那孙子大喜过望，在墓地里就大声地笑起来，惊动了几只乌鸦，飞了起来，倒把那张村官吓了一大跳。

现在好了，不仅有了爷爷的名字，连奶奶的名字都找到了，那孙子追着张村官说，我们这就到乡上去吧。

这肯定是不行的，没见过小孩去替老人办低保的，乡民政应该没那么好对付。张村官想到给一个老太办个低保还没开始就这么麻烦，悔得不行，要打退堂鼓了，可是这孙子粘着他，缠着他，张村官甩不掉他，只好去找这孙子的老子。

陈富生听张村官说要替他妈去办低保，他立刻生气了，说，为什么，老太婆绝子绝孙啦，她又不是没得吃喝，她又不是五保户。

张村官耐心跟那老子解释说，你娘这种情况，虽不属于五保户，但是新政策中有她，农村达到一定年纪的遗孀，可以领取低保。那老子听到“遗孀”两字，因为从前并未听过，所以没太听清，他只知道遗产，遗嘱之类，所以他问了一遍，什么遗什么？那村官说，遗孀。那老子听清楚了，撇了撇嘴说，我不管是遗双还是遗单，那什么金我不能领。张村官想不通，问为什么，那儿子说，我领了，人家会骂我的，恶人我不做的。

张村官想不通，给母亲办低保，怎么是恶人呢，人家凭什么要骂他呢，张村官想不通，情绪就低落下来，因为他是怀满着建设社会主义新农村的激情来当村官的，可是他到现在连农民怎么想的他都想不通，他还当什么村官，建设什么新农村呢。

张村官从陈富生家退了出来，他决定不再管这个低保金的事情了，村里要管的事多得去了，何况人家当事人自己都不愿意，他不管，也不算对工作不负责任。

可是那孙子怎会放过他呢，他已经得知张村官在自己的父亲那里碰了钉子，他赶紧上前拉住张村官说，我爷爷还有一个儿子，就是我叔。

他们来到陈本金的二儿子家，陈贵生外出打工，他媳妇在家，那媳妇先问有多少钱，张村官说，钱是不多，但好歹也是政府的关心嘛。那媳妇儿说，“关心”是什么，要来干什么，能派什么用场？张村官说，所以嘛，现在关心变成钱了嘛，钱是货真价实的，是能派很多用场的。那媳妇想了想，还是摇头，我才不去呢，她说。张村官问为什么，那媳妇说，忙来忙去，钱也拿不到几个，还要分给兄弟姐妹，凭什么叫我跑腿。

张村官又想不通了，低保金是办给老太的，这媳妇怎么说要分给兄弟姐妹几个呢，农民的思路，他怎么永远也跟不上、永远也顺不到一块去呢。他想不通，就更生气了，气得对那孙子说，你们家

的人就这样，你这个贤孙，就算了吧。那孙子早想好了，说，我还有个姑姑，她会去领的。他姑姑嫁在隔壁村，好在不算太远，张村官无奈，起个早，跟着那孙子到了他姑姑家，那姑姑正忙活，她从灶上忙到猪圈，又从猪圈忙到院场，听说要她去给老娘领低保，那姑姑说，村官，你不看见我忙得恨不得两只脚都抬起来帮忙，我哪有时间去乡上。那张村官说，你们要是都不去，你娘的低保就不领了吧，没法领。那姑姑说，要不等我空一点去帮她办？其实，我娘虽然没有生活来源，虽然还瘫在床上，但我哥伺候她吃喝，有病我们会给她看的，她就算有了钱，她那钱也花不着呀。

张村官说，花得着花不着是一回事，政策是另一回事，既然符合政策，为什么不去办呢？那孙子现在真急了，原来他有三个希望，现在第三个希望都快破灭了，他急得说了真话，姑姑，你就帮帮我吧，是我急着要用钱。然后他又说了假话，学校的书费涨了，我爸不相信，不给我钱，再不交钱，就没得上学了。

那姑姑哪里不知道这侄子说谎的脾性呢，只是女人总归是心软，经不起磨，答应去乡民政帮老娘办低保。

现在好了，他们终于到了乡民政，递上申请报告，说了陈林地的情况。乡民政不爱听陈林地的情况，先问，陈本金死了？这边说，死了。乡民政说，你说死了就死了，谁知道他死没死，你得证明呀。这边问，怎么证明？那乡民政气得笑起来，死亡怎么证明，用死亡证明来证明罢。

这才知道白跑了一趟，回去吧，先得把死人的死亡证明找出来。那孙子在回去的路上就提心吊胆了，这一番折腾已经搞得他像惊弓之鸟，一步一步往前走，不知到哪里又被挡住了，爷爷的死亡证明，家里谁会藏着呢，藏着这东西有什么用呢。

这事情张村官不能再管了，他十分肯定地对那孙子说，你搞到你爷爷的死亡证明后，再找你姑姑去吧。

那孙子有点心机的，他心里想着，我找到死亡证明后，还是会来找你的，先不告诉你。

那孙子就回家去找爷爷的死亡证明，那老子原不想理睬那孙子，但又觉奇异，这孙子最近是着了什么魔道，一会儿要名字，一会儿去坟头，一会儿又要死亡证明，不会是那死去的老东西附体吧，想着真骇人，赶紧把死亡证明找出来给他吧，可是翻来翻去又没有翻着，那孙子一听爷爷死亡证明又没有，急得一头栽到墙上，那老子心疼儿子，赶紧跑到村里去，叫村长开死亡证明。

村长挠着脑袋，想了想，奇怪说，陈本金的，记得开过了嘛。可这老子硬说没开，村长吃不透他是想干什么，那老子就赶紧开导村长说，村长，你想想，这东西，又不是钱，甚至连纸钱都不如，如果是纸钱，我还能烧给先人，求他们保个佑，这死亡证明，就是一张废纸，我多要一张有什么用，再说了，我家明明死了一个人，我要两张死亡证明，不是自讨晦气么。这一开导，村长信了，说，好好，没开就开一张吧，陈本金，几时没的。那老子报上日期说，是去年八月十六。村长随即开出了陈本金的死亡证明，那老子赶紧拿回家交到那孙子手上，那孙子倒是做足了思想准备拿不到的，没想到这么轻易就到手了，喜出望外。

那老子看到孙子高兴，也就高兴了，可他老婆在旁边看了一眼死亡证明，又冷笑说，错了，这不是这个日子。那老子不想再去开第三张死亡证明，赶紧说，没错，就是八月十六，我记得很清楚，老东西是熬过八月半走的。那老婆说，你说的是阴历，这上面填写的是阳历。那孙子急得要哭，还是那老子机灵，说，没所谓的，我们只说八月十六，外人又搞不清我家老东西到底是阴历还是阳历。

这才又二次到了乡民政，乡民政才承认爷爷陈本金死亡了。接着的事情又是疑问，你们证明陈本金死亡了，要为遗孀陈林地办低保，但是你们没有证明证明陈林地还活着。

这回别说那姑姑和那孙子，连张村官也恼了，说，人活着，一个大活人，还需要证明，什么证明，活着的证明？没听说过啊。乡民政却不生气，和气地说，那是当然，我们又没有看见陈林地，你们提供的材料里也没有提供有力的证明，证明陈林地还活着。张村官还想争辩，乡民政已抢先说了，你别说没有这样的事，拿个死人名字来冒领什么什么金的，还真有过，这可不是我特意要为难你们，更不是我自己想象出来的古怪事情，是我吃过亏、上过当，才这么顶真，我可不是专门针对陈林地的。

那孙子不想张村官和他们没完没了地论证，着急问，那要怎么才能证明陈林地活着呢。乡民政又气得笑了，说，你们真是不懂事，很简单嘛，人和身份证对齐，就算对上了么。

也就是说，只有用身份证才能将一个活人和他的身份对齐了，可是老太哪里有身份证，从前倒是有的，后来更换二代的时候，都懒得换，说了，人都老了，还要身份证干什么用，说得也有道理，所以，旧的也作废了，新的也没有办，那就是不存在。

幸亏那姑姑还有点思想，让张村官到村里开一张证明，村委会也是一级组织，从来组织都是相信组织的，村里开了证明，证明陈林地活着，乡上不会不认。

张村官去找村长开证明，村长说，你要开什么证明？张村官说，证明陈林地是活人。村长就给他开证明，但村长不知道陈林地是哪三个字，让张村官自己写，张村官写下后，村长一边找公章盖章，一边说，陈林地？咱们村有这个人吗？张村官急得说，有的，有的，我去她家看过她。村长笑道，你去她家看过，她就一定是陈林地吗？张村官实在是怕了，怕又生出什么意外，赶紧说，就是的，就是的。抓了证明就跑，村长在办公室里跟别人说，城里人的想法到底跟乡下人的想法不一样的。

大家都笑。

就这样张村官他们又一次到了乡上，也不再多话，直接交上村里的证明，张村官和那孙子都看着乡民政，他们心想，这下子你们该没话可说了吧。

怎么就没话可说呢，可说的话还是很多哦，乡民政把村委会的证明左看右看，还举起来对着光亮照来照去，就是不发话。张村官奇怪说，我们上次来交陈本金的死亡证明，你没有这么看来看去，为什么我们交陈林地活着的证明，你要这么看来看去？那乡民政说，我这才叫火眼金睛嘛，证明一个人死了，要比证明一个人活着，更简单嘛，更容易识破嘛，只要那个死人从此不再出现，就说明他真的死了，可是如果活人造假，那可太难辨别了，天下之大，人口之多，谁知道谁是谁呀。他一边说，一边还戳了戳那张证明。张村官一听，又恼了，说，你能看出来这是假造的？那乡民政说，你是大学生村官，你不认得我，你也不知道乡下的事情，更不知道我的悲惨遭遇，有一次我好心帮一个农民办残疾证，也有证明，也来了一个瘸子站在我的面前，人证两齐，我当然是相信的，我不信也得信呀，假如我不信，不给他办，那就是不为老百姓做事，他们投诉我，我就完蛋了，所以我就给他办了，报送到县上，也批了，结果被人举报，那是假的，那证明上的图章是偷盖的，那个瘸子也是从隔壁村上借来的，害得我降职处分，本来我都已经当上副镇长

了，所以你也别怪我，我决不能让你们再次蒙混过关的。

张村官听了，倒同情他了，还挺他说，这回你放心，这回是村里的证明，是一级组织的，公章也是真的，不会害你。那乡民政说，村里的证明就信得么，有个村子，有两个同名同姓的人，明明是两个人，村里却个开证明，证明这两人是一个人，你看看，活活的，一张纸就把一个人弄没了。

张村官笑了起来，说，这么荒唐的事，我们村不会做的。乡民政也笑了起来，说，你还五十步笑一百步，我告诉你，你们村上次就来蒙骗我，开个证明说，某某某上个月死了，可是那个某某某，十年前就死了，我倒要问问你，一个人怎么能死两次呢？

说得张村官脸上红一阵白一阵，他真是个认真负责的好村官，他别人做的错事，也都当成自己做的了。

其实那孙子倒是有不同的想法，他觉得这事情也不见得就很错误很荒唐，就拿他爷爷来说，他爷爷现在就是死过两次的，一次是阴历的八月十六，一次是阳历的八月十六，不过那孙子并没有说出来，他年纪虽然小，但他已经看出来了，一旦说出真实情况来，事情就办不成了。

乡民政现在更加得理不饶人了，嚷嚷说，你们自己看看，到现在，这个陈林地，按你们的说法，是个老太，老太就老太，身份证没有，户口本总有吧，户口本也没有，你们什么都拿不出来，她陈林地的名字在哪里，难道哪里都没有她的名字，我们就能给她办低保金？

那孙子急得说，有名字，老太有名字，名字在她的墓碑上。乡民政终于笑了起来，说，瞧，露馅了吧，名字都刻在墓碑上，还说硬她活着。其实乡民政对农民是十分了解的，他知道接下来他们会

告诉他，活人的名字也会刻在墓碑上，等死后再换成一样的颜色，这是当地的风俗习惯，等等，但他已经懒得和他们多说了，因为无论他们怎么说，他们都不能证明陈林地的真实情况，他真心不是有意刁难他们，所以他最后给他们出主意说，你们最好是把户口本去找出来，那是比较过硬的证明。

这绕了一大圈，又回到原来的起点了，孙子的那滴血早已经流尽了，但是为了复活，他还在坚持着，他若坚持，张村官和姑姑就不能不坚持，因为这孙子十分执着，他们拗不过他的。

那孙子几乎差不多已经走火入魔了，那老子看在眼里，急在心头，夜里悄悄跟他老婆说，你就把老太婆的户口本拿出来吧，再藏下去，我们家儿子不知要得什么病了。

那老婆虽然贪心，却也是担心儿子出怪，只好坦白出来，原来陈本金的户口本早被儿媳妇卖掉了，他们又一起去找到买主，买主又给卖给了新的买主，转了几次手以后，他们终于追到了陈本金的户口本，翻出来一看，呆掉了，本子上面竟然挂了十几个人的名字，可哪一个是老太呢？

一起研究了半天，最后终于确定了一个和老太的真实情况最接近的人，叫陈灵递。可是陈林地怎么变成了陈灵递呢，一个人的名字，是这么容易变来变去，你说叫什么就叫什么吗？乡民政仍然是会不相信的，只是现在张村官已经基本搞清楚这些事情的来龙去脉了，不会再贸然跑到乡民政那里去请求他的相信了，他已经知道，只有用荒唐的办法，才能解决这孙子的难题，张村官联系了派出所一个熟悉的警官，警官又把他介绍给另一个熟悉的管户口的警官，张村官把事情一说，这户口的警官说，小事一桩，名字错了，改回来就是了。

只需分把钟时间，户口本上的陈灵递就变成了陈林地。

张村官还残存着一点正常的想法，他想，我也是被逼得无奈，只好做出自己本来不可能做的事情。

现在好了，他们再次找到乡民政，这回应该是万无一失了，谁料乡民政的幺蛾子比他们想象的要多得多，他指着户口本上的陈林地的名字说，陈林地，对吧，陈林地要领低保对吧，材料对都上了，可是她到底几岁，你们知道吗？

那孙子也像张村官一样，在战斗中学习战斗，聪明多了，说，户口本上几岁就几岁。

乡民政说，你们都没看看户口本，只知道改名字，不知道改年龄，还是不成。

张村官终于急得跳了起来，嚷道，不改了，不改了，你到底办不办吧，你不办我投诉你。

乡民政倒笑了，说，我不怕你投诉，因为你理亏而不我理亏，拿一个明明已经不存在的人，来骗低保，你还投诉我？

张村官气得拔腿就跑，那孙子和那姑姑追在他身后说，张村官，张村官，你不管我们啦？

张村官气愤地说，我要管，我管到底了。他已经想到更好的办法了。张村官的办法真绝了，请了人，把老太抬到乡民政去了。

抬了人来又怎样，乡民政看了看躺在担架上的老太，叹息了一声，说，你们以为抬了来就是真的了？你们以为抬了来我们就会相信你们？我们是干什么吃的，每天对付你们这样的人多了去啦。不过，话说是这么说，他毕竟是吃这碗饭的，毕竟还是认真的，他走上，俯下身子问老太，喂，老太，你是陈林地吗？

老太眼睛闭着，没有动静，他们赶紧告诉乡民政，老太瘫了，又痴呆，既听不见，也不会说话。

乡民政又一次笑了起来，说，一看就是装的，瘫了，还傻了，还又聋又哑，能有那么巧吗？

他们终于还是以失败告终了。

那姑姑跑了几趟乡上，把自己家的活都给耽误了，她的婆婆很生气，可是那姑姑也很冤呀，她本来是个温和的人，现在倒跑出火气来，我还就不信了，我还非得去跑下来。她那婆婆听了这个过程，说，抬了去的不相信？要不，弄个走得去的，兴许就相信了。那姑姑说，谁走得去呢？她婆婆说，我借给你用用。

这回他们都仔细想周全了，先到办假证的地方，用那婆婆的照片，办个假身份证，再带那婆婆到乡上，对乡民政承认说，上次我们的确是骗你，我们以为抬了来的，你们心一软，就容易相信，现在我们知道弄假的不对，现在我们真的来了。

那乡民政仔细看了那婆婆的样子，再对照材料上的年龄，对照假身份上的照片，最后终于点了头了，他说，这就对了嘛，明明是真的事情，干吗要弄假呢，弄假是没有好结果的——又朝那婆婆做工作说，老太，你虽然没有瘫痪，但是按政策你的情况是可以办低保的，我们是讲政策的，肯定会给你办的，用个瘫痪痴呆聋哑老人来骗人，那是不行的，那叫弄巧成拙。

一年的低保金总共是480元，扣除他们三人多次往返乡镇的交通费，还有一些手续费，以及他们在乡上吃饭喝水用掉的钱，还有抬陈林地到乡上的人工费，等等，差不多刚好这个数。

张村官看到那姑姑有些沮丧，就安慰她说，没事的，这只是第一年的低保金嘛，今年的抵掉了，明年还有，后年还有，年年都有的，以后政府的条件更好了，说不定还会增加呢。

可惜的是，没到明年，老太去世了。

大家都白忙活了。

说起来，最郁闷的该是那孙子，他才真正是竹篮打水一场空呢。

其实有些事情也是难以预料的。

他在“杀死僵尸”被僵尸所杀，失去了数条命，流尽了最后血，他已经没有钱再去玩游戏，但是电脑的诱惑实在是太大了，他坐在电脑前不肯离去，他在吧里看着大家炫耀战绩，他实在没有什么可说的，两根脑神经一搭，就把自己怎么痴迷游戏、又没有钱、然后想用老太的低保、然后怎么给老太办低保的事情，一五一十地写了出来，竟然在吧里迅速地火了起来，甚至传到了整个网络上，竟有了无数的追捧，大家天天等着看连载。

那孙子倍受鼓舞，就继续在网上发表，他把村里的许多事情都写进去，那村子里的事情，说起来可真是滔滔不绝。

现在这孙子坐在电脑前，不仅不要花钱，还可以挣到钱，甚至还有好多不认得的傻子寄钱给他。

碎　片

包兰大学毕业后不愿意回老家，其实老家也没有什么不好，地方虽小，但毕竟有父母的呵护，也可以找一个相对体面的工作，可是包兰不愿意回去，回去多没面子。

其实她现在也没多少面子，住着合租的旧公寓房，每个月的收入刚够自己紧着花，但是老家的人不知道呀，他们以为老包家的女儿出息了，在城里赚钱了。

包兰一年回去一趟，每次回家，都穿红戴绿。这倒不是包兰有心机，想在老家的亲朋好友面前撑个面子，本来穿衣打扮，就是包兰的日常生活习惯，是常态。

和很多女孩一样，包兰最大的喜好就是从网上买衣服，那许多的网店，就是靠这些并不怎么有钱的女孩赚钱的，包兰认识一个女孩，一边自己开着网店卖衣服，一边又不停地从网上给自己买衣服，比起来，包兰还算正常呢。

买了新衣服，就得处理旧衣服，包兰的旧衣服太多啦，其实有的真算不上是旧衣服，有的衣服她只穿了一次，还有的衣服她只试穿过一次，对着镜子照照，觉得不喜欢，就扔到一边去了。

时间长了，被扔在一边的衣服越来越多，这些被扔开的衣服，她是绝不会再多看一眼的，她甚至都很讨厌它们，嫌它们碍事，她只会到网上去看新衣服，看中了就下单，动作非常快，而且，她的眼光是很奇特的，许多平淡无奇的衣服，在她的眼中都散发着奇光异彩，她无法抵御它们的引诱。

包兰处理她不要了的衣服也很干脆利索，她把小区门口收旧货的大婶喊上来，让她把那个脏兮兮的蛇皮袋张开来，她就朝着那个张开的口子，一件一件往里扔，扔一件，那大婶就“哎哟”一声，扔一件，大婶就“哎哟”一声，包兰就笑，和包兰同住的室友也一起笑。

有一件衣服包兰没有瞄准袋口，扔到地上了，大婶赶紧捡起来，把它展开来看，大婶一看，不再“哎哟”了，忍不住说，这也不要了？包兰连看都不看一眼，低着头继续抓拿旧衣服，嘴上说，扔掉的都不要了。

大婶小心地把这件衣服装进蛇皮袋，这是一件玫红底色的连衣裙，相嵌着闪亮的彩色碎片，碎片虽然细碎，却有着一种连贯成气的风度，裙子边缝里还开了两个插袋，但是开得天衣无缝，完全看不出来，大婶这一辈子都没有见过这么漂亮耀眼的衣服，差点亮瞎了眼。

蛇皮袋很快就扔满了，大婶用秤钩钩住蛇皮袋，想使劲提起来，可是衣服太多，蛇皮袋太重，连靠体力劳动吃饭的大婶都不提起来。大婶说，称不起来了，分两次称吧。大婶打算从蛇皮袋中取

出一部分衣服，可是包兰挥了挥手，说，算了算了，也不值几个钱，不称了，送给你了。

大婶感激地说，唉哟，美女，你又有钱又大方还善良，真是谢谢你啊。包兰说，不用客气的，我又不差卖旧货的这几个钱。她室友也说，月初了，她老妈的汇款马上就到了。大婶从包兰想到了自己的儿子，觉得有点对不住儿子。

大婶扛着蛇皮袋下楼去了。她这是满载而归呵。

和往常一样，每天晚上，大婶会把收来的东西分类整理一下，以便到废品收购站去卖的时候，一目了然。

大婶翻看着蛇皮袋里包兰的那些衣服，她不断发出了“喔哟哟，喔哟哟”的声音，但是这些声音完全是没有意义的。一开始的时候大婶也曾经想从这些衣服里挑出几件看起来完全是崭新的，留在家里，但是留在家里没有用，大婶没有女儿，她只有一个儿子，大婶也不知道儿子谈没谈对象，儿子大学毕业后，已经换了好几个工作，也换了好几个地方，从北到南，又从南到北，一直漂着，一直不能稳定下来，大婶心里蛮焦急，但是她也不忍心给儿子过多的压力，其实她是多么希望儿子有一天对她说，妈，我有对象了。可是大婶一直也没有等来这句话，其他的话也几乎没有，儿子很少和母亲联系，即使母亲汇了钱给他，他也不会发个短信告诉母亲钱收到了。有时候大婶会觉得奇怪，儿子小时候话还是蛮多的，怎么越长大了，话越少了，有一次大婶忍不住问他，儿子却问她说，妈，你要听什么？

大婶竟回答不出来，她也确实不知道要跟儿子说些什么，她能想到的，无非就是注意身体啦，不要太辛苦啦，还有就是找对象的事啦，其他还能有什么呢。这些话，其实不说也罢。儿子也没有错。

大婶不能留下包兰的衣服，因为她的住处空间非常狭小，自己的生活用品都挤不下，不可能再让出位置给这些派不了用场的旧衣服了。

第二天大婶就会把这些衣服连同收来的其他的旧货，用黄鱼车拖到废品收购站，很快，包兰的衣服就和那些旧报纸、废硬纸板、破塑料用品一起，过了秤，三钱不值两钱地卖掉了。大婶蛇皮袋里的衣服，转移到废品老板的更大的袋子里去了。

只是今天的情况稍有些不同，收购旧废品的老板，看到大婶蛇皮袋里的衣服时，脸上露出一丝喜悦，他对大婶说，旧衣服的价格涨了，你今天这一袋，能比从前多卖不少呢。废品老板又说，你以后别收那些旧报纸什么了，不如专收旧衣服，你收了旧衣服，不给别人，就给我，我不会亏待你的。他又说，而且我知道，你的那个地盘上，住的是什么样的居民，什么样的居民，就会有什么样的旧衣服。

大婶虽然没有什么文化，但她也不傻，她也知道旧衣服除了当废品论斤两卖，也还可以有其他的办法，只是因为她刚刚踏入这一行不久，她还没有找到思路和财路。现在废品老板主动盯上了她。这人太有眼光了。

大婶出来的时候，经过废品站的院墙，大婶朝院里张望了一下，看到有一辆大卡车在里边，有人往卡车上搬货物，大婶知道从自己蛇皮袋里出来的旧衣服，也在那里边，它们要乘车到哪里去，大婶不知道，她也没想知道，就算知道了，她也没有能力去做别的什么事。

大婶在回来的路上，路过银行，把给儿子的钱汇走了，因为受了那个扔旧衣服的女孩的刺激，大婶给儿子多汇了一点钱。

走出银行，正是夕阳西下的时候，夕阳照在大婶的脸上，大婶心情特别好。

天色渐渐黑下来了，废品老板的卡车也装满了，老板马上就要随车出发了，出发前，他没有忘记打个电话给女儿，电话是通着的，可是女儿没有接电话，老板想，这是吃晚饭的时候了，女儿可能在外面和朋友一起吃晚饭，年轻人在一起，总是热热闹闹的，没有听见他的电话。

他的女儿在一家商贸公司工作，具体干什么他并不太清楚，但是商贸公司这四个字，就可以让他安心了。他上卡车之前，到街边的营业厅往女儿的手机里充了五百元话费。有一次他打女儿手机，手机停机了，他着急了，以为女儿出什么事了，多番周折才联系上女儿，女儿在电话那边笑道，老爸，我打你电话也说停机，我还以为你停机了，原来是我自己的电话欠费了，我自己都不知道，忙的呀。从此以后，隔三岔五，只要手头宽着，他就会往女儿的手机里充值，除此之外，他还能怎样呢。

老板这回出差，开车要一整夜才能到，那个地方比较偏僻，路也不熟，他特意在手机上安装了导航软件，这是一条新的财路，无论有多陌生，他都得去趟开来。

但是老板对这条路的艰险还是没有估计得充分，他出发前还调皮地将导航仪设置了几种方言的版本，东北的，河南的，广东的，打算一路欣赏，也不失为对付瞌睡的办法。

一开始是挺顺利，走高速，走省道，导航导得分毫不差，逗人的方言也增添了不少乐趣，可是等到车子进入他们要去的那个地区乡村公路网以后，情况就不对头了，方向就开始迷糊了，不断地听

到导航仪说，重新开始规划路线，重新开始规划路线。等导航重新开始的时候，又说，前方三百米请掉头，开到三百米那儿一看，一条狭窄小路，两边是河塘，根本掉不了头，小心翼翼地退出来，导航又说，请直行五百米。可是前面就是水田，直行过去就陷泥里了。

恐怕农村的土路本来就上不了台盘，再加上乡下人因为各种原因擅自改道，这地方的路已经不成为路，最终把高智商的导航搞疯掉了。

村子就在眼前，可是车子绕来绕去就是进不去，几次都绕到同一个地方，司机拍着脑袋说，哎呀呀，这是鬼打墙了啦。

按里程算，他们在天亮的时候就应该到达目的地，可结果一直走到第二天下午天都快黑了，目的地还不知道在哪里呢，想找路人问问，可是路上连个人影子也没有。

卡车和司机都是他临时租来的，和司机说好使用一天一夜，租金也是按这个时间计算的，现在司机着急上火，说，不行了不行了，我和别人约好的今天晚上要用车的，你让我失约了，失约是要赔偿的，赔偿金应该由你支付。老板一脑门的火直往上窜，可人家司机也没说错呀，老板只得先应了他，不料司机却又加码说，还要附带赔偿声誉损失费。

他气得跳下车去，司机在车上说，怎么，你要步行去吗？那我把货开回去了。他和司机吵了起来，就在他们吵吵声中，终于有个人过来了，废品老板赶紧问他，我们在这里绕了大半天了，这是鬼打墙吗？那人说，这就是鬼打墙么。本来废品老板是说气话的，哪知人家还真说鬼打墙，这可把他吓着了，四处张望说，这里又不是坟地，怎么会——那人说，不是坟地也鬼打墙，人家把大路都封掉了，把小路都挖成坑了，鬼不打墙还想怎样？

这才知道，要想进村，大卡车是进不去的，货都要倒腾到轻卡上才能进得了村，可这野外之地，哪里来的轻卡？回头一看那个人，正坦然笃定地打着手机呢，老板这才清醒过来。

果然，不多一会就从村里出来一辆蓝色的轻卡，老板埋怨他们事先不说清楚，害他遭遇了鬼打墙。给他指路的那人在背后说，怎么能告诉你很清楚，怎么知道你是谁。老板说，那你现在怎么又相信我了呢。那人说，我现在看清楚你是开着卡车带着货来了嘛。要是警察，或者是记者，怎么可能花这么大的血本呢，他们最多装扮成买家啥。

老板大卡车上的货，轻卡装了两趟，老板想跟着进村子结账，那人却说，不需要，在这里结了就行。按照原先谈定的价格，全额付完款，那人就上轻卡进村去了。

废品老板虽然收到了钱，可是心有不甘，他想悄悄跟进村去看看，可司机不想进村，他只得又加付了司机费用，司机才答应在村口等他。

他其实也没有进得了村，他绕了三次，还是绕到自己卡车停的这地方，最后一次绕过来的时候，卡车也不在了，司机等不及，把车开走了。

他步行了大半个晚上，才找到一个可住宿的地方，想看看有没有女儿的短信，却发现这个地方没有信号。

新一批衣服到达的时候，已经是夜里了，这个旧衣周转市场，是不分白天黑夜的，无论白天黑夜，他们的工作时间以货到为准，现在货来了，他们就开始工作了。

洗衣组的组长是个中年妇女，她负责挑选衣服，决定洗还是不洗，绝大部分的衣服是不洗的，只有少数脏得实在说不过去的，才会重洗。

她倒出一袋衣服，眼前一片花花绿绿，五彩缤纷，她早已经习惯和适应了这种现状，她在这里干了有一段时间了，每天都能看到许多八九成新的衣服被送到这里，胡乱堆在地上任人踩踏，甚至有好多还是世界名牌，时间长了，耳濡目染，她和其他的洗衣妇们，她们都有了一点名牌知识和意识了，她也可算是见多识广了。见多识广以后，她基本上就麻木了，基本上已经熟视无睹了。

但今天不知为什么，她的眼睛还是被触动了一下，这件玫红底色相嵌着彩色碎片的几乎是全新的连衣裙实在太惹眼了，她识得出来，这衣服不是什么高档品牌，但是它的卖相实在太好了，有一瞬间，她非常想替她的女儿买下这件衣服，哪怕按照老板卖价的一倍，她都愿意。可惜的是，这里有规定，在这里做事的人，一律不允许参与旧衣服的买卖，只要犯一次，不仅当场开除，还要罚款，她们的身份证，都是被收缴了的，犯了错想跑是跑不掉的。

她叹息了一声，手却忍不住又摸了摸裙子，她摸到裙子的口袋里好像有什么东西，她掏出来看看，是两张电影票，当然是看过了的电影。不过她没有扔掉电影票，而是重新把它们放回了口袋，又叹了一口气，才把连衣裙归类到不需要清洗加工的一类，虽然明知那许多衣服都是胡乱堆放的，她却还是小心地把这件连衣裙叠了一下。真是多此一举。

挑选好衣服后，她们开始清洗那些不得不洗的脏衣服。所谓的清洗，其实也就是用水龙头冲刷而已，堆成一座小山样的脏衣服，要是一件一件地洗，那要洗到猴年马月，那边等着衣服卖钱的人，等到黄花菜都凉了。

老话说，落水三分净，还真有道理，即便只用水龙头冲一下，再提起来，甩平了，晾到绳上，等晒干了，还真是焕然一新的样子了。

看起来活很简单，只不过是冲水，甩衣，晾晒，但是如果每天都重复这样的动作，两个肩膀就走样了，像脱了臼似的不听使唤，腰也疼得不能入睡。不过洗衣妇们并没有多少抱怨，生活本来就是这样的，不听使唤也得使唤，不能入睡也得入睡。

她在小地方生活，虽然下了岗，但生活开销也低，日子也不是过不下去，只是为了支持在大城市生活的女儿，她要出来挣钱。看着许许多多的晾挂在绳上的衣服像旗帜一样在风中飘来飘去，她深深地吸了一口气，心里很舒坦，她似乎闻到女儿的气味了。

等到冲洗过的衣服晒干了，负责运货出去的卡车司机就行动起来了。他虽然不属于这个周转市场的人，但他经常来运货出去，跟这里的人都很熟了。按原定的计划，他应该已经出发了，因为废品老板这批货迟到了，他也耽搁了出发的时间，晚上走不了了，他得在这里睡一宿。临睡前，洗衣妇来找他，她知道明天早上他的车子要经过乡镇，就请他帮她去邮局汇款。

他经常帮她们做这些事情，他也曾经奇怪地问过她，你女儿大学毕业在城里有工作，怎么你还给她汇钱，应该她给你汇钱嘛。洗衣妇笑笑说，我女儿就喜欢买衣服，工资总是不够花，反正我要钱也没有用。

第二天司机如约去替洗衣妇汇款，写上洗衣妇女儿名字的时候，他恨不得改成自己儿子的名字，当然他不会这么做，但是他心里真是这么想的。

他的儿子是个果粉，前不久他听说苹果 6 快上市了，他就已经提前准备起来，积攒每一分钱。他才不会像洗衣妇那样没脑子，把辛苦挣来的钱零零星星都变成了那些不值一提的衣服，而这些衣服，说不定会快又回到了她的手里。苹果产品可不一样，那是世界顶尖的电子产品，儿子出门办事，拿着多体面，会受人尊重的。

司机开车出发前，给他的下家发了个短信，告诉他已经接了货，出发了，下晚的时候就能到达。

他的下家是一家商贸公司，商贸公司的经理接到司机的电话后，就知道什么时候可以通知他的下家来提货了。

不过在他的下家来提货之前，他这里还有一个重要环节，这批从数百里之外的旧服装集散地装来的衣服，是不能直接挂到服装店里去的。所以经理通知公司职员，准备晚上加班。

这一批货已经迟了，服装店的店主都在催促了，因为买家的求购欲望十分高涨，所以店家进新货的要求就十分高涨，谁家更新稍慢一点，就被淘汰。

这批迟到了十二个小时的货，必须加一个夜班，才能赶上正常的周转。

加班的内容并不复杂，旧衣服到集散地已经进行过一次处理，分类和清洗，那只能算是粗加工，他这里还有一道精加工，那是必不可少的。

到商贸公司来提货的服装店的老板，绝大部分都是实体服装店的，他们都是很挑剔的，不挑剔不行，因为货到了他们手里，就直接面对消费者了，皱了的要熨烫，掉线的要缝起来，丢了的纽扣最好补上，否则很可能因为一颗纽扣坏了一桩生意。所以经理的办公室简单是个纽扣王国，什么样的纽扣都有，当然，现在的衣服纽扣也是千奇百怪别出心裁，万一实在配不到，他们也有办法，干脆将纽扣全部换掉。

经理第一条短信是发给熨烫工的，那是因为她的工作的重要性，一件皱皱巴巴的、不起眼的、甚至扔在路上都没有人拣的旧衣服，经过熨烫这道工序，常常就变成了另一件衣服，可以以次充好，以旧冒新。

熨烫工收到经理的短信时，天刚刚亮，她刚要躺下睡觉，她以为经理要让她马上赶去上班，看了短信才知道，还好，是晚上加班，她可以抓紧时间睡一觉。她已经连续几个晚上没有睡觉，她在追看韩剧，她最近又迷上一位长腿欧巴，把他出演过的所有的影视剧一一追过来，一边看还一边在心里祈求欧巴快快拍戏，因为剩下的剧已经不多了，她最怕的就是空窗期，她以前也迷过其他欧巴，到空窗期的时候就像失恋一样。当然，以前迷过的欧巴和现在迷的这个欧巴相比，以前的真是黯然失色啦，实在是不能比的啦。

她又累又困，手机里已经有好几个未接来电，没有看的短信就更多了，她根本用不着担心手机费余额，不停地听到有铃声响，她自然知道手机还通着呢。她也自然知道，老爸会及时替她充值的。

她又累又困，但是情绪却很兴奋，总是半睡半醒，迷迷糊糊的时候，也能看到欧巴，真是很幸福。只是到了晚上加班的时候，不兴奋了，瞌睡虫就来了。

熨烫衣服时可不能打瞌睡，那是很危险的，搞得不好，或者会烫伤了自己，或者就是烫坏了衣服，但是瞌睡虫很顽固的，想什么办法也赶不走，她就那样脑袋一冲一冲双眼迷离地干活，眼看着事故就要来了，还是老天护佑，忽然就让她眼睛一瞪，顿时把瞌睡虫吓跑了。

她看到一堆衣服中有一件特别耀眼，提出来一看，果然漂亮，

这是一件玫红底色相嵌着闪亮的彩色碎片的连衣裙，她把连衣裙照在自己身上比划着，让她的同事看好看不好看，同事都说好看，她内行地说，不仅是好看，主要是气质，红色的衣服一般都体现不出气质，但这件红衣服，因为相嵌了这些碎片，反而提升了它的气质，所以才觉得好看。大家觉得她说得有道理，点头称是，她高兴地说，怎么样，承认了吧，我的眼睛凶吧。你们还说欧巴不好看呢，好看不好看，要看气质，以后你们听我的没错。

从连衣裙联想到欧巴，她彻底清醒过来，精神气也回来了，加班的活干得倍儿棒。

天亮的时候，做精加工的职员完成任务，服装店的店主就要出发了，他们得赶早一点，商贸公司发货，去晚了，可挑选的就少了，甚至就没得挑了。

今天第一个出门的却不是实体店的店主，他开的是网店，其实现在开网店都不用店主亲自取货的，从出样，到下单，到出货，到投递，链条都已经非常成熟了，各干各的，各取所需。

但是他和别人不大一样，他开网店并不完全是为了做生意，所以并不像别的店家那样拼了命地挣钱，他是个资深的玩家，骨灰级，他觉得，比起游戏来，挣钱简直、简直是一件太没意思的事了。

他从小到大，学习成绩都是冒尖的，游戏当然更厉害。大学毕业后他找过很多工作，都干不长，但没有一次是雇主炒他，都是他主动提出辞职的，因为他干过的任何事情都无法让他做到游戏工作两不误。他曾经一个城市一个城市地走动，想实现两全其美的梦想，后来他终于知道那是不可能的，所以他走到这个地方，就成为他的最后一站，他不再走了。

他租房子，开个网店，却并不像其他网店店主那样经营，他从来不到服装企业或廉价的服装市场去批发货物，也不和他们建立连锁关系，他只在市内的一家专门营销旧衣店的商贸公司进一些货，回家给衣服拍些照片，挂到网页上，也就可以维持了。生意肯定不怎么样，但是好在经济上有母亲支持，生活还过得去，关键是能保证有时间游戏。

有一次他在一个废品收购站的门口经过，看到一个老妇人的背影，有点像他的母亲，不过他并没有追过去看看到底是不是。他不相信那么巧。以前他走过许多地方，并没有一一告诉母亲，现在他决定不走了，也没有告诉母亲，似乎没什么必要，总之母亲是知道他在城市里生活，至于这个城市和那个城市，反正也没有什么大的差别。何况都有手机，随时可以互通信息。从前母亲给他汇钱总是喜欢走邮局汇，后来他吩咐母亲打到他的银行卡上，更方便一点。三天前的下午，手机短信又来通知了，母亲汇钱了。

他不努力经营，生意自然冷落，一般的衣服得挂上一段时间才会有人问津，但这一次奇怪了，刚刚挂出来，就有人下单了，因为有些意外，他破例地朝它看了一眼，心里不得不承认，这件连衣裙真不错，那些碎片点缀得很有意义。但是他并没有去回想，在商贸公司的那许多旧衣服中，他是怎么挑上这件衣服的。

网购的人都是很性急的，等一两天对他们来说那真是受罪，他们都恨不得那东西直接就从电脑或手机里钻出来才爽呢。所以店主赶紧通知了快递公司，让他上门来取货送货了。

快递员正在去往苹果专卖店的路上。昨天晚上他老爸开卡车从外地运货回来，看到苹果店门口有人连夜排队买苹果 6，他干脆不回家睡觉，先到自动取款机上取够了钱，就去排队了。其他排队的

果粉都是有备而来的，带着小矮凳坐着排，他却只能站着，后来实在撑不住，就坐在地上打瞌睡，醒来的时候，发现自己是躺在地上的，还好，天气不算冷。

到了早晨，苹果店还没开门，他估计儿子起床了，给儿子发了个短信，让他过来一起挑选。

儿子兴奋地赶过来了，看到他父亲头发上全是露水，儿子说，老爸你卖肾了？他笑着说，你老爸只有两个肾，都像你这样，不够卖。

他们如愿以偿地买到了苹果 6，但是儿子不够满意，因为他想要的那款苹果 6puls 64G 还没到货，问什么时候能到，店家说，等吧。

老爸说，就先买这款吧，等苹果 6 那个什么到了，再换吧。儿子说，我晓得。

拿到新手机的时候，他收到了公司的通知，要送货了。

他取了货，按照货单上的地址，给收件人包兰送快递去了。

包兰果然在家里等着呢，签收的时候，快递员有意捏着自己的新手机，在包兰面前显摆一下，可是包兰有眼无珠，她的注意力可不在手机上，她迫不及待地拆掉包装，惊呼起来，哇噻，帅呆了！

拿在包兰手里的连衣裙，比在网上看到的照片还要好得多，其实一般网购的衣服，拿到手总比网上看的要弱一些，因为网上的照片，可以通过光线，色彩，甚至是电脑修改，让衣服呈现奇光异彩。

但是这件连衣裙恰好相反，包兰欢喜地抚摸着那些碎片，她看衣服的眼光是很凶的，她十分自信十分内行地评判说，就是因为这些碎片相嵌得好呀。

包兰当场就试穿了，一边照镜子，一边问室友怎么样，室友无不点赞。有一个室友说，奇怪，我怎么觉得这件衣服在哪里见过呢。包兰说，哎，这就对了，凡是好的东西，都养眼，你觉得养眼就会有一种熟悉的感觉嘛。

她还在东摸西拉地欣赏她的得意之作，她发现了裙子的口袋，口袋就在线缝中间，真是实用而又隐蔽，设计真的很精巧哎，包兰又赞叹了一回，她的手伸进口袋，触碰到口袋里有什么东西，她掏出来一看，是两张电影票，包兰奇怪地说，咦，怎么会有电影票？室友说，不要是网店老板暗恋你，送你的哦。包兰说，去，谁知道那是男是女，是人是狗呢。大家都笑，包兰又看了一下电影票，是两张过了期的票。

包兰也没多想，就将它们扔掉了。

包兰已经忘记了，这是她和她的男友一起去看的电影，只不过男友现在已经是前男友了。

关机总比开机快

飞机刚一着地，大家都迫不及待地拿出手机开机。老董也是一样的动作。怎么不呢，接机的人正等着他的电话呢。

机场好大，地下停车场就有三层，分成 ABCDEF 好几个区域，有反应迟钝一点或者马虎大意一点的司机，停车后就再也找不到车了。所以，在老董出发前，这边的会务人员先就跟他沟通过了，接他的车停在路上，他一落地，就电告他们，掐算好时间，他走出去，车子开过来，他看准车牌号，迅速上车，正好衔接上，一点不耽误，也不违章。这都是经常出差和经常接站的人积累起来的经验哦。

本来订的航班时间就比较晚，飞机又按惯例晚点，接站的人多等了三个小时，肯定望眼欲穿要上火了，老董得赶紧报告他到了。

老董摁了手机开关键后，那个熟悉的白色的缺了一口的苹果出现了，老董往前走了几步，再看一下，感觉今天手机好像醒得比平时慢，又连看了几眼，它还是没动，一直到下了飞机，又经过了长得望不到头的通道，再下到一楼大厅，那缺了一口的苹果还待在黑屏里。

老董有点着急了，赶紧使用从前用过的办法，一手摁开关，一手摁返回键，摁了一会，还是不行，缺口苹果像铁了心、生了根似的，就是不动。

老董随着人流到了出口，很多接机的人拥堵在门口，堆了好几排，后排的人得踮起脚来朝里张望，可老董知道，接他的人不在这里边，那人还坐在车上等他的电话呢。

老董别无他法，只有继续瞅着那个缺口苹果，他曾经赞叹这一口缺得多牛啊，瞧人家多有想法啊，多哲学，多境界，不一样就是不一样啊，老董是打心底里服的。只不过眼下这当口，情况不一样了，在老董看起来，这一口不是咬在苹果上，而是咬在他心上了。真是心随境迁啊。

连续几拨出站的人走得差不多了，接站的人走掉一部分，还有一部分是接下一趟、再下一趟航班的，因为航班总是晚点，几乎有一半以上的飞机都成了红眼航班。但是红眼航班也没能改变机场出口处乱哄哄的状况。

手机仍然处于等待开机状态，老董心里暗暗指望着一种可能：接他的会务人员如果一直等不到他的电话，会不会想到他这边出了什么问题，他会不会到出口处来看一看，他应该来看一看怎么回事嘛。这是起码的常识嘛。

老董这么想着，心里开始有了希望，也许那个人已经来了，也许已经擦肩而过了，也许正面对面站着呢，只是因为互不相识，也没有约定接头方式，所以一直没有对上号。

老董用心地打量起周围的人来，有人举着纸牌，上面写着要接的陌生人的姓名，老董转了一圈，看到好几个名字，但肯定不会有他。当然更多的人手里并没有举牌子，但他们的脸上的表情，一看就是接人的表情，老董对这些人更加重视，他一一地凝视着他们的脸面尤其是眼睛，想从那里面看出哪一个是他想要对接的人。

可是没有人理会老董的渴望的眼神，他们的眼睛从老董脸上一滑就过去了，再也不看第二眼。

老董没有泄气，他继续着自己的探索，后来终于有苗头了，有一个人手里捏着手机，嘻着脸朝他走过来了，老董心头一喜，赶紧迎上去，结果却是借打火机的，问老董有没有，老董不抽烟，身上不会有打火机，那人正待转身走，老董却忽然觉得被他提醒了，赶紧喊住他说，哎——你等一等，你能不能把手机借我用一下。

那个人立刻就警觉起来，看了老董一眼，问，为什么？你难道没有手机？老董的手机也正在手里捏着呢，老董递过去让他看，说，你看，我死机了，一直是这个死样。

那人瞥了一眼老董的手机，一言不发，赶紧走开了。

老董又瞄上第二个人借手机，可这个人连看都没看老董，嘀咕了一声，我手机没电了，就走了。老董只得再找一个人借，这人和前两个人不一样，他不说手机没电，也不推脱其他理由，很干脆就说，不借。老董一边着急地把自己死了的手机递给他看，一边说，你看我像个骗子或者坏人吗？这个人朝老董看了看，摇头说，看不出来的。上回一个女的，像高级知识分子，还戴一副很精致的眼镜，向我借手机，我借给她了，结果被她骗了。

老董仍然没有借到手机，不过这个人虽然没有借手机给老董打，却给老董指了一条路说，你可以去打那边的磁卡电话。老董赶紧往磁卡电话那儿过去，到了那边，才想起身上根本就没有磁卡。

磁卡似乎已经是上辈子的事情了，那时候手机还没有普及，他又碰上了人生的一单大事儿——婚外恋，爱得昏天黑地，一分钟也不能分开，出个差就像生离死别，一到地儿，眼睛就像贼眼似的，到处搜索墙上有没有电话。有一次出国，那可惨了，老董用团队发的卡打国际长途，再怎么拨，里边永远说的是外语，如此这般一直搞到半夜也没拨通，老董顾不得体面了，把领队从床上拖起来，领队又叫醒了翻译，都以为他家里出了大事，这下才把电话打通了，那边一听到他的声音，即刻在电话里嚎啕大哭起来。

现在回想起来，真是恍若隔世。

手机普及以后，所有这些难题都迎刃而解了，可叹的是，婚外恋早已结束，更可叹的是，手机死机了。

现在老董站在磁卡电话面前，那部电话就像个摆设，是一个崭新的干净漂亮的摆设。老董的鼻息中，甚至还残留着从前磁卡电话话筒上别人的口臭和唾沫味儿，那时候排着长队等打电话，前一位用户刚放下，后一个就抢在手里了，哪里顾得上体会话筒上有没有别人嘴里的气味。

老董站了一会，回忆了从前的气味，才想起来，要打磁卡电话，先得有磁卡呀，可是磁卡在哪里呢，老董拉住一个人问哪里有卖磁卡，那人直摇头，慌慌张张说，我不是本地人。

老董差一点想笑了，在机场买磁卡难道需要提供户口本吗，可是老董笑不出来，接站的人还等着他的电话呢。

既然墙上有磁卡电话，周边就肯定会有卖磁卡的地方，现在处处的人性化，处处的与人方便，那是不用说的，那更是从前所不能比的。只不过今天老董运气不好，他太晚了，机场出口这地方，除了有几家吃食店还开着，其他的店铺都已经关门打烊了。想想也是，这都到后半夜了，除了有人肚子饿了，还能有什么事呢。

偏偏老董就碰上事了。

看来，他是联系不上接他的人了。那就不接罢，他又不是什么长官大爷，又不是什么土豪富商，自己不会去酒店吗，去排队打个出租车就是了。经常出门在外的人，这点小事还能难住了么？

老董往出租车那儿走，刚走出两步，又停住了。他还真难住了。因为他不知道上了出租车该到哪里去呀，会议安排的酒店、包括这次会议的所有的具体内容，都在手机短信上，手机开不了，他就是两眼一抹黑、大脑一片空白了。

现在多半的会议都是用短信通知的，方便呀，省事呀，根本用不着操心记下，甚至都不用特别在意，只要有手机短信在，它就会提醒你知道哪天在哪里有会议。等到这个会议开过了，删除这条短信，再由另外的短信来帮助你安排另外的工作和生活。

一切就是这么的简单明了便捷。

可不是老董偷懒，差不多人人都是这样，也不是人人都偷懒，实在是因为人太忙，事情那么多，信息那么乱，人的大脑里，早已经塞得满满的了，每天还在拼命地塞，塞不下了，就塞在手机里罢。

老董的一个同事，本来是个蛮用心蛮细致的人，可是有一次不知抽什么筋，觉得手机太满了，下决心清理，结果一不小心，把一个尚未开的会议信息删除了。这下子麻烦大了，问谁谁都不知道，他自己呢，明明看过这条短信，明明知道这是个什么会议、在哪里开，但是等到信息被删除了，看过的这些内容也随之消失得无影无踪了。他到总办去查核会议信息，总办说，凡已通知到本人的信

息，随即就删除了，否则的话，总办就叫不成总办，改名叫信息中心算了。

那一次的会议那同事终究是没能想起来，当然也没能去开，因为删除信息的事情闹得飞飞扬扬，搞得公司上层都知道了，不处分也不行了。

从此那同事再也不敢随意清理手机里的东西，哪怕是一堆无用的垃圾，他也会小心保存，直到，直到，直到什么，谁也不知道。

那时候老董还和其他同事一起嘲笑他，现在轮到老董自己了，他也犯了一样的懵。

可老董毕竟走南闯北见多识广，脑子也足够用，先想一想当务之急是什么，那还用说，还是打电话罢。既然机场打不成电话，那就找别地方打电话去，别地方是哪地方呢，至少不是在机场，所以，现在要做的事情，就是离开机场。

老董上了出租车，司机问去哪里，老董说进城吧，进了城再说。司机从后视镜中警觉地看了看他。老董心想，你从镜子中能看出什么来呢，连我自己都还没知道自己应该怎么样呢。

自然，每一个城市的大街上必定是有电话亭的，只要进了城，随便找一条街下车，就可以打投币电话。可是偏偏老董身上没有硬币，平时他很烦找零找出来的那许多硬币，有了硬币就随手往什么地方一扔，他不喜欢身上的口袋里或公文包里叮叮当当的，觉得很琐碎，不够干净利索，不够方便。上下班开车，有会议用公车，从来不需要坐公交，他也不承担家里买办的任务，似乎到哪里也用不上一元钱的硬币。

可是现在用得着了，用得着的时候才知道有时候方便会变成不方便呢，他从司机的反视镜里看了看司机的戒备的眼神，打消了向司机兑换硬币的念头，决定先找个三星以上的酒店，无论如何，这样的酒店总能让人打到电话吧。

一进酒店，老董一眼就看到了坐在总台台面上的几部电话，老董赶紧去商量借用，总台的服务员说，这都是内线电话，要打外线电话，除非入住酒店，到房间可以打。老董登记入住手续时，吩咐开通房间的长途电话。总台的服务员一边收押金，开收据，一边看着他手里捏着的手机，奇怪地说，现在很少有人开通长途了，先生您真节俭。

老董朝她笑了笑。他心里总算踏实了一点。

上电梯，进房间，一眼就看见了搁在床头柜的电话，老董像见到了久别重逢的亲人，立刻过去抓起话筒，拨了一个0，长长的通话音就响起来了。

就在这长长的温柔的声音中，老董再一次犯了呆。

老董一下飞机，一发现手机死了，唯一专心做的事情，就是找电话，好像只要找到电话，一切困难就解决了。

现在电话有了，线路也畅通着，却发现事情并没能解决，而且似乎麻烦更大了，因为老董不知道该给谁打电话。

首先当然应该直接给接站的人打电话，大半夜了，那个人还在等着他呢。可是那个人的联系电话，也在他的手机里，手机死了，他和那个人也就失去了所有的和唯一的联系。

会务人员找不着，那就回头找派他来开会的经理，或者至少是单位里知道这次会议的某一个同事。平时这些人都不停地在眼前晃动，等到真的要用他们了，老董才发现，自己的脑子里竟没有一个记得住、记得全的电话号码。

万幸的是，他还记得自己单位的名称，自己所在城市的电话区号也还知道，赶紧拨了区号加 114，问到了单位的电话，这下不敢马虎了，先在小纸片上记下来，可等再到拨打单位电话时，才想起这是什么时候了，都后半夜了，会有人接电话吗?

当然没有。电话空响了一阵。空空的铃声忽然让老董心里一阵酸楚，好像自己是一条被主人抛弃了的流浪狗，眼神和灵魂都无比哀怨。

老董体会着被抛弃的感受时，想到了家，想到了老婆，家里的座机好几年都没人用了，即便他记得号码，恐怕也早已经停机了，即便是没有停机，线头恐怕也早被拔掉了，因为有一阵半夜经常会有自动传真传来各种东西，老董起先还以为是什么紧急重要材料，看到的却是一份医疗器具的报购单，另一回是一份旅行社的合同，与他和他老婆的工作生活实在是风马牛不相及。

在老董的记忆中，老婆的手机号码只有“老婆”两个字，那一连串的数字曾经是一直挂在嘴边的，曾经是可以不假思索就摁出来的，但是自从手机更新换代，通讯录内存越来越大后，所有的电话号码包括老婆的，都存到通讯录里，再也不用记住那么多的号码了，就在方便的生活中，轻松的日子里，许许多多曾经记得的东西，不知不觉地消失了。

现在老董要从自己的思路中把老婆的手机号码整理出来，这才感觉思路是又空洞，又堵塞，又苍白，又混乱，老董在纸片上写写划划，搞了好一阵，总算凑出来了，心里一阵激动，赶紧拨打过去，手机倒是开着，可老董口还没张开，对方已经一顿臭骂扑上来了，你牛逼，你变态，手机明明开着，老子打你十几通电话你都不接，你什么意思，你想哪样，你那手机要了干什么的——嗯？你不接我手机，居然换个号码给我打，你到底想哪样，你以为你换了

号，老子就不知道——咦？你居然跑到外地给老子打电话，老子告诉你，你到天涯海角你也是原形毕露——

被骂了半天，老董一句也没插得上，只是明明听到一个女声，却一口一个“老子”，老董也就认了，如此这般的“老子”，怎容得老董开口说话，老董虽知不是骂的他，心里却替应挨骂的那个人感到有些委屈，心想，不接手机也总有不接的理由罢，这么想着又替自己着急了，又想，不接手机总比死机强一些吧。

一直等到“老子”终于被自己的长篇声讨呛咳起来，才轮到老董说了一句，对不起，我打错了。

老董以为这就了结了，该挂电话了，不料更激起对方的斗志，她一边咳一边继续战斗，老子告诉你，你既然不接老子电话，老子就把你手机注销了——

一口一个“老子”终于把老董叫火起来了，老董说，不接手机的原因有几种，一，有外遇了，打算离了，不理你了；二，出车祸了，死了，接不了手机了——那“老子”一听“车祸死了”，顿时失声大哭起来，老董吓得赶紧挂断了电话。

老董定一定神，静一静心，把“老子”彻底丢开，再重新细细琢磨老婆的手机，终于又拼凑出一个号码，他细细地念了一遍，又念了一遍，终于，渐渐找回丢失已久的感觉了，觉得这个号码非她莫属了，有百分之百的把握了，再一次拨打过去。

可是他又知道自己错了，老婆的习惯，每天上床前就关机，属于半夜敲门心不惊的淡定人物。

果然的，那个不知道到底是不是他老婆的手机，关着呢。

老董山穷水尽了。

老董洗洗睡，原以为事情没着落，心里不踏实，会影响睡眠，不料头沾上枕头就着了，一会儿就做梦了，梦见那个缺口的白苹果终于消失了，手机开机，发出熟悉的悦耳的音乐，他一阵欣喜，赶紧拨打电话，但是怎么也拨不出去，急出一身汗，就醒过来了。

醒来时还沉浸在梦中的喜悦中呢，赶紧拿手机看看有没有开机，可是哪里有，不要说开机，连原来一直死在那儿的缺了一口的白苹果也不见了，这回可是死彻底了。

老董泄了口气，还是得打电话呀，可这么早的时间，同事还没上班呢，只得打老婆电话，手机倒是开了，这是老婆有规律的生活，每天早睡早起，睡的时候关机，起来就开机，真是好习惯哪。

一听老婆大人淡定的一声“喂”，老董丢失了一夜的魂，似乎就回来了，精神顿时振奋起来，赶紧问，老婆，我在哪里开会啊？老婆“嘻”了一声，说，你在哪里开会我不知道，反正你不在家里。老董着急说，我不开玩笑，我手机死机了，昨天接我的人没有接到，我打不开手机，就不知道开会在什么酒店，也记不得是开什么会。老婆又“嘻”了一声，连你自己都不知道自己到哪里开什么会，你觉得我会知道吗？

确实不会。这许多年来，老婆对他的工作以及其他事情的关注程度，如果用图表来表示，那就是一条生动起伏的曲线。开始的时候，线向平稳，小有波动，他若要出差，向老婆报告，老婆会认真了解，甚至还会关心他所去的地方的天气之类，会替他准备一些行装，但线行到了中间，发生很大的变化，有一段是一味走高，越走越高，那关心程度简直就要爆棚，现在回想起来，老董还心有余悸呢。

那时候老婆真是管得一个紧啊，问得一个凶啊，恨不得牛屎里追出马粪来，恨不得有一台测谎仪器，夫妻俩为此也没少吵过、打

过，有一次老婆甚至搞跟踪追击，一直追到他出差地的宾馆房间，查看老董有没有说谎，真是不可开交。老董也因此被大家笑话了很长时间。

再往前走，又恢复平稳前行了，在平稳中又一路走低。老董向来出差多，来来去去，进进出出，现在老婆都不怎么过问了，老董只需跟老婆说一声，我要出差。是去两天，或去三天，或去几天，都不用说得很清楚，其他内容比如开什么会啦，到什么地方啦，等等，更不用多汇报，汇报了老婆也不爱听。有一次老董要去的那个地方，比较奇怪，据说有水怪，老董就多说了两句，听到老婆笑了起来，他以为老婆听进去了，回头一看，老婆是冲着网上一只宠物狗在笑呢。

一条曲线起起伏伏才算不了什么，生活就应该是这样的嘛，老董才没把它放在心上呢。只是现在摊上事了，才知道麻烦来了。

老婆说得没错呀，她哪里知道老董这回又是上哪儿开会、开什么会，更不可能知道老董开会的地点，老婆说，得了得了，你问别人去吧，我得上班了。老董赶紧抓住最后一点希望，说，你帮我问问老张吧。老婆勉为其难地答应了，说，你把老张的电话告诉我。

可是老董哪里有老张的电话呢，那电话正死在老董的手机里呢。老董说，我要是有老张的电话，我也不用麻烦你替我打嘛。老婆说，奇怪了，难道我会有你同事的电话吗？老董说，没有电话，你就不能到我单位去一趟，找到老张就知道了嘛。

虽然老婆嘀嘀咕咕不情不愿地挂断了电话，但老董相信她会去他的单位找老张的，很快就会有消息过来的，他安心等待便是，老董身心终于放松了，往床上一斜，居然又迷糊过去了。

一觉醒来，一看时间，才知道这一糊居然糊过半天去了，已经到中午时分，老婆找老张的消息怎么还没来呢，心里来火了，立刻打老婆手机责问，老婆也立刻回敬说，你还好意思责问我，我一早上就替你打听了，可找不到你人呀，怎么告诉你？老董愣了一下，立刻反应过来了，说，怎么会找不到我，你手机上不是有我的来电号码么？老婆说，有呀，那是宾馆的总机号码。老董说，你就不能问一下宾馆总台或总机吗，请他们查一查我在哪里个房间。老婆冷笑说，你怎么知道我没问，可人家不肯给，说这是住店客人的隐私。

老董无话可说了，也不能再和老婆讨论下去了，都已经耽搁到中午了，再不赶会场，恐怕都快散会了，他赶紧问老张那里的消息，结果老婆轻描淡写告诉他，老张也出差了。老董着急，脱口说，出差你不能打他手机问吗？一出口，立刻知道自己又错了，赶紧说，我知道你没有老张的手机，你就不能再替我问一问其他同事老张的手机么？

老婆懒得再理他了。

求人不如求己，老董回头还得依靠自己。他自己有什么可以靠的呢，有昨天半夜通过 114 查到的单位电话，虽然不知是哪个办公室的，只管打过去，对方说，这是值班室。老董就来火了，既是值班室，为什么晚上不接电话？对方也没好气，说，我们单位规定晚上值班就是睡觉。老董没时间和他扯，只有低声下气请他告知经理或其他人的手机或办公室电话。对方拿捏说，这是不可以的，这都是个人隐私，凭什么随便就给别人。老董说，我不是别人，我是老董，就是本单位的嘛。对方却不认他，说，你说你是我单位的，你说你是老董，我在电话里又看不见你，我怎么知道你是不是骗子，来盗取信息搞诈骗。老董气得“啊哈”了一声，说，我这个骗子，就用这种手段骗人？这手段也太弱了吧。值班室那人说，不一定啊，骗子层出不穷，骗子手段也一样层出不穷，有的高智商，有的偏偏走低俗弱智路线，哎，你别说，手段越是简单低劣，上当的人还越多呢，为什么呢，我告诉你啊，因为他们不相信骗子这么笨——哎，对了，你露出马脚了，你说你是我单位的，你既是我单位的，你怎么会不知道经理和其他同事的电话号码，骗子，你看，一戳就戳穿了吧。老董差一点要哀求他了，说，我真是老董，我的手机死机了，所有的信息，都死在里边了，所以——那值班人说，死机的破手机你还要了干什么，你就换一部手机罢，现在手机这么普及，又便宜，就像过去口袋里的火柴盒似的，我一人都有三部。

老董还想继续解释自己碰到的问题是个什么问题，可值班室这人不耐烦了，说，我还头一次碰到你这么难缠的骗子，一般的骗子被戳穿了也就算了，换一个人再骗罢，你倒好，盯住不放了，你真是贼大胆啊？你再纠缠，我报警了啊。“报警”两字一出来，突然就惊醒了老董，他赶紧说，报警，报警，你快报警吧。

如果报了警，警察来了，他倒是可以求助警察了，可对方才不报警呢，只说了一句，哎哟，不光是骗子，还是个无赖。就挂断电话了。

老董丢开电话，出了宾馆，就往派出所去，有困难，找警察，他果真去报警了。警察听了他的话，哈哈大笑，说，这位大哥，脑子被门夹了啊，既然什么东西都在手机里，你去店里修一下手机不就行了，这事情你找警察没用，警察不会修手机。

老董这才发现自己舍近求远白忙了大半天，赶紧问警察附近有没有维修店，就在这时候，奇迹发生了，还没等警察告诉他维修店在哪儿，手机黑屏忽然就闪亮起来，那个久违了的白色的缺口苹果

出现了，片刻之间，清脆悦耳的开机铃声响起来了，手机开机了。

大家哄堂大笑。老董又好气又好笑，骂道，死东西，知道要找专家修理你了。

手机开了，所有的东西又出现了，当然包括那条开会的短信通知。

时间都已经大下午了，老董赶紧打上出租车，往会场去，路上又堵了一会，到了宾馆，进大堂，就看到会议上的许多人已经开始离会了，会务组有一个人在跟大家说，你们都很着急哦，都等不及吃了晚饭再走，晚上的自助餐很丰富的。有人回答他说，哎呀，太忙了，赶回去还有好多事情呢。另一个人说，现在的人，都性急，也不知道急着要哪样。大家一边自嘲，一边提着自己的行装和会议上发的纪念品在大堂集合等车集中送往机场。

老董背着个包，呆呆地站在一边，会务上一位细心的同志看到了，过来问他，您是哪趟航班？老董愣了一下，他的全部心思还在昨天那趟航班上呢，那会务见他说不出来，又改问，您哪位？老董报了自己的名字，会务看了看手里的派车单，说，哦，有的，有的，您是东方航空，晚上七点五十起飞，您也和他们同一趟送机场。一边说，一边体贴地要替老董拿包，这当口他发现了问题，说，哎，您的纪念品呢？不等老董回答，又说，是忘记在房间了吧，没事没事，不用上去拿了，这儿还有剩余的。一边到大堂一角，从那里取来一份纪念品，替老董提着。差不多送机场的考斯特到大堂门口了，一群人一起涌着往车上去，老董也被簇拥着，身不由己地上了车。

一路大家说说笑笑，其中有几个人老董是有过几面之交的，他们经常会聚集在某次会议上，但是似乎谁也没有在意老董是什么时候出现的。老董几次想跟他们说说，可是却不知道说什么，不知道怎么开口，说，我其实没有赶上开会？或者说，我手机死机了？或者说，我被手机害惨了？

最后老董什么也没说。

一路畅通，到了机场，大家就分头四散着办理手续、飞回自己所在的地方去了。

老董过了安检，上了飞机，飞机起飞前，机长通告，请大家关闭手机等电子设备。

老董关机的时候，看着手机，屏幕上一个旋转的小白点，稍转几下就消失了，手机关机了。

老董想，关机真比开机快啊。

设计者

我上大学的时候，我爹娘含辛茹苦，养鸡养猪，给我提供学费，我哥知道了，就给我发了短信，说他从工地的脚手架上摔下来，腿断了，他给断腿拍了照片从手机上发给我，我看到那条腿，想起兄弟手足情，心酸了，就把爹娘给我的钱给了他。

我没钱交学费了，赶紧勤工俭学，我去家装公司讨生活，因为我学的专业是室内设计，经理告诉我，现在学室内设计的，比造房子的还多，比房子还多，所以我不能搞设计，我只能干粗活，我也爬上了脚手架。可我不是我哥，我从小到大一直念书，念得细皮嫩肉，经不起风吹雨打，我还恐高呢，虽然我很努力，也很小心，可结果我还是从脚手架上掉下来，好在我爬上去的那个脚手架没有我哥的那个高，我掉下来时接触地皮的身体部位也比较理想，那是全身上肉最多的地方，所以我只是摔了一个坐墩。可即使只是屁股着地，那也疼呀，疼得我忘记应该抱住屁股，却抱住了脑袋。这个错

误的动作可把我包工头吓了半死，我要是摔着了脑袋，他惨了。

我从地上爬起来的时候，手机短信来了，又是我哥，我哥告诉我，我上次给他的钱，不仅没有治好他的腿，反而越治越严重了，现在他的腿不仅断了，还烂了，随后他又附来一张烂腿的照片，我很内疚，因为我的学费把他的腿害成这样，我只得把打工挣来的钱，又给了他。

你们知道我犯傻了吧。

可惜我比你们慢了半拍，等钱汇走了，我才依稀想起两张照片上的两条腿长得并不像，我再仔细核对，其实根本不用怎么仔细，明眼人一下子就能看出来，那是两条完全不一样的腿，我哥就拿着两条长得如此不像的腿来骗我，竟然还得手了。

我瞎了眼呀。

我哥是个骗子。

所以我现在不叫他哥，我只叫他狗日的。

狗日的绝对比我精明，因为他没念那么多书嘛。他知道我早晚会发现两条腿并不是一条腿，我早晚会找他算账，所以他骗了我第二笔血汗钱以后，手机就停机了。

我再也没有联系上狗日的。

后来我才知道，狗日的并没有停止行骗。他又以我的名义骗到我爹娘那儿去，我爹娘可是偏心眼，一听说是为了我的事情，就闭目塞听任凭宰割了。

最后，狗日的终于把自己给骗没了。

他不能再在我们面前出现了。

我咽不下这口气，在校读书的最后一年，我几乎都用来打探狗日的行踪，我知道一般的手段肯定是搞不定，狗日的既然打算当骗子，而且成功地当上了骗子，他必定早已有了背水一战以后完全消失的设计。

不过，他虽然有他的设计，我从失败中吸取教训，我也有我的擅长，我专门主建了好几个 QQ 群，并且通知了目前还和我有联系的所有有关人员。我建的群，有小学同学的，有中学同学的，有以我家乡那个镇的镇名开设的，还专门为我们那个没名堂的村也搞了一个群，我这是急病乱投医，死马当作活马医，我完全没有指望村群也会有人上来，可出乎意料的，村里居然也有人上 QQ 聊天，时代真是大不一样了呵。

有一次一个叫某某某的同村老乡居然在群里跟我聊天说，爱疯怎么怎么怎么，我还没来得及吃惊呢，他就跟我从爱疯初代一直聊到爱疯六代，并开始憧憬七代，聊了爱疯，又聊苹果的其他系列产品，了如指掌，头头是道。他简直、简直把我聊醉了。这老乡某某某和我年纪差不多，小时候家里穷，孩子多，连个大名都没有，更没轮得上他念书，是个文盲。

让我直是怀疑他到底是哪个某某某。

虽然那狗日的一直没有出现，但我有信心，我有信念，我一边主动追击，一边耐心等待。

果然，在我大学即将毕业的时候，有好消息在群里出现了，我初中同学某某某告诉我，他听说我高中同学某某某曾经告诉我老乡某某某，在南州市见到过我哥，他在做泥水匠。

这么说起来，那两条腿虽然不是他的，但当泥水匠爬脚手架似乎不假，我看到了希望，至少，我缩小了寻找的范围。

于是，你们现在就在南州见到我了，我带着我的简历来到南州，我得先安营扎寨。

可是简历有什么用呢，在人头攒动的人才招聘市场，我的简历根本就是石沉大海。可明明知道石沉大海，我也得投，否则我要哪样呢？难道梦想有人介绍我直接到公司去面试吗？我不想让自己抓狂，所以我也不做那样的梦。

不是你们猜想的那样，奇迹并没有发生。

记得那一天我爹长长地舒了一口气，他弓身腰，却硬挺着胸，满脸骄傲地跟我娘说，好了，儿子成功了，我们终于苦出头了，从今往后我们就等着过好日子啦。

我亲爹，你真以为你儿这就“成功”了？你这是在说哪朝的事呢。多多少少像我一样的毕业者，来自乡村或来自边远地区，每天晚上做着在大城市落脚生根的梦，每天早晨醒来对面的是三高一低的现实，高房价房消费再加父母亲朋的高期望，配以连自己都难养活的低收入，就这样，理想和现实，像两条长短不一的腿，支撑着瘸子们奋勇前行。

当然，我连瘸子都不是，我没有资格嘲笑他们瘸，如果他们是三高一低，我就是三高一无，我还没有找到给我发工资的地方，我不是低收入，我是无收入。如果我有理想，我的理想是一条腿，我的另一条腿，还没有长出来呢。

我在南州住什么吃什么，我就不说了，说出来丢我母校的脸，我母校可是全国甚至在世界上都有名望的高等学府呵。

幸好先前我有些眼光，我建的那几个群，帮上我忙了，有一个自称老乡的人在群里跟我说，你到菱塘工地找我吧，我有活给你干。

我一激动说，哥，你终于出现了。

你就知道我有多脆弱，一激动，就忘了他的名字已经不叫哥

了，一失口，我又叫回了哥。

显然你们还知道，他不会是我哥。

菱塘工地并没有实现我的理想，那是一个在建的经适房小区，我老乡所谓的“有活”，就是泥水匠，我掉头就走。我不是泥水匠，我是设计师，我怎么落魄也不能落到我哥一样的结局。我掉头走的时候，我老乡在背后嘲笑我，你还挑肥拣瘦，什么什么什么。

和人才招聘市场不同，网上招聘可是客气多了，看起来满眼都是机会，我挑选了一家名叫“宏大”的室内设计公司，该公司因业务扩大，急招室内设计人才。我开始是留个小心眼的，担心遇上骗子，可是人家有图有真相，而且也不像骗子那样让你从网上汇报名费，直接按照他提供的地址上门去就是，我思来想去，觉得如果按这样的程序走，他也骗不了我什么，我就上门去了。

我要进门的时候，恰好有一个人出门了，身高和我差不多，虽然也戴着眼镜，眼光却锐利，一眼就看出我的意图，就直截了当劝阻我说，我已经上了当出来了，你别再进去上当了，给你三个月的见习期，不开工资，只有五百块伙食交通补贴，让你白天下工地，晚上画图纸，完了就叫你开路，他是变相剥削——不是变相，就是直接剥削。

我的天，我要的就是剥削。

我赶紧一头栽进去。

就这样我当上了宏大公司的见习设计师，果然是每月给五百元补贴，让我喜出望外的是，公司有一顿免费的午餐，还有地方可供我住宿，宿舍就是公司的办公室，白天办公，晚上把行军床拉出来就是宿舍，即便这样，我都感激涕零了。

我暂时安顿下来了。

你们知道的，我安顿下来第一件事，就是找我哥。

虽然我先前建了好些群，但现在我的身份发生变化了，所以我随手又建了一个，叫设计者群。我把QQ群号送给同事，我同事没有理我。群里没有人，我就到一个“设计者吧”的贴吧里，不断地发贴，活跃得像个脑残粉，我发一条，请大家帮助我找到我哥。

我再发一条。

我又发一条。

开始没什么人理睬我，后来终于有人来了，都是来跟我捣乱的，有的说他就是我哥，有的说我哥死了，有说我哥被中央情报局招去了，又有说我哥和外星人合作做生意。

就这样，我把工作之余的所有时间，都放在这里，我设计着，我守候着，一心要逮住我哥。

其实你们肯定知道我是气糊涂了，我哥又不是我，他没有上过大学，也没有上过高中，初中还是辍学的，他就算玩大发了，有钱上网，他也不会像知识分子似的和人聊天，互诉衷肠，争短论长，他只会、只会、只会怎么样，我也说不清，但至少要看看美女吧，或者看看有没有可乘之机让他继续扇动行骗的翅膀，再或者，再或者他要干什么我也不想知道。

没时间再细说我哥了，因为我的工作已经忙起来了，我老板接了一单活，合同已经签了，现场却还没看，我老板把房主的QQ号给了我，让我和房主联系拿钥匙。我不知道我老板不看现场是怎么签下装修合同的，但这不关我事，我只按我老板的吩咐做。我一上线，果然很快找到了“无处逃遁”，我都没来得及跟他套个近乎，问问他真名字叫什么，他看我打出“宏大”两个字，立刻回答我说，正是我。并没有要想告诉我更多信息的意思，我也就省略了不必要的寒暄，直接问他什么时候拿钥匙看现场。他给了我一个电话，让我联系这个人，说钥匙在他那儿。我看他给的只是一串号码，没有人名，我说，这人的名字呢？他说，名字很重要吗？你找人就行了，找名字干什么。

他说得真不错，我就不找名字找人，电话通了，我说了取钥匙的事，果然无误，他只是说他很忙，麻烦我到他公司去拿钥匙。

我到那儿一看，才知道是一个房屋中介公司，我在门口一探头，还误以为我错回到我家宏大公司了呢，两家公司真是半斤八两的样子，狭小的空间，还搞得像个大公司似的，一小格一小格分开，总共大约有三五个人分在不同的小格子里，都埋着头，也不看我，我不知道哪一个是我联系过的，只得再打一遍手机，有一个小格子里响了起来，我走过去，他也知道是我，两下就对上号了。

这中介和我差不多年纪，我第一眼看到他，就觉得在哪里见过似的，想不起来了，我问他有没有这种感觉，他说，你想多了，你又不是贾宝玉。他居然知道贾宝玉。

交谈了一两句后，我们都听出对方的口音有点像，攀了一下老乡，老家果然离得不是很远，我且算他是某个未曾谋过面的远亲吧。人在异乡，有远亲总比没远亲为强，哪怕只是心里有这么个远亲也是好的。

远亲打开抽屉，里边有几个信封袋子，他从中挑了一个，就把里边的钥匙拿出来交到我的手里，我说，你们连钥匙都没有交接，他就让人装修房子了，这户主也忒性急了吧。我远亲说，他不是性急不性急的问题，他是无所谓。我不知道什么叫无所谓，我远亲告诉我，户主通过他们中介公司买这个房子，根本就没有到过现场看房，只是在网上联系后，就汇款了。我说，这倒也是，反正有

图有真相。我远亲也顺着我说，是的啦，现在人都忙，看看图片，再看看价格，就行了。我又顺着我远亲说，是呀，听说有人出国坐飞机，看到飞机上的画报上有英国的古堡山庄，看了一眼就下订单了，那可是几千万美金的大单。

我们胡扯了几句，我拿着钥匙准备去现场，我远亲主动说，那房子离我们这儿不远，我陪你走一趟，免得你绕路。我心里蛮感动，到底有远亲和没远亲不一样。虽然我嘴上没有喊他远亲，也许他心里也和我一样，把我当成他的远亲呢。

我们去那个现场，是个高层，进大厅，上电梯，过走廊，走廊弯弯曲曲，绕来绕去，最后开门进去一看，简直亮瞎了眼，这是一对新婚夫妻装修的房间，房间还崭新的，人却已经分开成旧人了，所以房子也不要了。

我远亲又告诉我，这是户主为年迈的父母换的房，估计他怕我想不通，又补充说，一般人家父母年纪大了，都愿意换到低层，最好在一楼住，出行方便，他却把两老拱到蓝天白云间，主要是因为老父亲患了老年痴呆症，如果住一楼，一开门就出去了，出去就找不着了，换到高楼上，就没那么方便了，如果他走楼梯下去，出门找楼梯也不易，找到楼梯走不了几层就会被发现、被追上，如果他选择坐电梯，他也得先找到电梯，他进电梯以后常常会按错按钮，不知道他会到哪一层楼，但总之他是在电梯里，就逃不掉。

我听了，说什么呢，没什么可说的，不关我事。

我没说话，我远亲的手机响了，他没有接手机，只是掐掉了铃声，可过了一会，又响了，再掐，再过一会，再响，最后他不掐了，接起来说，哎哟我忙着呢，谈生意呢——不行不行，今天回不了公司，我得在外面忙一天。晚上？晚上也不知道几点才能结束。

躲女的呢吧？有个女的追追躲躲打打闹闹也算蛮幸福的日子，至少比我强啥。

我由此又想到我哥，如果这是我给我哥打电话，我哥会怎么说呢？所以在我远亲接打电话的这一瞬间，我重新拿定了主意，一旦我有了我哥的消息，我决不打草惊蛇，就算有他的联系方式，我也决不提前联系，我必须突然出现在他面前，给他个措手不及，叫他原形毕露，无处逃遁。

我远亲非常坦然地当着我的面对别人说谎，我不想让他难堪，我往旁边走走，假装没在听他说什么，可我远亲一点也不避我，挂了电话还追上来对我说，是我爹，我料到我爹会去公司找我，我就陪你过来了。我想问他躲着自己的爹干啥呢，不过话没出口就咽回去了，躲爹又怎么了呢，家家有本难念的经，我哥不也一直躲着我吗。

钥匙也交了，门也开了，房也看了，我不知道我远亲还要陪我到哪时，我并不讨厌他，何况我刚来这地方，人生地不熟悉，有个和我差不多的人伴着我，有啥不好呢。可我这是做梦呢，我远亲的电话又响了，这回我远亲没敢再掐，电话那头的声音很尖利，我远亲对我做了个嘴型，其实我不看他嘴型、看他脸色我就知道，必是他老板无疑。老板命令他立刻回去，他爹在公司闹腾呢，我远亲这下子没辙了，他敢躲他爹，却不敢躲他老板，躲老板，他不想活了。

我远亲和我道别，我送他到电梯门口，看着他进电梯，电梯门关上，留了一个背影给我。我也不要他这个背影，我自己的事还远没着落呢。我又看了一下房间，这种新婚装修确实很不适合老人居住，许多地方需要改造，比如进门就是一个玻璃材质的玄关，再比如，卫生间的地砖墙砖光洁漂亮，却不防滑，这些都是不利于老人居住的，得根据老人的特殊情况重新设计。

不过这也仍然不关我事，轮不着我来考虑设计，我只是根据老板的指示，拿钥匙开门看看有没有这回事，现在知道事实是存在的，我回去向我老板报告，我老板说，明天工程队就进场了，你就跑现场吧。我老板又给了我一个电话，是包工头的，我又和包工头约上，第二天到现场汇合。

第二天一早，我先去开了门，不一会，包工头就来了，我一看，这人比我长不了几岁，年纪轻轻就当包工头了，我拿他和自己比较一下，心里有点酸，也有点崇敬，赶紧尊他一声经理，他说，不是经理，就是个包工头，你喊我包大哥就行。

那我就喊他包大哥。本来我只有一个哥，他却把自己变成了狗日的，现在天下掉下个大哥，虽然不同姓，但喊上大哥，自然就有几分亲切。

包大哥打开图纸看起来，我知道图纸是我老板亲自画的，我宏大公司，也只有我老板有水平亲自画图纸。他要是不画，谁画呢，难道我吗。

包大哥把图纸颠过来倒过去地看了好一会，才开始干活，他拉开卷尺搞起了测量，卷尺在他手里软来软去，不怎么听话，我去帮他按住一头，我没说什么话，包大哥主动跟我说，我手下有人，他们在另外的几个工地上，我比较贪心，一下子接了几个活。

包大哥测量过后，从屁股后面的口袋里掏了一把小泥铲，朝墙壁上铲了起来，嘴上说，用这种涂料，涂也不容易，铲也难铲。他见我没有回答他，回头朝我看看，说，王设计师，你很内向。

我内向吗，包大哥哎，我不是内向，我应该是在怀疑你。

可是我才不，我没有必要怀疑包大哥，我从包大哥又联想到我哥了，我哥真是阴魂不散，让我每见到一个人都会想起他。我哥要是能混个包工头，不也和他一样吗，有什么好多说的。

过了一会有人敲门了，我开门一看，是个女的，一脸愤怒，令我眼花，这不是我大学时的一个学姐吗，我差点误会了，以为她是来吃回头草的。她一开口，我才知道我错了，她不是我学姐，她是来找包大哥的。我说，包大哥在。她推了推眼镜，看了我一眼，就把我扒拉到一边，往里边找包大哥去，指着说，姓包的，就算你逃到天涯海角，我也能把你追出来。

包大哥回头看看她，耸耸肩说，你真有本事，我都换了三次手机，你还能找到我。可这女的再凑近了包大哥一看，却顿时泄了气，跺脚说，又错了，又错了，不是你。包大哥说，你再仔细看看，你确定不是我吗？这女的说，怎么不确定，我要找的人，烧成灰我也认得出。包大哥说，要不你等我成了灰再来试试，看是不是我。我估计包大哥是在调侃这女的，我挺想讨好包大哥，就顺嘴说，本来嘛，包大哥又不姓包，他是包工头。这女的找错人已经很沮丧，见我多嘴，就恨起我来，责问我说，我找错人找对人关你什么事，一个小屁工，靠边站去。包大哥挺给我面子，说，他不是小工，他是公司的设计师。这女的又回头看我，呵不，这已经不是看了，这是瞪，她瞪了我一会，问我是哪年毕业的，我说是今年的应届生。

她愣了一会，忽然就哭起来了，一边哭一边说，你应届生都当上设计师了，我毕业三年了，我还，我还，我还——她哭得肩膀耸动，说不下去。

包大哥朝我笑笑说，女的属猫，猫尿多。我没有笑，也没有跟

她解释我不是设计师，我说什么也是多余，除非我是高富帅，而且还一见钟情地爱上她了。做梦吧我。

也没人劝，一会儿她自己平静下来，一点也不难为情，中间也没有什么过渡，就从包里拿出工装套上，准备干活了。包大哥却不干了，阻挡她说，你是谁，你干什么的？

这女的说，你不用问我是谁，你不是包工头吗，包工头不都得找人替他干活吗。包大哥说，我要找人干活不假，但得看你能干什么活呀。女生说，我是某某大学学室内设计的，我爹我哥都是泥水匠，跟你的活都沾得上。

唉哟，这还真是我嫡亲的学姐哎，我们不仅同门，我还觉得她的家身家世和我也挺像，她若不是个女的，我差不多以为她就是我了。我心里忽闪了一下，差一点脱口问她，你爹的腰还弓着吧，你哥的腿摔伤了没？但话到嘴边我，硬是咽下去了，因为我害怕她说是的，如果她的遭遇真和我一样，我能把她当成我自己吗。

但至少在心里我就喊上她学姐了，再也不会“这女的这女的”这么暗称她了，喊人学姐的那个感觉，真不错，我又梦回大学了。

看起来我学姐是要赖上包大哥了，她朝地上看看，皱眉说，灰太大了，洒点水吧。自说自话就到水龙头那儿去打水了。

可她才发现连水都不配合她，水龙头里不出水。她回头剜了我一眼，说，没有水怎么干活，你去问问对门的邻居，是这幢大楼或者整个小区都断水，还是这家的水管子的问题。

我不应该听她支配，但我又鬼使神差地听了她的话，我真打算去问邻居了，到门口一拉门，猛被吓一跳，一个老太太正悄没声息地站在门口偷听我们说话呢。虽然被我发现了她的行踪，她并不难为情，挺大方，索性自己进屋来了，说，你们开始装修啦。一边

说一边把设计图纸拿过去看起来。我怕她看不懂，跟她说，您这样看——这个标志是代表——老太太打断我说，不用你教我，我在大学教的就是这个。原来是位老知识分子呢，难怪看图纸的样子那么内行，我很担心她太内行了不能满意我老板那点水平，不过还好，老太太并不挑剔，只提了一个要求，问能不能在家门口装个警报器。我和包大哥都说这没问题，世道不太平，防贼是必须的。老太太却说，不是那种防外贼进入的，要装在里边，防里边的人出去，只要有人出家门，它就会响起来。我说，只听说过有人非法进门才报警，没听说过有人出门也要报警。老太太说，我老伴得了老年痴呆症，我们不许他出去，他偏要出去，出去就出去罢，家里人挡住他就行了，可他还偷偷摸摸，轻手轻脚溜出去，已经几次了，出去了真不好找。

话说到这份上，我能够断定老太太就是这家的户主老太太了，我说，老人家，整个装修设计是根据您儿子的要求搞的，如果要在门口安装警报器，还得请您的儿子和我老板交代一下。

老太太朝我看看，反问我，你说我儿子？他在哪里呢？你找出来让我看看。我听她这口气，心想也许我自以为是了，可能委托人是个女的吧，我改口说，那是您的女儿。老太太又说，女儿？女儿在哪里呢？你找出来让我看看。我又检讨了自己，再改口说，反正，总之，是您的小辈吧。我看到老太太一张口，我以为她又要说，小辈？小辈在哪里呢？你找出来让我看看。不过老太太并没有再重复，她很瞧不上我，撇着嘴说，自作聪明。

她什么意思呢，是不是说她根本就没有小辈呢，我并不想弄明白，这不关我事。本来么，委托搞装修的户主连照面都不打，还真不知道那是什么个人，也真不知道那人到底在哪里呢，我老板接这

么个活，真够省心的。不过，这仍然不关我事。

老太太还没有得到我们关于安装报警器的准确答复，她的神情却忽然变得紧张起来，似乎是门外有什么动静惊扰了她，她侧耳朝外听了一听，拉开一条门缝看了一眼，就赶紧出去了。

我和包大哥和我学姐什么都没说，这不关我们的事。

我下班时，刚开门出来，就意外地看到那老太太从对面的门里出来了，动作鬼鬼祟祟，轻手轻脚，她看到我，朝我“嘘”了一声，说，别出声，我是偷偷溜出来的，他们老是要追我，追我，追我干什么，我又不是逃犯。我心想，这老太太明明是邻居，刚才却冒充对门的房主，可是再细一想，她也没冒充呀，她又没有说自己是谁，那是我自己推测的，只能怪我逻辑推理水平太差，自己给自己上一当。

老太太警惕地看了看我，问道，我没见过你，你是新搬来的？她显然已经忘记我是谁了，忘了刚才见过我，这样说起来，她才是患了老年痴呆症的病人呢。

电梯来了，我请老太太先进，老太太却退后一步说，我走楼梯。我问她，您到几楼？老太太警觉地朝我摇摇头，说，兵不厌诈。到底是老知识分子，说话还用成语。

电梯门关上了，电梯把我送到一楼，我走出楼道，天色将黑，又一个夜晚来临了。

就在这天晚上，我又接到一个老乡的电话，告诉我，他看到我哥了，我哥在郊区的一个工地上，老乡把工地的地址发给了我。我二话不说，出门就去找公交车，时间已经很晚了，开往郊区的车大部分都停了，但我运气好，还是搭上了一趟末班车。

上车的时候，我问司机这趟车今晚还返不返回来，司机说不回了，就停在郊区。那就是说，我去了就回不来，但我没有犹豫，直接走进车厢。

车厢里空无一人，我随便找个位子坐下，车到下一站，上来一位乘客，是位老先生，穿的衣服裤子是蓝白相间竖条纹的，像是睡衣，又像是医院的病号服。

司机好像有点犹豫，开动车子时他问那老人，你到哪一站？老人说，我儿子给我买了新房子，我要去看新房子。司机又问，新房子在哪里？老人却说不出来了，抬着手胡乱地向前边指一指，就是那里。司机回头看看我，对我说，你看看他口袋里有没有地址什么的。我听司机的话，走到老人身边，想看他的口袋，老人却紧紧地捂住口袋，说，没有口袋，没有口袋。我耐心劝他说，您捂着的不就是口袋吗？口袋里有什么呢？老人又说，没有存折，没有存折。司机一听，顿时紧张起来，他干脆停了车，走过来对老人说，老人家，是你儿子让我来接你的。老人仍然捂紧口袋说，没有儿子，没有儿子。

我和司机面面相觑，我们都是文明人，又不能硬掰开老人的手看他口袋里到底有什么，但是如果不看他口袋里的东西，我们拿他怎么办呢？

天无绝人之路，正在这时候，老人身上的手机响了起来，老人似乎一直在等着手机响呢，他不再捂住口袋，而是迅速地取出手机，没有按接听键，就对着手机说，我在家呢。我赶紧从老人手里拿过手机，想替他按一下接听键，这才发现是个假手机，根本不能用。

老人高兴地笑起来，说，你也上当了吧，他们想用手机定位找到我，我换了个玩具手机，跟那个手机一模一样，铃声也一模一样，他们检查的时候没有发现，嘿嘿。

司机气得“切”了一声，不再多管闲事，自顾去开车了，这时候，我的手机有动静了，来了一条短信，我希望是我哥，我希望我哥知道我去找他，主动给我发信了。

我想多了。

短信内容是这样的：哥，我是小妹，好久没有联系了，这是我的新手机，记得找我哦。

从向阳街去往相羊街

我被投诉了。

我是一名邮递员，被投诉是难免的。

据说有一张应该由我投出去的汇款单我一直没投，收款人找上门来了。

我是可以理直气壮的，我完全按照规定行事，邮件分到我手，我无不亲自投递上门，报纸和平信，按规定可以投到家门口的信箱里，如果是挂号的或是汇款单，那必定是要收款人亲自签收的，无一例外。每天我都按时按质完成投递任务，如果碰到地址或姓名有错的死信死单子，我都及时退回，不会在我手里多耽搁的。我耽搁它干什么，给自己找麻烦吗？

我觉得自己已经做得很地道，我想不明白我为什么要将一张汇款单闷在自己手里呢，没道理呀。

我冤吗？

我不冤。

因为这就是我的工作，每天我都会碰到许多类似的和不类似的事情，丢失邮件、汇款单被冒领之类，实在太稀松平常，有一次我地段上的大妈居然拿了一张三十年前的汇款单去邮局领钱，硬说是我投给她的。搞笑吧，三十年前还没有我呢。

还是来说现在吧。现在我就在我经理的办公室里，汇款单的前主人、也就是钱被冒领的那一位收款人，叫张自扬，这老头也在经理办公室，和我面对面，等着我给他交代呢。

这老头我太熟悉了，他的名字也常常会在我嘴打几个滚，张自扬，张自扬，念叨起来怎么就那么顺溜呢。

每逢双月的月初五号，我就去给老头投递一张汇款单，汇款数额不大，但非常准时，从不出错。也就说，每隔两个月，我就能见到他一次。

记得头一次去向阳街张自扬那个地址时，我还愣怔了一下，因为他家所在的那个大院，让我觉得十分眼熟，好像从前来过，或者在哪里见过，或者甚至住过？总之有一种亲切感，有一股熟悉的气味，说得文绉绉一点，就是似曾相识那意思。

院子门口有一棵大树，我记不得是一棵什么树，我对树一向不太在意，我只知道它是一棵树，已经很老了，没剩几片叶子，树上却还做着鸟窝，倒不是我有什么闲情逸致去看鸟，是鸟来惹我的，它在我头上转圈，还拉了屎，虽然没有直接拉到我身上，但那摊鸟屎“啪”地一声落在我脚前的时候，我已经觉得够晦气的了，它还冲着我“哇哇”地叫了几声。

我不会跟它客气的，我也冲着它“呸”了一声，将晦气呸掉后，我才迈进大院去。

院子已经很破旧了，里边仍然和从前一样，住着许多人家，显得十分杂乱。我问了几个人，遭了几个白眼，才找到了张自扬的家，老头正在家等着我呢。

老头请我进屋去，一般我是不肯进人家门的，以避瓜田李下，但这老头腿脚不便，我不进去，他无法签收，我只好进去，他签收，戴上老花眼镜看一看附言栏里有没有什么内容，当然，那一栏里有一个打印出来的“无”字。

然后，我们再见。

我觉得我们的配合还是默契的。

此后我们的配合也一直是很默契的。

但这一次出差错了。老头说汇款人已经和每一次一样，按时汇了款，汇款单应该在本月五号到他手里，但是五号没有来，他又等了几天，仍然没有来，一直没等到汇款单，也不见我的踪影，因为自己行动不便，就请人用车子把他载到邮局来追查那个私吞者。

这人不就是我么。

思路就是这么的清晰，这么的具有逻辑性：汇款单来了，我没有投递给他，不是我还有谁？

当然不是我。

我找出签收的回单，只要上面有他的笔迹，一切就与我无关，当然我也会防范另一种情况，我到达的时候，他本人也可能不在家，他的家人会代收，或者有关系近切的邻居也可以代收，当然是要签字的，会留下笔迹。只是笔迹这东西并不是很过硬，我也碰到过那样的难题，明明是同一个人，可两次签名看上去完全不一样，这就需要有专业人士来核对笔迹，谁是专业人员呢，谁能够来替我们邮递员核对笔迹呢，除非公安。可是，但凡事情没见分晓的时

候，公安是不肯介入的，我若是去试试，必定会被他们喷出来，叫我搞搞清楚再去找他们。等到事情搞清楚了、见分晓了，他们才肯介入。可既然事情已见分晓，还要他们介入干什么呢。

或者，收件人不签名，用图章也行，但敲图章也同样是有漏洞的，别说一枚私章，就算是政府的大红公章，有人私刻那也是屡见不鲜的呀。图章不是笔迹，你更无从判断它的真假。

世界就是这样纠结。

现在我拿出签收回单一看，果然有异常，那上面不仅没有老头的签名或图章，甚至连那张汇款单的记录也没有，我顿时轻松地“啊哈”了一声，我有得交代了，我对我经理和那老头说，根本就没有汇出来。

其实我知道我又急躁了，签收单上没有，不等于我同事就没有分发给我呀，也许他分发给我的那张签收单上确有张自扬的名字，可是谁能保证我没有在其中偷梁换柱变成了另一张没有张自扬名字的单子呢。这种电脑打印出来的签收回单，要想更换，几乎是不费吹灰之力的。

如果我真这么干，不就是为了私吞嘛。

疑点还是在我身上。

我一想到纠缠在身上摆脱不掉的疑点，我就不得不急躁，我急着说，经理，经理，不是我，真不是我。

我经理听不下去，批评我说，你什么意思呢，你一味只想解脱自己，而不是想解决问题嘛。再说了，现在也没有人说是你，没有证据不能瞎说，罪名还没有到你身上，你就急于摆脱，你干什么呢？

我能干什么，我心虚罢。

听起来经理的口气像是在安慰我呢，可我还是心慌呀。我慌的什么呢。人家是做贼心虚，我没做贼也心虚。

没办法，人穷气短。

我得撇清我自己。

好在现在事情越来越简单，真相也越来越近，只要查一下邮局的电脑，就能证实，根本就不存在这笔汇款，或者更确切地说，在这两个月内，我们分局确实没有收到汇往向阳街的任何汇款。

老头却不相信，他气哼哼地说，你查，你查，无论你查得出查不出，我都不相信，你蒙不了我，我有汇款收据，我回去找出来给你看，看你还有什么话说。

我觉得奇怪，老头明明是收款人，他怎么会有汇款收据？

老头腿脚不便，他是由居委会的干部护送来的，现在得由我护送回去，送就送罢，反正疑点还赖在我身上，我就准备着再多出些麻烦来罢。

我送老头回家的时候，老头家的钟点工又为老头作了证，证明汇款人确实已经按时汇了款，收款人收不到，那就是邮局的责任。

我不服呀，我说，汇款人是谁，我可以找他问清楚。老头说，你别管汇款人是谁，等我找到汇款收据，再找你们说话。

万一他真的搞到了汇款收据，我岂不真成了头号怀疑对象，即使我经理不怀疑我，我也会怀疑我自己。

我赶紧找我同事帮忙，查找到了两月前如期投递、正常领兑过的那张向阳街张自扬的汇款单，汇款人居然就在本市，我用心记住了汇款人的名字和地址。

我情愿单打独斗，也要把真相搞清楚，解脱我对自己的怀疑。

我照着汇款人的地址找过去，走着走着我就奇怪，怎么也还是眼熟呢。

汇款人住的地方也是那样一座旧院子，门口有棵大树，因为我记不得张自扬家门口是什么树，所以我也没有核对这棵树和那棵树的异同，鸟也仍然在头上飞，我没等它拉撒，就将它轰走了。

我进院子找张晓玲家，问了几个人，遭了几个白眼，我找到张晓玲家了。我敲门，一个和我妈年龄差不多的女人来开门了，我觉得她就是张晓玲，她长得有点像谁，到底是像谁呢，我一时没有反应过来，推测起来，她就应该像那个收汇款单的老头罢，稍稍逻辑思维了一下，我就说，你就是张晓玲吧？她没说是，也没说不是，倒反过来追问我，你是谁？你想干什么？我认得你吗？她一张口，把我吓了一跳，真是活脱脱和我妈一个口气，难怪现在外面“大妈”的名声那么响亮，我问她一个问号，她立刻回我三个问号，其实她三个问号的内容也只等于一个问号。

我顾不得解释我是谁，直奔主题说，你给你父亲的汇款一直没有汇到，所以我来——她毫不客气立刻打断我说，什么什么？你说什么？什么汇款？我只得再说仔细一点，你父亲说，你给他汇了款，但是汇款单没有出现，所以你父亲怀疑我——我一边说着就发现她的脸色越来越难看，她再一次粗鲁地打断我的话，生气地嚷嚷说，你瞎说什么？你什么人？你找上门来倒我霉头？我父亲早死了，你竟然还让我汇款给他？怎么汇？我就算再孝顺，就算我是个大孝子，我也只能在清明节和鬼节给他烧点纸钱，难道我还能把真钱汇给他？就算我汇给他，他能收到吗？你给死人汇过款吗？你什么意思？你是谁？你不是邮递员，你是个骗子，你想骗什么？

我终于被她一连串的问题打哑巴了，闷了半天，我才想起来证实一下她的说法，你父亲，去世了？她瞪着我说，你不相信？有拿

自己的父亲的生死开玩笑的吗？要不要把死亡证明拿出来给你看？

我相信她能够拿出她父亲的死亡证明才会这么理直气壮，但是我又不能完全相信她的话，如果我相信了她的话，那就得承认我是碰到鬼了，我在那个破旧的院子里的那个破旧的房间里，我见到的是一个鬼魂。

而且我还不止一次地见到鬼了？

我又碰上南墙了，可我不甘心呀，我还有最后的法宝，我说，可是汇款单上有你的地址，就是你住的这个大院，你怎么解释？她又立马嚷嚷说，我住在这大院怎么啦，难道因为我住在这个院子里，你就可以来找我麻烦？你年纪轻轻眼睛就瞎了么，你看不见这个大院里有多少家、有多少人么？你什么什么什么，什么什么什么……

我拔脚逃了出来。

逃出院门后，我立定了再想一想，难道这个大院里，还有另一个张晓玲吗？

不过我没有再回进去找另外的张晓玲，我不想再讨骂，我赶紧离开，因为我又想到新的办法了，我还有一条路可以走的，我可以到汇款的邮局去看监控录像，我相信我能在那里看到张晓玲。

可是事实证明了我的逻辑思维能力实在是弱爆了，那几天的录像里根本就没有张晓玲。

我还能怎么样呢，自认倒霉吧，我打算退出又一次的失败，当我眼睛里失望的余光最后掠过那个画面的一瞬间，我的眼球忽然被吸引住了，不是我发现了张晓玲，是我看到了一个小女孩，大约十多岁，她奋力地踮起脚，趴上柜台，正在办什么业务呢，一个十多岁的女孩，不可能是张晓玲吧，但我凭什么会被她吸引住呢，难道

我觉得她很眼熟么，难道我认得她么，或者是我的所谓的逻辑思维又来自以为是了，你想想，一个十多岁的女孩怎么可能独自在邮局办理业务呢——我顿时兴奋起来，邮局的工作，平时一切都是正常的，如果出了问题，无论顺着追，倒着查，追来查去，都是按规定办的，所以会让人既摸不着头脑，又抓不住把柄，可是现在不一样了，现在有了特殊情况，事情变得不正常了。

当然，这只是我的胡思乱想而已，其实我是无从判断的，我除了知道汇款单上的汇款人的名字叫张晓玲，其他的，根本不知道这个张晓玲是什么情况，多大年纪，已婚未婚，甚至，甚至，连性别都不能确定的，虽然名字中有个“玲”字，是女性化的，但也不排除男人的名字里有一个“玲”字，我从前有个同学，男生还用个“茹”字呢。

我赶紧到小女孩站过的那个营业窗口去打听，那营业员一听我问，不假思索就说，有啊。我立刻追问，怎么会有小孩子来汇款呢？她见我口气急迫，以为我要找她的茬，不高兴说，怎么呢，我又没有违反任何规定，都是符合手续的，没有规定小孩子不可以汇款呀。可我还是不能接受，我说，她还那么小，她会填单子吗？营业员说，她不会填，我也会帮她填嘛。

她没有说错。

一切仍然是在规定之内，仍然是谁都没有错。

我用手机把视频上这个小女孩拍了下来，打算去敲打敲打那老头，或者试探一下那个不知道是不是张晓玲的张晓玲，我想象着老头或大妈一看到小女孩的图像，就会主动招供了。

我回家的路上下雨了，雨越下越大，我只好顺道先到我妈那儿去躲一躲雨。到了我妈这里，我才发现，原来我熟悉的院子，就

是我妈的家，唯一有所区别的是，门口那棵大树上的鸟没在我头上飞。其实那也不能算是区别，那是因为下雨了，鸟躲起来了。进了院子，我才发现多日不来，院里更杂乱了，我竟然找不到我妈的家了，问了几个人，遭了几个白眼，才找到了我妈。

因为下雨，我妈没法去广场扰民，一个人在家跳舞，我不客气地把噪耳的声音关了。我妈说，也罢也罢，在家里跳是很吵人的。我说，你自己都怕吵，出去吵人倒不在乎。我妈也不客气，说，你傻呀，哪有人会吵自己嘛。

我妈家的电话响了，我妈接电话的口气也是抢金条的节奏，她风风火火说，怎么啦，你连我的话都怀疑？我某某某什么时候说过瞎话！

我被我妈的大嗓门惊得一个激拎，我赶紧问我妈，妈，你、你叫、你叫什么？我妈瞥了我一眼，说，怎么连老妈的名字都丢了？我惊叫起来，说，我想起来了，妈你叫章小灵！我妈又瞅了我一眼，说，你个男爷们怎么像个娘们似的一惊一乍，我又不是今天才改名叫章小灵的，我叫章小灵都叫了大半辈子了，值得你今天突然抽起风来。

我晕。

我晕过之后，渐渐清醒过来了，好记性也回来了，我脱口说，我想起来，我外公的名字叫章字洋。我妈说，外公名字你倒记得。

难怪我头一回听到张自扬那老头的名字时，就觉得有点怪异，又有点熟悉呢。

我少年老成地感叹了一声，引起了我妈的往事回忆，我妈说，嘿，眼睛一眨，你都会叹气了，我这一辈子也就差不多了——我还记得从前，有一年，我才十多岁吧，你外婆生了病，走不动路，让

我到邮局给你外公寄钱，我就去了，结果——哈哈哈，你知道你妈有多马虎，不会写汇款单，央求营业员帮我写，我把你外公名字和我的名字报给她，她写下了，给我看，问我对不对，我说对的，钱就汇走了。

我说，可是我外公没有收到钱吧。我妈奇怪说，咦，你怎么知道？我说，营业员把文章的章写成了弓长张吧。我妈说，唉，都怪我粗心，可怜你外公，一直等那张汇款单，一直没等到，一个月都没有生活费，也不知道日子是怎么过的。我奇怪说，那他怎么不去邮局问问。我妈说，他哪里敢，他是四类分子，孤零零一个人住在老宅里，一直到死也没人敢去看他。

我把从录像里拍下来的邮局那个小女孩的照片给我妈看，我妈说，咦，这好像是我小时候的照片嘛，怎么到了你的手机里——可惜不是太清楚。我说，我从你的老照片中发现的，把它拍了下来，就储存在手机里了。我妈说，咻，没想到你还蛮恋旧的啊。

我妈留我在家吃晚饭，趁她给我做饭的时候，我冒雨跑了出来，赶在邮局下班前，我用张晓玲的名字给张自扬汇了款去，无论他是死的活的，我都得完成我的这个心愿。幸好他丢失的那张汇款单钱数不大，否则我可就赔惨了。

第二天，这张汇款单就分到我的手里了，我赶紧往张自扬家去投递，这回我留了心眼，一路用手机拍下全过程，我还打算好了，一旦老头收下汇款单，我要亲自陪他去邮局领钱，看事实它还能往哪儿躲。

我到了那条街，走进那个大院，一切如常，我熟门熟路地在杂乱的院子里找到了张自扬的家，我小心地把汇款单投递到张自扬手里，看他接稳了，我才放手，不料老头却惊讶地仔细端详那张汇款

单，看了半天，他奇怪地说，出奇了，出奇了，怎么会有人给我汇款？

我肯定比他更惊讶，我说，怎么没有人给你汇款呢，我每两个月都来给你投递汇款单，那些汇款难道不是汇给你的吗？老头说，当然是给我的。我说，那就对了嘛，你女儿给你汇款，我给你投递——老头两眼瞪着我，打断我说，你说什么？我女儿？我反问他，难道你没有女儿吗？那这个张晓玲是谁？老头说，我女儿是叫张晓玲，可是她不会给我汇款。我说，汇款单上明明写的汇款人是张晓玲。老头气愤地说，我女儿死了，死了好多年了，怎么又冒出一个张晓玲嘛，根本就没有张晓玲了嘛。

我简直、简直不知道自己遇到什么事了，那边的张晓玲说他老爸死了，这边的张自扬说她女儿死了，到底是谁死了呢？难道、难道——我想多了，一想多了，浑身就哆嗦起来，我赶紧镇定自己，壮起胆子，开始反攻，我死死盯着老头的脸看，我一定要看出个死活来。

我看呀看呀，老头最后终于经不住我看，他被我看怕了，说，小伙子，你别看了，你这么看，得看出我的原形来了。我说，我要的就是原形。老头服了我，说，我坦白吧，我坦白。

你知道他坦白的什么呢，说出来能气疯了我，他告诉我，从前所有的汇款都是他自己汇给自己的。

那钟点工在旁边开导我说，你别听老头子瞎嚼舌头，他女儿才没死，美着呢，在美国当阔太太，有的是钱，好多年前，她一次性往老头的银行卡里打了很多钱，用到他死也用不了，还给他买了新洋房，老东西不去住，偏要住这里，还要自己给自己汇款，还非要走邮局汇。

精神错乱之前，我还残存着最后一丝理智，我不服呀，我做着最后的挣扎，戳穿他的谎言，你明明腿脚不便，门槛都跨不出去，你怎么去邮局给自己汇款？老头指指钟点工，对答如流说，她帮我的——你今天不来找我，我正要去找你呢，这个月的汇款单不是你吞没的，是地址搞错了，汇款单根本就没到你手里。我忽然灵光闪现，我问钟点工，难道你生病了，自己没有去邮局汇款？钟点工果然说，是呀，我让我女儿去汇的款。我已经知道剧情了，我说，结果你女儿写错了地址。老头说，你不像个邮递员，倒像个侦探。

我还是不能说服我自己，眼前这钟点工并不是那个大院里的“张晓玲”，我责问老头，就算是她帮你汇款给你自己，但是这个汇款人的地址不是她的，这个地址我去过，确实有，这是从哪里来的呢？老头说，嘿嘿，不好意思，我从地图上看的，随便找了一个。

老头太调皮了。

可是你们以为我会相信老头的话吗，不能够。

但是我也不能继续和他纠缠了，既然汇款单的事情已经告破，还了我的清白，我见好就收，且行且退吧。

回去我讲述给我同事听，我同事安慰我说，这算什么，奇人奇事多的是，有个人给京宏公司的张总寄快件，写的却是晶鸿公司，偏偏那个老总也姓张，人家就收下去了。你能说我投错了吗，不能吧，还扣我三个月奖金，冤吧。

我又受到启发了，我的思路更开阔了，既然能有同音的名字，还有同音的公司，难道就不能有同音的地址么，我干吗老在向阳街打转呢，我查了一下，这个城里还有一条叫相羊街的街。

我立刻赶过去查清楚？

才不。

相羊街又不在我的投递范围之内。

就算在，我也不去。

我怕在相羊街看到我的外公章字洋。我外公早就不在这个世界了。

JB 游戏

我在 JB 公司的信息工程部上班。这个部门的名称，听起来很拽，其实说穿了，就是个检修工而已。只不过不是检修一般的电线线路、进水管出水管之类，而是检修电脑。

再说到底，其实连这个“检”字都挨不上，我们几乎从来不检，哪有时间检啊，我们只负责维修。电脑的毛病太多啦，我们信息工程部的几个人，每天被呼来喊去，奔波在各个岗位，如果网线出了问题，我们还得出外勤，那可是风里来雨里去的。

更何况，我们公司差不多算个巨无霸，人多了去啦，且不说你中午去食堂人头攒动如蚂蚁，单看看我们的电脑统计数据，恐怕也能把人脑吓瘫了。

电脑多，维修工作自然就繁重，但如果真是维修，那也罢了，这本来就是我们的工作嘛，这就是我们的饭碗嘛，电脑坏了你不修你还想干吗？可事实却不是这样，有一天午饭后我昏昏欲睡，紧急

报修电话就到了，我被部长查了出来，跑到出问题的电脑那儿一看，差点喷出一口血来，原来那大姐午间想跳健身操了，拷了个视频在电脑里，有图像没有声音，只见一群大妈在屏幕上比划，原来她没有把视频里的声音拉开，我上前一拉，音乐声就出来了，大姐先是冲我“呵呵”一下，我以为她得夸我两句，却见她一脸尴尬，皱着眉头朝我看了看，虽然看不出我有什么可疑之处，却还是批评我说，这么一点小问题，你电话里跟我说一下就行了嘛，犯得着让我等你这么长时间吗。

什么人啊，什么话啊，你听得进去吗？

难道这是农夫与蛇的故事吗？

没那么严重。下次她有了电脑问题，还会找我的，我还会来“修”的，修完之后她还是会怀疑的。

这没什么好奇怪的。

我们公司的简称是JB公司，关于JB的读音你有可以各种推测，佳宝，江边，健步，金榜，等等，都行，甚至有叫假币公司的也挺有意思哦，不过其中最符合我们公司特色的就是戒备嘛。

我可是个长记性的人，我会吸取教训的，我会慢慢锻炼自己的，我会成长起来的。

下次我又被一位美女唤了去，我刚到那门口一探头，美女就喊，欧巴欧巴，快来帮我修电脑。我心里没好气，说，不就是修个电脑吗，值得你喊我阿爸吗，我连老婆都还没有，不知道什么时候才能当上阿爸呢。美女不高兴了，说，你连欧巴都不知道，你老土，你OUT了。也许她料我这老土都不知道什么是OUT，又给我解释说，OUT就是出去，就是出局，就是——我怕她没完没了，赶紧认领一个，我说，我就“出局”吧，如果我“出去”，一会儿

还得进来帮你修电脑，如果我出局了，就再也不会进来了。美女意犹未尽，嘀咕说，哼哼，工科男，果然倍儿木。

虽已超级脑残，却还知道把我的姓拆开来骂我呢。

其实站在门口时我已经知道她的电脑出了什么问题，掉了一根线。这根本不应该算是电脑的问题，分明是人脑的问题，所以那不是电脑掉线，简直就是人脑掉线。估计是清洁工打扫卫生的时候，不小心把线搞掉下来了。

电脑出了问题，连线头都不知道先检查一下，直接就报修，就是她们这些人干的事。

可我才不会告诉她真相，我过去坐在她的椅子上，闻了闻她办公区域内的芳香，我要故意拖延一会儿，但时间又不能太长，我得掌握好节奏。

假装捣了一会，我插上线头，额的个神呵，电脑已经“修”好了，哈，美女这下子不OUT我了，知道溜须拍马了，说，到底是工科男经济实用。

可惜这马屁不对我胃口，还更伤我自尊，我对她说，你别喊我工科男，你喊，我也不跟你急，不过下次电脑坏了我就不来了。美女果然吓着了，赶紧说，你不是工科男，你是I T精英男，你是神男，哦不，你是男神。

既然她尊我为男神了，我也不跟她计较了，哪怕腿不长，哪怕出生在本星球，男神毕竟是神啊，想想也受用。

修电脑可不是我的理想。我的理想是当个软件设计员设计电游，因为这就是我学的专业嘛。那时候我满怀壮志，感觉只要一踏上社会，理想就能展翅飞翔，就能让那些“魔兽世界”、“骷髅归来”之类统统歇菜。

结果你懂的，我在现实中碰了壁，不仅碰了壁，还被壁撞折了翅膀，流血了。血的教训多少让我警醒了一点，但我并没有死心，仍然在理想和现实中跌来撞去。

有一天我撞到JB来了，他们正在招收人才，我的简历他们基本满意，我被招进来了，安排在信息工程部，我不知道我为什么不能进他们的研发部，我是冲着那个来的，但是我没敢说出来，因为JB已经是我跳进的第七槽了，我差不多已经跳不动了。

最终我只能收拢了受伤的翅膀，在现实中蛰伏下来。

假如不是现实打败了理想，假如当初的理想能够实现，谁敢说我不是神，且不说研发新品电脑手机什么的，哪怕设计个“坑死你”玩玩也很神啊。

可惜的是，理想虽然来过，最后扬长而去，片甲不曾留下。

不说理想了，还是回到现实吧，现实中有一次更搞笑，我一听报修电话那声音，就知道那边正在顿足捶胸呢。

怎么不呢，无论是因为工作还是因为别的什么，现在的人，对于电脑的依赖症日益严重，瞧他那德行，你要是不能一分钟修好他的电脑，他下一分钟就要跳楼啦。

我过去一看，那边果然在跺脚大喊，这可怎么办，这可怎么办，完蛋了，完蛋了。

我淡定地告诉他，不是他的电脑坏了，是他工作的这个片区整个线路在升级，别人的电脑也不能上网。

他周边这些同事腹黑啊，明明都上不了网，看他上蹿下跳，却不告诉他，害我专程跑一趟。

结果呢，虽不是我修好了他的电脑，但是我告诉他事实真相，一听说大家都上不了网，他顿时释放了焦虑的情绪，上来紧紧拥抱

我，还拍我的肩和背。我浑身起鸡皮疙瘩，赶紧说又不是我修好了你的电脑，不用这么谢我的。他说，我谢你不是因为你的修理水平，是因为你的到来，让我不再担心电脑有问题了，所以我还是会到处为你扬名的。

就这样，一而再，再而三，我的名声终于在单位里传扬开来了，伴随着我名声飞扬，不是我的工资大涨，而是我工作量的剧增，终于有一天，连 JB 大老板也喊到我了。

你们可别抢着先替我高兴，这不见得是什么好事，我老板可不是一盏省油的灯，据说他在自己的公司从不和下属多说一句话，他可能是信奉言多必失的真理吧。但他分明是搞错了自己身份和位置，这公司就是他的，他身边的人也是他的，就算说错了话，就算有什么闪失，谁又能把他怎么样呢。现在倒搞得他像个地下党潜伏在敌营内部，处处小心，步步为营。

因为以为是地下党的身份，以至于他的头等大事要事，就是怀疑。据说他的疑心病特别重，防范能力特别强，无论下属说什么做什么，都会引起他无端的怀疑，比如他们拍马屁说他的 A 方案引领世界潮流，那么他必定推翻 A 方案，实施 B 方案；比如某心腹打小告告某副总心怀不轨，我老板就在第二天的大会上公开赞扬某副总，让某心腹吃不了兜着走。真过分。

他以为他反其道而行之是独创精神，结果却总是搞得他自己苦大仇深，痛不欲生。

这就是我老板。

因为长期的疑虑，长期的思索，他的前额和眉眼之间，出现了三道横纹，又出现了三道竖纹，看起来像两口纠结在一起的井，他身边之人，手下之人，一看到这纠结的两口井，无不避之，谁不害

怕掉下去啊。

我们都知道老板身边的人，差不多没有干满一年的，走马灯似不停地换，因为干不了几天，我老板就对他们心生怀疑，一旦心生了怀疑，怎么看怎么可疑，从前有个故事叫邻人偷斧，我老板的症状那可是典型症状。

尽管我老板和我们离得很远，我们八竿子都挨不着他，但是有关他的传言，偶尔也会有所耳闻的，所以我们部长让我去修我老板的电脑时，我还真不知道我的命运将会发生什么样的变化呢。

现在我已经站到我老板面前了，老板到底就是老板，虽然在电脑方面他也属鸟科，他很需要我的帮助，却完全没有因此而对我客气一点，他一如既往地苦着脸，甚至都不愿意从他的真皮座椅上起身。

他跟我玩荤的，我也不吃素，他不起来，我就不工作。耗了一会，他果然耗不过我，问我，是不是需要我让开？废话么。我言简意赅说，电脑在你桌上。同样也是废话，内涵可不一样。

他这才挪动了一下身子，抬起了屁股，但是看样子仍然十分不情愿，我也不会催他，这位子本来是他的，他爱坐多久就坐多久，我不着急，反正天天都是修电脑，给谁修都是工作。

我老板终于把自己挪到了沙发上，我坐到他的位子上，宽大的皮椅差一点让我瘦小的身材陷没，好在我的腰杆还行，我挺直腰，显得自己个子高一点。

这活儿太小儿科，我闭上眼睛都能干，所以我乘空瞄了我老板一眼，这可把我吓着了，他正盯着我呢，死鱼眼似地一动不动，好像我不是来修理他，而是来破坏他的。

他的电脑问题真不算是个问题，他的秘书应该就能处理，但我

估计他秘书不敢自找没趣，碰到困难就躲得远远的，才会惊动到我这样级别的修理专家。

我三下两下替他搞好了，又顺便替他清理垃圾，杀毒，升级，提速，其实在这个过程中，我心里早已暗笑不止，他们给他配置了世界最高级别的香梨机，竟然使用“温打死”软件，而且还是早该OUT的“温打死XP”，一介土豪大叔，居然想扮出个二逼青年的模样来？

这本来不关我事，可是我贱犯哪，我就是个贱人，我忍不住多嘴问了他一下，要不要换成香梨软件，以此和他高配置的硬件相配套，他瞄了我一眼，说，有什么区别？我说，怎么说呢，大概就像你买辆法拉利开八十码这样的意思吧。

他答应了，重新离开他的宝座，坐到沙发上，再一次把真皮转椅让给了我。

他对我似乎放松了一点戒备，在我又教了几招快速驾驭电脑的妙法后，为了感谢我，他拿了个小纸条递给我说，留个联系方式吧。

我难道敢拒绝吗。我当然立刻马上就遵旨照办，但我还是守住了我的底线，我知道他要的不是我，而是我的搞电脑的本领，所以我没有自作多情地写上我的名字，只写了一个姓和一个手机号码，一边暗自思忖，难道他以后电脑出了问题，会跳过我们部长，直接和我联系吗？

我的小心脏跳动起来，不过我暂时还不知道这是好事还是坏事哦。

从老板办公室出来必经的是小秘的办公桌，我瞧她那机灵劲儿，我忽然觉得我想明白事理儿了，他们总办这一块，恐怕不止一

人两人，对大老板表面唯唯诺诺，实质阳奉阴违，冷眼旁观，事情不逼到头上，绝对事不关己。

不过我才不会去戳穿他们，与人方便，与己方便，给人留条路，就是给自己留条路，传统文化虽然我不怎么喜欢，但是其中有用得着的地方，我还是会拿来消化掉的。

自从我替大老板搞过电脑以后，我的名气更大了，我的麻烦也更大了，不说白天上班时忙得马不停蹄，单位的同事，连家里的电脑坏了，也来麻烦我，甚至亲戚朋友有电脑的问题，也找我，到了休息日节假日，我的手机更是响个不停，我好烦，想装个软件，把他们都一枪拉黑了拉倒，但这个办法不可行，万一上司找我不是修电脑，而是升职加薪，一枪拉黑的可就是我自己啦。

其实防骚扰的办法多的是，找一个最简单的就是关机罢。

现在我关了手机，心情平静地躺在床上，我想着那许多不愿意关手机和许多不能关手机、不敢关手机的人，比如 JB 公司 24 小时不敢关机的人，那可多了啦，像总办主任小秘之类，其他的副总，恐怕也不能随便关机哦，我们大老板脾气不好，该找人的时候找不到人，会发火的。

我真不知道我是羡慕他们呢，还是羡慕我自己。

我又心情优雅地回想起美女喊我阿爸的情形，于是想起了我爸，我爸一直单身一人住在老家，于是我随手用手机给我爸拨了个电话，电话里传来我爸惊吓的声音，喊着我的小名，紧张地连声问我，出什么事了？你出什么事了？我说，没出事，就是打个电话问你个好。可我爸不相信，我怎么解释都没有用，他在电话里说，你肯定在骗我，这么晚了，你给我打电话，你肯定出事了，你到底出什么事了，你吓着我了，我现在立刻马上就出发，到你那里去。

直搞到我恼怒了，说，好吧，我出事了，我出大事了。我爸被我吓坏了，颤抖着声音说，你，你，你出什么大事了。我干脆利索地说，我死了，我这是从天堂——呵不，是从地狱里给你打电话呢。我爸这才醒悟过来，赶紧呸我说，打嘴打嘴，不吉利的。

为什么非要等我说死了，他才相信我没死呢，我想了一下，明白了，这道理太简单了，人死了是不会打电话的嘛。

我决定从此不在晚上给我爸打电话了。

不能怪我爸更年期，盖因过去我骗他的太多哈。

一天中午我趴在办公桌上迷糊，手机响起来了，我将睡未睡，还以为在做白日梦呢，昏昏沉沉拿起手机一接，听到那边说，我姓强。顿时把我吓醒了。

竟是我家大老板强总的电话。

不是他又会是谁呢。我从小到大见过姓强的人可不多，几乎没有。不仅姓强的没有，连和强字搭上关系的也不多，强盗，没见过，强奸，没敢做，强出头，不是我的风格，强龙斗不过地头蛇，也与我无关，我既不是龙，也不是蛇。

这姓强的不是强总才怪呢。

没等我缓过神来，那姓强的又说了，你姓林？你是谁？

他这一问，问得我有点不爽，也有点奇怪，迷迷糊糊想，明明是你打我电话，明明知道我姓林，还问我是谁，换个别人我早呛他回姥姥家了，可眼下我还是先把我自己呛回姥姥家吧，姓强的就在那头等着我呢，我赶紧如实汇报，我是工程信息部的小林，电脑维修技术员。

姓强的“噢”了一声说，我没记错，这张纸条上的姓和号码就是你的，我问你，你晚上总是关手机吗？我估计他哪天晚上打过我的电话，我庆幸我有英明预见，否则半夜三更也要被他搞醒。我弱弱地问了一声，老板，晚上关手机，有什么不对吗？姓强的立刻说，你关了手机，我怎么找你？你现在马上到我办公室来一趟。我蠢啊，这么好的机会，我还在犹豫，我犹豫着说，一般我的活，得由我部长派。姓强的觉得不可思议，呛我说，我领导你部长还是你部长领导我？

大大的老板居然说这种小小鸡肚肠的话，怎不让我怀疑他姓强。

一直到我进了我老板的办公室，看到他确实在等我，才敢相信那个自报姓强的人就是眼前的这个强总——我家大老板。现在骗子实在太多，冒充强总也不是没有可能的。

我老板照例不跟我说一句客套的话，也不会谢谢我，他直接告诉我，他看了我的简历，其中有我一份自我推荐书，他想跟我探讨一下我在自荐书里提到的那个软件开发的问题。

我那个惊喜交加呀，难道天上真的要掉馅饼了吗？可是这些年来我写了无数的自荐书，我得细细回想一下，才能想起我给 JB 的自荐书写了什么，才能摸准我老板的心思哦。

我老板不需要我的考虑，他早替我考虑妥了，他对我说，你举过几个软件的例子，有量刑软件，有医用软件，这些，真的可以推广使用吗？

我这才回想起来，我给 JB 的自荐和我以前诸多的自荐有一个重大的区别，在到 JB 之前，我一直就在一棵树上吊着，我一心想开发游戏软件，但后来我感觉自己要被吊死了，才把自己从这棵树上放下来，认真审视了自己的失败经历之后，我毅然告别了“游戏”，吊上了 JB 这棵树。

所谓量刑软件，就是输入犯罪嫌疑人的犯罪情节，一回车，嘿，判决就出来了，设计此软件的目的：防止人治。不服判决？别找法院，别找领导，找电脑上诉去吧；医用软件呢，输入病人的基本病情病史，回车，诊断结果和治疗方案就出来了，甚至还可以判断这个病人现有症状的发展，未来可能的变化，甚至最后生与死的结果都会显现出来，这个软件对解决医患矛盾亦有帮助，出现问题，哪方不信？找电脑理论去。嘿嘿。

我所举之例可不是我的创举，是我道听途说来的，放在我的自荐书里，唬人而已。

可看起来我老板还真被我唬着了，他拍了拍我的简历说，你学的就是软件设计嘛，会编软件吧？

这可是说到本质上了，编软件，我太会了，我编过无数软件，只可惜一件也没用上，白白耽误了青春年华，

我老板不和我兜圈，直接告诉我，他需要我帮助他设计一款软件。

他这是在求我吗？公司明明有队伍强大的软件开发部门，他不找他们反而找我，是觉得我便宜吗，难道他认为我是价廉物美吗。

我老板真是我肚子里的一条蛔虫，我心里一生疑，他马上替我释疑解难，原来他需要的这个软件，不是研发产品的，所以不能交给研发部，只能由我个人来完成，他需要的是一个管理软件，现在打理公司最头疼的就是人员管理，公司大，人员多，良莠不齐，好坏不分，有的花大价钱引进了，结果打了水漂，有的真心培养，结果跳槽时还卷走商业机密，更麻烦的是，公司不能随便开人，一开人，就找劳动仲裁部门告状，官司结果，用人部门必输，还劳人伤财，得不偿失，怎么才能做到随心所欲用人，思来想去，只有用电

脑软件来掌控，这样即便开人处理人，他们要打官司，和电脑打去吧，岂不万无一失。

万无一失？我差点“扑哧”笑一声出来，他以为他是谁啊，他真以为他是神啊，如今这世道，神也不敢说自己是神啊。

我老板说，根据你推荐的那几款软件，我相信我们完全有可能开发出一款管理软件，只要输入员工的基本资料，电脑就会自动跳出对这个员工现有工作的评价以及未来发展的评估等等等等。

真是个神啊，忽如一夜春风来。

难道理想美人她又回来了？

我得露一手让他们瞧瞧。

我被开了小灶，享受了单间办公室，我部长虽然不知道我在为老板干什么活，但他必定以为我不久后会将他取而代之，心里很不平衡，但是又不敢得罪老板的红人，搞得心神不宁，忐忑不安。罪过，罪过。

其实老板完全没有必要这么重视我，他要求我做的这个软件，我很快就做出来了，又不是什么高难度开发，我先编程，再将人力资源部提供给我的员工基本情况、年终考评评语、工作业绩以及家庭状况、人际关系、社交圈子等等变成一串又一串的数据，再把这些数据分类处理，再把处理后的数据输入程序，然后实施监控——就这样，绕几个圈子，研发成功了。

根据我老板的指示，我研发的东西有两款，一款是针对未来员工的，也就是在招人的时候才用，还有一款是针对现有员工的。

未来的我先不说，我不认得他们，跟我无关。

针对现有员工的情况，我的软件设计很科学，分类很细，为了增加科学性、真实性和说服力，我把对员工的测试，又分成了数个

单项，比如对某个员工的使用期限，输入这个员工的基本资料后，软件就会出现对于他或她的工作年限的判断，在此基础上，为了体现管理软件无比精准的优越性，我再设立一些子项目，所以在工作年限中，又包含了辞职、辞退、开除和死亡这四项；再比如升职方面，也一样，软件随时可以告诉我，我同事中的谁谁谁什么时候可以升职了，谁谁谁就别指望了，是暂别指望，还是一辈子别指望，都有预报；再有，加薪的事，年终奖的事，到底谁该加，谁该减，谁该多发，谁该扣发，软件都是一目了然的。凡此等等，关于员工的一切的一切，只有你想不到的，没有软件体现不出来的。

就像许多伟大的科学家一样，我先拿我自己做试验吧，我把我的基本情况输入后，一击回车，结果出来了，我傻眼了。

三天以后，我将被开除。

我呸。

我重新换上我们部长，我以为这见风使舵的家伙能有个好前景，结果被那软件告诉浇了一盆冷水，得告诉他五年之内别有啥想法哈。

呵呵。

再换一个暗恋我的美女吧，她要被扣发全年奖了。

我再呵呵。

这是电脑吗，这是分明是一个精神病人的脑子嘛，完全错乱，完全颠倒，不讲规矩，不讲道理，不讲信用，更不讲情义。

这软件可不像个软件，倒像是我老板放出来的一条恶狗。

说到狗，我部长虽有狗眼看人低的毛病，但总体上看起来他还是个人，不是条狗嘛，就算他真是一条狗，我作为一个人，也不应该和狗计较嘛，还有喊我阿爸的美女，还有抱我搂我的娘炮，还有伪装天真的小秘，虽然他们常常会在有求于我以后再黑我，但我还是挺同情他们的，如果我把我的成果拱手交给我老板，他们就掉井里去啦。

我琢磨着是哪里出了问题，如果软件都这德行，那么我推荐过的那个医用软件，岂不是要害死诸多人命吗？

我琢磨了一阵后，想了个新主意，我重新设置了员工级别限制，把软件识别的级别提高了，提到副总级别以上，反正公司副总以上的，我一概不同情，因为我不认得他们，更不了解他们，而且我又对他们羡慕嫉妒恨，所以先把他们列入黑名单。

我先搞了一个最牛的副总，结果出来，气得我不轻，个狗日的，果然牛，今年年收入居然还要翻一番，本来收入就是我们数数倍，他还翻番，我们喝西北风去？

我简直服了，可不是服我自己，是服那个看不见的虚拟世界，连那许多冷冰冰死沉沉的数据，都知道马屁往高处拍啊。

我进行不下去了，我从单间里溜达出来，我部长对我察言观色，小心侍奉，伺机探测，不过他可别想玩我，我口风紧着呢，我反过来凑到他跟前一看，小子闲着呢，玩电游呢，这是一款名叫《无力召唤》的游戏，和一般的电游似乎有所不同，画面上的人物不是手执长剑短匕，而是使用绳索，你套我我绊你，不亦乐乎。

我思索了片刻，有主意了。在绳索的启迪之下，我另辟蹊径，设计了一款名为《运筹帷幄》的软件，向我老板交差了。

我老板开始试验软件时，已到了快发年终奖的时候了，这是我老板头等关心的大事，根据我的软件一核算，这一年的年终奖将比往年增加的37%。我老板心疼坏了，怀疑说，难道这款软件只有奖励，没有处罚吗？我说，怎么没有呢。我当场试了一个给他看，果

然的，某人全年请假三次，被扣除全勤奖五千元。

我老板盯着这某个人的名字看了半天，怀疑说，这个蔻马儿是谁，JB 有这个人吗，这名字怎么这么个涩，难道会有人叫这样的名字吗？

我搪塞说，现在的人，取名都这样，不怕人不认得，就怕人认得。我老板看了我一眼，分明已经有了一丝疑虑，他接着又试一个，这回出来的叫冰熊猫，我老板说，这算是什么意思，这是人的名字吗，这明明是个兽的名字嘛，难道我 JB 公司改动物园啦。

我被我老板抓了现行了，只得坦白出来，我说，我用的是真料假名。我老板说，你这些假名是哪里来的？我说是游戏里来的。见我老板愠怒，我赶紧解释说，反正研发还在试验阶段，我先不以真人姓名置入，我以真实的资料配上假名，即使闯了什么祸，别人也不知道这个人是谁。

老板似乎没听懂，我只好继续向他科普，比如说，我看到海底老怪被辞退也好，被降级也罢，或者扣奖金，或者怎么怎么，我才不关痛痒，我哪记得他的真身是谁啊，或者我看到小金魔交好运了，越级升职了，我也不吃醋，本来是个游戏嘛，本来是个虚拟世界嘛，我吃得着醋吗。

就算我 JB 员工众多，那也不用担心我想不出那么多的假名，你们知道我曾经设计过多款游戏，虽然没能玩上，但那些名字都还在，我现成拿过来就可以用，不存在侵权问题。

我越说，我老板脸色越难看，我心知不妙，赶紧请他放心，我说，老板，程序早已生成，材料都是真实齐全的，只要把名字改一下，结果就出来了。我老板说，那你改，现在就改。我说好，我先拿我自己做试验吧。

我找到我的游戏代号“霸王”，删除后，输入我的真名，我老板在一边笑话我说，霸王，你还霸王？我乘机停了下来，问我老板，我输入了真名，一回车，结果就出来了——果真软件说什么你就怎么做？我老板说，既然它这么神奇，当然照它的做。我说，如果回车以后软件要辞退我，你就辞退我，你如果不辞退我，你就没有兑现承诺，你如果辞退了我，谁来替你维护、升级以及以后再开发新软件呢。

我老板想了想，说，那就换一个人试验，换我吧。

我的机会来了，我输入了我老板的全名，我老板进入软件，像在绞肉机里被绞了几圈后，结果出来了，我老板将于明天被开除。

我老板来了兴趣，向我请教了软件设计的原理，虽然很专业，可他竟然听懂了，最后他说，哦，我知道了，我在 JB 的人际关系极差，所以待不下去了。我老板一边说一边笑了起来，他当然不会把自己开除了，但是既然软件提供了利用人际关系考察员工的可能性，我老板从中看到了他的可乘之机。

我老板还真去报了电游高级进修班，他心想，只要学会熟练运用这款软件，学会游戏，他就可以玩 JB 所有员工于掌心了。

但可惜我老板最缺乏的就是游戏心态，他这辈子基本上只能在菜鸟级别上混混，他永远掌握不了游戏的本质。

JB 的人都来问我，和他们对应的游戏人物是谁。我可是给自己找了个大麻烦，我还得根据他们每个人的特点，一一替他们搞配对呢，但是为了显示我的水平，我尽己所能，让他们领到自己的游戏名时，感觉十分般配，欢乐不已。

我部长“哎哟喂”

食堂大师傅“头号人物”

小秘“吹天风”

……

其实我老板也有一个游戏名，不过他本人并不知道，我不想告诉他，他也没有问过我，恐怕他不会想到他和大家一样的待遇哦。

我老板的游戏名是霸王餐。

换个说法就是，我老板是我的菜。

现在我 JB 人人以代号和别人交往，我听到星际完人对无敌金刚说，无尽的任务来了，我的装备却丢失了。非逍遥对胡无信说，你不知道你很烦么，话痨小心被枪干掉哦。

听听，这是 JB 人与 JB 人在交流吗？

搞得我都不知道自己到底是活在哪个世界了，为了验证我的疑惑，我违背了自己的规定，晚上给我爸打电话，我爸一听我的声音，焦急地说，我打电话到 JB 公司找你，他们说没有你这个人，你离开 JB 了？你出事了？你出什么事了？他又来了，我赶紧说，我没有出事，我还在 JB 上班，我只是改了个名字。我爸一听，更加惊慌失措，语无伦次说，你改、改名，你为、为什么改名，你是不是出事了？好好的你怎么会改名啊，你一定是出事了，我早就知道你出大事了！我又控制不住地恼怒了，我说，是的，我出事了，我出大事了——我已经不是我了。

现形记

我跳槽了。

我跳到了一个新单位。

是什么单位呢，虽然不是保密局，但我得暂时保密，否则被你们一眼看穿了，我就不能谎骗你们了。

新单位接受我的理由很简单：一，单位尚有空额，二，本人条件符合。

我在新单位十分适应，一直安心地呆呀呆呀，很长时间过去了，新单位已经不能算是新单位了，可有一天忽然领导来找我了，说我当年进入新单位的履历材料不齐全，得重新补上。

我觉得奇怪，我又不是新人，我已经来了很长时间了，怎么当初不向我要，这会儿才想到要补起来，让我到哪里去找啊？我们领导说，那是因为当初不规范，现在一切都要拨乱反正，要规范起来，他又说，在所有人的材料中，我的材料是最欠缺的，除了一个

名字，其他几乎什么都没有。

这可不行，一个连身份都不明确的人，怎么能随随便便就成为他们的人呢。他们让我回到原来的地方去把身份材料找回来。

我担心说，万一找不到呢，他们告诉我，找不到也不要紧，但是你就不能算我们的人，当然也不能算他们的人。我说，那我算什么呢。他们说，你就是虫洞中的一个漂浮物吧。

我不想进虫洞，不想做漂浮物，所以，我必须去找回我的身份材料。

可是这件事情让我很发怵，我已经离开原来的地方很多年了吧，那经历可是一波又一波，若不能静下心来整理一下，我根本都想不起来了。

我没有记日记的良好习惯，于是多年下来，完全成了一笔糊涂账。

有很长的一段时间，我的办公地点就在火车上，我去了俄罗斯。呵不，不是去了俄罗斯，而是去往俄罗斯，因为我永远走在去往俄罗斯的路上和从俄罗斯回来的路上，我从国内购买廉价的轻工品，服装鞋袜丝绸围巾，牙刷毛巾洗发水，半导体收音机，二锅头酒，然后我拖着七八个沉重的大旅行袋，坐六天六夜火车抵达莫斯科。不过我的工作可不是等到了莫斯科才开始的，从火车入俄罗斯境开始，每到一个小站，火车停下，我就开始卖东西，那时候中国货可受他们欢迎了，他们在火车下面，我们在火车上面，东西和钱就从车窗里传出去递进来，一个卧铺车厢四个人，无一不是和我一样的情形，开始我们各自单干，恨不得俄罗斯的老百姓只买我一个人的东西，后来发现这样做完全行不通，因为四个人合用一个窗口，大家又挤又抢的话，到最后谁的东西也没有卖掉，或者是东西下去了，钱却没有收上来，白忙乎白辛苦。总结了经验教训后，每次萍水相逢的四个人，都会自发地组成一个临时合作组，大家抽签排队，然后到一个站，先卖抽到第一号的，第一号的货卖完了，再卖第二号的，以此类推，果然合作比单干强多了。

就这样，我们到一个站卖掉一批货，到一个站卖掉一批货，等坐到终点站时，把最后的货在车站附近卖掉，然后在离车站最近的贸易市场购买俄罗斯的便宜货，打成包，转身又踏上回来的火车。

我早已不记得这样来来回回干了有多少趟，我只是知道我的语言天赋特别差，来来回回，来来回回，我总共只学会两句俄语，一句是五千元，因为我卖出去的第一单生意是一件臭鸡毛填塞的伪劣羽绒衣，卖了五千元（卢布），后来我也进过更贵一点的东西，至少值两个五千元，但是我不会说一万元，也不会说两个五千元，只会说五千元，就贱卖了，从此以后，我只进五千元和五千元以下的货，我学会说的另一句俄语是“缴枪不杀”，那时候路段上经常有黑帮打劫像我这样的人，我学会的那句话果然派了用场，那一次他们没有干掉我，但是干掉了我辛苦奔波的岁月。

现在回想起来，这哪是行走在铁路上，分明是行走在刀尖上哦，危险始终与我同行。后来我果然失踪了，或者在去俄罗斯的路上，或者在从俄罗斯回来的路上，总之有相当长的一段时间，别人再也没有得到过我往返于俄罗斯的有关消息。

我到哪里去了呢。

我把这段经历告诉我领导，我问我领导是不是这样，我领导却直摇脑袋说，你不用问我，问你自己。

其实我完全相信我领导是全知全觉的，是一切尽收眼底的，可他从来不肯告诉我事实真相，他希望我自己去把自己找出来。

那个去往俄罗斯的人到底是不是我呢?

我左脑是水，右脑是面粉，一晃脑袋，就成糨糊了。

有一次我在南边的一个岛上，这个岛叫鸟岛，我好像只出了很少的钱，就买下了这个岛。也有人说我不是买的，是租的，反正无论是买的还是租的，应该有我的熟人来过，看到我在鸟岛开发旅游，养鸡养猪，种茶叶种枇杷，搞农家乐，搞得许多鸟都在我们头顶飞来飞去，很有气氛，后来——可惜好像又没了后来，因为后来那个岛重新又成了荒岛。

为了找回真切的记忆，我查遍了所有地图和相关资料，也没有查到哪里存在或存在过这个鸟岛，我把这令人沮丧的事情归结为那岛名取得不好，本来就是个鸟，想飞就飞走了嘛。

我又捣鼓出一个文化公司，专做没文化的事情，可惜我永远也赶不上时代的步伐，我把盗版的音乐磁带做出一大堆，人家已经玩录像带了，等我的录像带做出来，人家已经 DVD 了，等我的执照被吊销了，赚到的一点钱都被罚没了，我还不知道自己错在哪里。

于是，过了一段时间我又失踪了。

在漫长的历史进程中，我应该也有浪子回头、游子归来的日子，我会重新把自己固定下来，到底固定在哪里——我不想再回忆了，我头都疼了，一切得档案说了算。

有一阵我色迷心窍，找了一个情妇，海誓山盟，但等回去跟老婆离了就跟她结婚，结果因为我对着我老婆怎么也开不了口，我情妇一气之下就背叛了我，把我做生意的勾当都揭发出来，所以这一次传出来的消息是我被抓起来了，坐牢了。

那么现在出现的我，应该是刑满释放了吧，可你看我淡定富足的样子，像是劳改释放的吗，更不可能是越狱潜逃哦。

我把我所能够想起来的我的人生中可能曾经有过的身份一一向我领导汇报，但我领导特别不爱听，他告诉我，他们要的不是我的口述人生经历，而是我的人生档案，光有口述，没有记录，那还是不能承认的，我领导最后又说，再说了，你所说的这些经历，似是而非，谁知道是不是你呢。

唉，不忙着感叹人生了，我还是硬着头皮找我的身份去吧。

我给我原单位管档案的同志打了个电话，他一接我的电话，立刻惊奇地说，你是谁，你怎么会有我的手机号码？我也惊奇呀，我说，怎么，你的手机难道不是给人打的么，你的手机号码难道是保密的么？他说，这是我刚刚换的新号码，还没来得及通知任何人。

我立刻冷笑一声，戳穿他说，你不是没有来得及通知，是你没想通知吧，你又不是今天才换的号，你都换了好几天了，你还没通知大家，你是存心的吧。他顿时大吃一惊，脱口说，你怎么知道？你是怎么知道的？

这人真经不起考验，这一下子就露馅了。我劝他说，就你这点心计，就别玩失踪了，其实，等到你真正失踪了，才知道失踪的苦恼，那时候再想回到自己呢，可不容易啊，你瞧我，我就是来找自己的——

他毫无礼貌地打断我，再问，你到底是怎么知道我的新号码的？你瞧，他才不在乎我找不找我自己，他只是在乎我怎么会知道他的新号码，在他的心目中，号码比人重要得多哦。可是因为我一直不肯说新号码的事，他只得退而求其之，换再个问法，你到底是谁？他大概以为，只要知道了我是谁，就能知道我是怎么知道他的新号码的。

我是谁我自然会告诉他的，我也必须告诉他，否则他怎么能帮我找到我呢，至于我怎么知道他的电话，这可不能告诉他，也不能告诉你们。

自然，你们大概早就看出来了，我的遣词造句是很造作的，是故弄玄虚的，带着你们兜迷魂阵呢，什么叫“帮我”找到“我”呢，其实“我”是有具体内涵的，而“我”的具体内涵，并不是我这个人，而是我的档案材料。

所以他只要找到了我的档案，就是找到了我。

谁会没有档案呢。

所以，谁会没有自己呢。

现在他应该进到档案室去翻阅历史档案了，可他还在电话那头喋喋不休地重复说，太奇怪了，太奇怪了，我刚刚换的电话号码，你根本没有——他如此不愿意我知道他的新号码，他似乎真有躲起来的想法，我调侃他说，你以为你换个号码就失踪了吗，我告诉你，你失不了踪，你瞧，我不是很方便就找到了你吗？他沉闷了一会，他还在想我找到他的原因，所以他又继续追问我，谁告诉你我的新号码的，谁让你打我电话的？他仍然纠缠在手机新号码上，只是从“你”是谁换成了“他”是谁，可是我不能再和他探讨他的手机新号码的事情了，我得言归正传，我赶紧告诉他，我叫王炯，我是 1980 年进的原单位，请他帮我把我的档案材料找出来，我的新单位需要它来证明我的一切。

他比我想象的要狡猾一些，也许他预感到他的麻烦来了，他暂时不再纠缠新号码，而是调过头跟我扯起来，说，王炯？还泰囧呢。你那么早就进单位了？算是元老级别？不过那时候还没有我呢。我说，有你没你无所谓，只要有我的档案就行。他也不示弱，跟我说，虽然我管理档案时间不长，却也长了不少见识，你这种情

况我用脚趾头都能想出来，年轻时雄心勃勃，壮志凌云，守着铁饭碗嫌没出息，丢掉铁饭碗去闯天下，要是真有穿越这一说，我挺想穿到那时代去看看——那时候找工作的传说，现在听起来就是神话故事哦。

他说神话故事，倒也不嫌夸张，确实如此，一个人，说调进来就调进来了，没有门槛的高低，没有身份的差别，更不用千军万马过独木桥考公务员，也不需要找什么后门，要找也找不到后门在哪里，单位离退休的老同志说起往事，说从前某某某和某某某两个人在一起随便说说话，说到张三了，说张三不错，叫他来吧。张三就进单位了，又说李四，李四也不错，李四也进单位了。

那时候进单位就是这样简单。

比起现在的求职，那是个什么时代呵，那简直、简直就不是人过的日子，那是神仙的日子啊。

我当然也不例外，我进原单位之前，只是写了几篇稿子，在广播上广播了，单位听到了，我就进单位了。我进单位以后——算了算了，不再说了，我还是赶紧从历史中回来找我的档案吧。

管档案的这位不是学历史的，对历史也没有兴趣，他所知道的单位里这些不算长的往事，那些陈芝麻烂谷子，他才懒得理会，只是因为工作需要，他才不情不愿地走进了档案室，在一排又一排铁柜子里寻找 1980 这四个数字，这一点也不困难，1980 的那个柜子赫然就出现了。

接下来的事情你们可能会猜测到，他没有顺利地找到我的档案。

他一点也不着急，可是我着急呀，我及时地拨通了他的手机，正因为此，他对我又产生了更大的怀疑，他说，你怎么像在跟踪盯

梢我，你好像看得见我的一举一动。我说，我怕你不用心替我找档案。他换了个思路说，虽然你看得见我，可我看不见你，我完全可以不相信你说的话，至少，第一，你怎么证明你是停薪留职的，而不是辞职、不是被单位开除的？第二，你怎么证明你原来是我们单位的人呢，哦，对了，你一直在电话那一头，我甚至连你到底是谁我都无法确认。

我只得提供更多一点的信息，向他坦白我是1990年离开单位的，请他再到1990年的档案里去找我。

如你们所料，依然没有。

我再次致电他的时候，他已经有点不耐烦了，这事情跟我无关，他说，你的档案不是我弄丢的，你走的时候我还没来呢。我说，就算不是你本人，也是你的单位。他说，如果你怀疑是单位弄丢的，那你也不应该再找我，你找领导去。

机关的事情我太清楚了，不是从上往下推，就是从下往上推，总之是一个推，我且按照他推的方向往上走一走吧。

我找分管档案室的那位领导求助，那时候他正在外地的一个宾馆的房间里，我直接打到房间电话上，可是他不接电话，不接，我就再打，再不接，我再打，一直打到他终于接了起来，声音颤抖着说，你、你是谁？你怎、怎么知道我在、在——我说，你放心，我不是来查你抓你的，我是来求你办事的。他仍然对我知道他在宾馆而感到恐惧不安，为了安抚他，我赶紧告诉他我的目的，我说我叫王炯，原来是他单位的一员，现在回来找档案，请他帮忙。

他听我自报王炯，愣了一会，随后他居然忘记了自己的危险，笑了起来，说，王炯？王炯——你让我想想——但是想了一会儿，他反而想糊涂了，他自言自语地说，你是说，你是王炯，来找自己

的档案？我说是的。他似乎不相信，说，你在电话那头，我看不见你，我怎么知道你是不是王炯。我说，你也可以不相信电话这一头的我就是王炯，打电话的可以是王炯本人，也可以是其他人、亲戚朋友代他打的，但确实是王炯要找档案。

领导这才“呵”了一声，说，那就对了，怎么可能是他自己来呢。话出了口，似乎又觉不对，又说，还是不对呀，他还要找什么档案呢。我有些奇怪，我说，一个人要找档案，有什么不对呢。他说，你可能不太了解王炯吧，当年他下海下得早，那可是下对了，成功了，他赚了很多钱，后来移居美国，成了美国人，再后来，他的孙子在美国生下来了，他就是美国人他爷爷了，你想想，美国人和美国人他爷爷为什么还要回来找他的中国档案呢。

这下我更奇怪了，我到美国去了吗？我是美国人吗，我是美国人他爷爷吗？我这糨糊脑袋，怎么就想不起来呢，难道这次我是从美国回来的吗？以前听说过，坐飞机飞到美国需要十几小时甚至更长时间，那么我这次回来，用了多长时间呢？

我想不清楚的事情，难道是因为时差吗？

我只得跟他商榷，问是不是他搞错了，因为我本人确实就是王炯，我怎么不记得我当了美国人他爷爷呢。那领导再一次笑了起来，说，你算了吧，你也别再编剧情了，编不下去的，你想冒领王炯的养老金，那是不可能的，我这第一关你就过不了，你知道后面还有多少关？我着急了，跟他赌咒发誓，我就是王炯，我是如假包换的王炯。他仍然不相信我，又拷问我说，如果你真是王炯的话，你为什么躲在电话那一头，你自己为什么不到单位跑一趟？我说，我不好意思，我怕见熟人。他又笑了笑，说，怕见熟人？搞笑吧，你还怕见熟人呢，你有熟人吗。

我知道他要摆脱我了，这可不行，我得纠缠住他，放了他，就像风筝断线，我的档案就无影无踪了。但是如果我跟他好言好语，他是不会帮助我的，我只能跟他耍流氓，我说，我可不是一般的人，你想一想，你在这个宾馆房间里，有人知道吗，我怎么会知道呢，你如果不肯帮助我，我还会知道你更多的秘密呢。

这下他怕了我，赶紧给我支招说，其实关于王炯的情况也并不是我亲眼看到、亲身经历的，你找我是找错人了，现在在单位的人，哪怕是我这个分管领导，都是在王炯离开后才进去的，我们怎么会知道王炯的真实的事情呢，就算知道也是道听途说，流言蜚语，你至少，应该去找王炯当年的同事吧。

他这一招也是推，不过还行，既启发了我，也放过了他自己。接着我就去找我原单位的一位退休的老同事，

不是老头本人接的电话，接电话的人口气十分着急说老头不在家，老头不见了。我说，你们别开玩笑了，他就在家门口呢。他们将信将疑打开门一看，老头果然在家门口蹲着呢。他们问他为什么吓唬人，老头说，我不是吓唬你们，我是偷听，我等着你们说我坏话。

既然老头回来了，得让他赶紧接我的电话呀，可他们光顾了和重新出现的老头说话，忘了电话这头的我，我只好在电话里大声地“喂喂”，我声音好大，他们居然听见了，这才告诉老头，有电话找他。

老头一听说我是王炯，又说我是回单位来找档案的，他“嗨”了一声说，别开玩笑了，你的档案不会在单位里，当年你是被双开的，你的档案早就——他的口气斩钉截铁，我被他打了个措手不及，一时哑口，老头见我在电话里没声了，怕我断线，赶紧又

“喂”了几声，听到我的应答后，那边一开口，却变了个老太太的声音，说，喂，同志，你千万别信他的，他得了老年痴呆症，一天到晚瞎说八道的——电话随即又被子老头抢走了，说，喂，王炯，不管你是不是王炯，我说的都是事实，我患老年痴呆症是没错，但你知道老年痴呆症的症状是什么，就是眼前的事情记不得，以前的事情记得清，所以，我记得清清楚楚，王炯就是被双开的——电话再次被老太太抢走，老太太说，喂，王同志，他昨天半夜穿着睡衣坐公交车，一直坐到郊区，身上揣着什么你知道吗，揣着家里的存折，这样的人，你敢相信他吗——我真担心，说不定你这个电话一放，他又不见了，我呸我自己个乌鸦嘴，但这是事实啊，我看不住他啊，这样的人，你敢相信他吗？

我确实不敢相信。但我觉得还算是比较个善良的人，既然老太太这么揪心，我且先安慰她一下，我说，大妈，您放心，他丢不掉的——

电话又到了老头手里，老头听我说他丢不掉，显得很不高兴，生气地说，喂，王炯，现在不是说我的事情，是说你的事情，关于你的事情，我说的都是真的，你若是觉得不可靠，你去找郝老吧。

我一听郝老这个名字，顿时眼前一亮，感觉有希望了。当年我在单位的时候，郝老还不太老，我们都知道他有一个特殊的习惯，就是随手记笔记，单位里的事，事无巨细，但凡经过他眼睛和耳朵的，他都会记录下来，至于记录下来之后，到底派什么用场，不知道，也许是便于向领导打小报告，也许是自我保护，也许是为了日后和什么人对证。

我感觉自己终于越来越逼近事实真相了，如果我在原单位的那段时间里，确实发生过调离、辞职或者停薪留职或者开除之类的事

情，郝老的笔记本上肯定有记录。

郝老已经去世了，让我找郝老的那老头，明明参加了郝老的遗体告别，却忘记了。好在郝老的子女知书达理，郝老去世以后，他们将他的遗物都保管得好好的，所以即便郝老不在了，他的气息和信息仍然在啊，尤其是那几十本记得密密麻麻的笔记本，一直躺在抽屉里等待被开发呢，现在终于派上用场了，那里边果然有关于王炯的记录，记录大致的意思是，王炯死了，单位派人送花圈去他家，等等等等。

我服了。

难怪无论什么单位，招人进人，都要以档案为准，口说无凭，这真是太有道理了，我的事情就是最好的例证，前面说了那么多，包括我自己的回忆，包括别人想起来的，都不一定准确，只有白纸黑字记下来的，才是准确无误的：我死了。

本来我不想直接说出来的，但是现在没有退路了，既然郝老记录得清清楚楚，我也没有必要继续隐瞒了。

我再次联系上管档案的人，这回我理直气壮了，我说，我死了，档案肯定在你那儿。

他不想理睬我这样的无赖，但他又怕我投诉他的工作态度，所以还是耐着性子跟我交涉说，你如果真是死了的王炯，那我真是三生有幸了——我怕他跟我扯远去，赶紧打断他说，就算一个人死了，烧成了灰，但是他的档案不会也烧成灰，总在某一个地方躺着呢。他呛我说，那你看见它躺在哪里呢？我跟他理论说，我死的时候，档案就在单位嘛。他说，既然你已经死了，你还找档案有什么用吗？我说，只有找到我的档案，才能证明我是死是活嘛。

他又沉不住气了，来气说，你还嘛了嘛的，理直气壮呢，你都这把年纪了，还行骗？我反唇相讥说，规定只有年轻人能骗人吗？他说不过我，无赖道，不是骗子，就是疯子，不是疯子，就是，就是——我不想和你说了。我也来气呀，我说，你什么单位呀，你怎么搞管理的呀，你不找到我的档案，你无法给我交代。

他现在没有退路，可我也同样没有前进的方向，我试探他说，哪怕我没死，但我无疑是这个单位的人，否则郝老的本子上不会出现我的名字，对不对？他无法说不对，于是我又说，既然我是这个单位的人，我的档案又被你们搞丢了，那你能不能出个单位证明，证明我曾经是你单位的人。他怎会同意，拒绝说，既然找不到你的档案，我怎么知道你是不是我单位的人，怎么可以乱出证明。他最后说，我不会再理你了。他不像前几次那样优柔寡断，果断地掐断了通话，并且关掉了手机。

他失踪了。

他换了手机，新号码没有告诉别人，就是为了方便他失踪的，结果却被我知道了，他误以为别人也都知道了，所以干脆关了手机，谁都找不着他。

其实我不一样，我知道他在哪里，

我打到他的座机上，小伙伴果真惊待了。

他百思不得其解，想了半天，问我说，为什么你的口音那么重，而且那么怪，我都听不出你到底是哪里的方言。

我尽可能让自己的声音显得和蔼可亲，我说，我这是，天堂的方言。他“啊哈”了一声，说，天堂的方言？难怪我听不出来了。我说，是呀，除非你已经来了天堂，或者曾经来过天堂。

他听了我这话，有一阵没回话，我不知他是恼了，还是吓着了，还是怎的，片刻后他却忽然大笑起来，边笑边说，闻所未闻，

闻所未闻，所见的骗子算得多了，无奇不有，怎么骗，骗什么，只有你想不到的，没有骗子做不到的，但是像你这般用死来行骗的，还真是头一回见识，一个骗子骗人说他死了，他能用死去骗什么呢，骗抚恤金吗，即便得手了，那也是家里人用，家里人会给你烧纸钱吧。

冤枉哉也。

这世道是怎么了，我明明是死了，人家却不相信。其实死不死倒没什么大关系，但即使死，也该死有其所呀，我这么不明不白的，人家甚至都不肯承认我死了，我可亏大了。

我赶紧跟他解释说，你误会了，我不是骗子，我确实是死了，我只是没想到，死也是需要身份证明的。他也不跟我争论我到底是死是活了，他说，我要挂电话了，你别再打来了，打来我也不接。

他的决绝的话却让我灵光闪现，我提醒他说，你想一想，你明明知道你自己是一个失踪的人，你的手机一直关机，一直在联系你的那些人一直没能找到你，那我是怎么找到你手呢，更何况，你也知道，安装在档案室的这台座机，早就停机嘛。

这个问题显然有足够的说服力，他愣怔了片刻，又去了档案室。

他果然找到档案了，他找到档案出来时，得理不让人了，他说，你骗到这程度上，也差不多该收兵了，现在你的档案出来了，你的档案不仅证明你没有死，还证明你根本没有离开过单位，你一直就在这里，从来没有走过。

这回轮到我惊奇了。

他告诉我，这些年来，我的材料袋里，每年都有新内容加进去，有一年一度的健康报告，有一季度一次的工作考核情况，有加

工资的表格，还有一次记过处分，等等等等，最新的一份材料是昨天才放进去的，是去年的年终考评，我被评了优秀，作为档案材料，得保管起来，今后用得着。

谁都知道，人死了档案也就停止更变了，而我的档案却一直在变化，说明我是个假死人，我在骗他们。

我惊呆的时候，他得意了，他说，你太有才了，怕我不肯帮你找档案，编出个离奇的故事，以为我就会重视了——不过事实还真是如此，你用你的骗术让我找到了你的档案，现在你的档案证明了，世界上有你，是活的。

我真的还活着吗？

现在我已惊愕得只剩最后一个问题了，我问他，你先前找过好几次，为什么没找到王炯的档案呢？他说，都怪当年写档案的人字迹太潦草，太马虎，在档案的封皮上，把王炯写成了王大同，我怎么知道王大同就是王炯呢。

我说，那你现在怎么知道王大同就是王炯呢？他说，我打开档案看里边嘛，里边表格上打印的名字就是王炯嘛。我不能接受我忽然从王炯变成了王大同，我反对说，你凭什么说封面上的名字是写错了的，也可能是里边表格上打印打错了呢，会不会确实另有一个人叫王大同呢。我以为他一定会狡辩，反驳我，他会坚持说王大同就是王炯，这样才可能更快地打发掉我，可事实上他却没有坚持他的观点，他比我想象的更狡猾也更阴险，他竟然顺着我的口气吓唬我说，如果你坚持说王大同和王炯是两个不同的人，也不是没有这种可能哦，但是如果你不认自己是王大同，而王大同恰好也来找他的档案，那这唯一的一份档案，就被他抢走啰——果然，他这一着很灵，我着了他的道，我费了九牛二虎之力，好不容易走到这一步，可不能把我的胜利成果拱手相让，我赶紧说，我认，我认。他得胜而笑，说，就是嘛，你如果不认王大同，就等于不认王炯，不认王炯，你还是没找到自己哦——你认下来是对的，因为只有认了王大同才能证明你是王炯嘛。

我究竟是王炯还是王大同呢？

我究竟是死的还是活的呢？

我真的无法向自己交代了。

正在这时候，我从话筒里听到他那边发生了事情，场面一片混乱，声音嘈杂，不过这难不倒我，我是特殊人物，我有特异功能，耳朵倍儿尖，听得清清楚楚，我听到一个人激动地叫喊说，找到了找到了终于找到了！另一个人说，我说听到档案室有电话响，你们还不相信！再一个人奇怪说，档案室的电话早就停掉了呀，怎么还会发出声音？又一个人说，几天都找不到你，你手机怎么停机啦？急死人了，你躲在这里干什么，王科长？

原来他也姓王，他还刁难我，真是大水冲了龙王庙，我心里正在埋怨他，就听到他很沮丧地说，我想试试我能不能失踪，看起来还是不能啊。大家异口同声说，你神经病啊。

我在小区遇见谁

我在一家代理公司上班。

当初我老板决定录用我的时候，我是立刻就向我父母大人报喜的。在我家乡那小地方，儿子在大城市的公司上班，足够他们满足好一阵子的。

关于我们公司的业务，用我老板的话说，就是为人民服务。事实就是如此，只要人民有人民币，人民让我们干什么我们都干。当然，我老板也是有素质的人，违法的他事不干。我也不干。

其实最早时我老板是搞家政服务的，后来业务渐渐拓展，公司渐渐壮大，从老板一个人，发展到连老板四个人。我们所接的单子，一部分是网上订单，一部分是委托人看到我们的业务广告后找上门来填单委托的。

这里边的情况并不复杂，也不离奇，视具体情况分类而定。比如像找保姆之类，一般都是上门来的，又以家庭主妇为多。开始的

几年，雇主对我们提供的保姆评头品足，挑肥拣瘦，十分不满，但是很快事情发生了逆转，现在轮到保姆挑剔雇主，小孩我不看的，内裤我不洗的，高楼的窗户我不擦的，买菜你们自己买，免得怀疑我落菜钱，什么什么什么都要你们自己搞定。

雇主们可怜巴巴点头称是，似乎只要保姆能跟她回去，供她个祖宗也愿意。

至于像代送鲜花那样的单子，一般在网上就能确认，不一定要眼见为实的，何况现在眼见的也不一定就为实。只要用支付宝把人民币支付到我老板的银行卡上，我们就替他把事办了。

有一天我老板照例在QQ上兜览生意，忽然有人提问说，你们能代理看望一下老人吗？我老板灵光顿时闪现，立刻回复说，只有你想不出的，没有我们代理不了的。

就这么简单，我公司开辟了一项新的业务。

现在我手里的这单活，就是去代望老人。不过单子不是我本人接的，我接到的已经是我公司自己制定印刷的十分规范的访问单，上面有委托人的姓名，电话，地址，当然更重要的是被看望人的姓名，电话，地址。等我完成了看望任务，被看望者在访问单上签上名字表示认同，至此我的任务完成。

虽然这是我的代理生涯中头一单代望老人的工作，可我不但没有给予十分重视，还比较掉以轻心，因为这种事情对我来说实在是大材小用了，凭我的三寸不烂之舌和装孙子的姿势，搞定一两位老人家，还不是小菜一碟。

说心里话，接到这单活的时候，我自然而然地想起我的父亲母亲，我和我父母不在同一个地方生活，我也有一段时间没和他们联系了，但是千万别以为我会动一点恻隐之心，千万别以为我会赶回家去看望他们，或者也让别的代理公司代我去看望他们。

决不。

我父亲是小镇上的小学老师，我母亲是小镇医院的护士，他们退休以后的工作，就是一起关心除了我的内心想法以外的所有关于我的一切。

最后一次和他们通电话大约是两个月前，或者是一年前，也或者是其他什么时间，反正内容都是一样的，时间就显得不重要了，他们威胁我说，如果我再不能踏踏实实地稳定下来，还在槽里槽外跳来跳去，如果我再不认真确定一个对象，还在婚姻的菜场里挑来挑去，他们就要搬来我所在这所城市来指导我、监督我。我说，爱情曾经来过，徒留一地悲伤，父母如果再来，只剩数根肋骨。他们立刻服软了，低下三四哀求我说，你明明知道我们来不了，大城市的生活我们不能适应，生活成本那么高，我们还要省下钱来供你买房结婚生子。

和天下许多成年未婚子女一样，他们不来纠缠我，已是上上大吉，难道我还会送上门去引颈受戮，我有那么贱吗？

我还是赶紧代表客户去看望他家的老人吧。

我先看了看单子上的情况介绍，这才发现，委托人没有名，只有姓，姓王，王先生，委托我们去看望的人，也一样，姓王，王先生。也就是说，王先生委托我们去看望他的老子王先生，没有什么离奇的，有姓没名，无所谓，王先生和王五王六并没有什么大的差别，只要他能够为自己的委托买单，他叫王什么都一样。

我按图索骥，很快找到了单子上填写的地址，是一个年代已经很久远的住宅小区，估计是在20世纪的什么年代造起来的，那时候大概还没有我呢吧。不过我进了小区后，发现这里边地盘倒是蛮大的，不是一眼就能望穿的，我认真看了下具体的位置，又认真看了看小区楼与楼之间的排列，觉得有点凌乱，一时竟没有琢磨出我要去的楼应该朝哪个方向迈步，看到路旁有位大妈正朝我打量，我赶紧向她求助，她看了看我，先没有回答我的问题，先跟我说，我眼尖，一般进小区来的，没有我看不出来的，可到了你这儿，我眼拙了，你是做什么工作的，我倒看不出来了，不是快递，也不是抄表的，更不是送水的。

我有那么落魄吗。我赶紧告诉她，我是代理公司的，我受人委托来看望老人——她一听，随即过来扯住了我的手臂，激动地说，哎呀呀，巧了，巧了，就是我，就是我，是我女儿委托你来看我的。见我发愣，她又补充说，我女儿昨天已经给我打过电话，告诉我你们今天要来。我疑惑地说，你能确定是你女儿，不是你儿子吗？大妈说，是我女儿，我没有儿子。我拿出访问单又看了看，我说，可是委托我们的是一位先生呀。那大妈说，可能是你们搞错了，确实是我女儿委托的，也可能，是我女儿又请别人代理委托的，那人可能是个先生吧。大妈这么通达大度，把可能的责任先引到自己身上，我也就检讨说，也可能是我同事把你女儿的性别搞错了。大妈点头称是。

既然如此巧遇，我也就不客气了，在大妈的引导下，到她家去。踏进她家门的时候，我暗自思忖，大妈真没有警惕性，她怎么不担心引狼入室。我不知道是人老了会丧失警惕性，还是这位大妈天生就没有警惕性，现在社会这么乱，入门抢劫甚至杀人灭口的事情天天有报道，老太太难道不看新闻吗？

大妈热情地邀我坐下，一边给我泡茶水，一边对我说，我女儿，她还是那样忙，她身体怎么样？我哪里知道她女儿身体怎么

样，但我肯定会拣好的说，拣让她放心安心的说，我吧啦吧啦说了一堆，也不知道我描述得对不对，是不是符合她女儿的情况，开始我对自己的无中生有还有点儿忐忑，但大妈开心而满足的表情，让我放大了胆，越说越离谱了，我甚至说到，她女儿是因出国才不能来看望她的。这时候大妈才“咦”了一声，我立刻意识到豁边了，正欲弥补，大妈却替我圆了场，她说，这么说起来，她昨天给我打的是越洋电话哦。既然她老人家信任我，我也就不客气了，继续往肉麻里说，那是那是，你女儿孝顺哪，到了国外还给您打电话，那可是国际长途，电话费很贵的。大妈又点头称是。终于将女儿的情况说够了，大妈转换注意力了，她开始仔仔细细地打量我，我被她看得有点发毛，我说，大妈，我长得耐看。

大妈看过我以后，就开始问我话了，你结婚了吗？我说没有。大妈又问，你多大了，我说多大了。又问，你工作稳定吗，我说稳定。又问父母是干什么的，我说是干什么的。还有一大堆的问题，我有的如实回答，有的谎骗她，但总的来说，我说什么，大妈信什么，最后她说，奇怪了，你这么好的条件，怎么还没有结婚呢，和我女儿一样，方方面面条件都好，就是不找对象——我想不通，你们两个，见了面也没感觉吗？

我晕。

居然看见一个素不相识的男人，就想给女儿拉郎配，真是不知道外面的世界多精彩。比起我妈也毫不逊色哈。

我得打断她的不切实际的妄想，我提醒她说，大妈，我不是你女儿的同事，我没见过你女儿，我是代理公司的，是你女儿委托我们来看望你，我们公司有这项业务，收费的。

听说女儿出钱请人看望她，大妈更加感动，说，你看看，我女

儿就这么孝顺，自己没有时间，同事朋友都忙，她宁可出钱也要来安慰我。

我的任务很顺利，眼看着就要圆满完成，只剩下最后一个环节，请被看望者签字，可是我的手伸进口袋时我突然愣住了，才想起，别说委托人从王先生换成了王女士，被看望的老人，也一样从先生换成了女士，我正有些疑惑，只见大妈眼巴巴地盯着我问，你下回什么时候来看我？我说，那要看你女儿什么时候再来委托我们。

大妈的眼神立刻暗淡下去，说，你不会再来了。我问为什么，大妈说，其实，我没有女儿。

我又晕了一次。

她既没有儿子，也没有女儿，她是闲得蛋疼拿我寻开心呢，我不能对大妈爆粗口，我可以忍气吞声，但我不能死得不明不白，我说，算我瞎了眼，走错了门，看错了人，可我就不明白了，你既然没有女儿，刚才硬要拉我当你女婿的是什么意思呢。大妈说，嘿，我是看电视看的，电视里天天演妈妈逼女儿找对象，我没当过妈，我没有体会，今天我终于体会到了。我呛她说，大妈，你可不像没有孩子的人，你和我妈一个德行。大妈高兴地说，是吗是吗，你妈在哪里——我说，大妈，赶紧打住吧，你这是拿我当陪聊，你不会不知道吧，现在聊天也要——“聊天也要付费”这几个字我是硬生生地咽下去了，不是我改了性子，是我怕了她，我没招没惹她，她就给我唱一出空城计，我若是向她收钱，她不定使出什么幺蛾子来整我，算了算了，远离老人，留点自尊吧。

我临出门时吓唬她说，大妈，你胆子真大，你随随便便就让我进来了，你太轻信别人了。大妈说，这可不是我轻信你，是你轻信我哎。我气大了，又威胁她说，万一我是个坏人呢。大妈朝我看看，摇了摇头，长长地叹息了一声，说，哪里有坏人，没有人，好人也没有，坏人也没有，人影子也没有，鬼影子也没有。

我从她家出来，在小区四顾，果然很冷清，只看到几位老人在小区里慢悠悠地转着，我心里一惊，莫不是传说中的鬼城？可是明明小区里是有人的嘛，虽然是老人，老人虽然老了，可他们是人，不是鬼。

虽然小区的楼牌号比较混乱，没有秩序，但我最终还是找到了访问单上填得清清楚楚的楼牌号，我现在就站在楼门前了，只是因为吃了头一次的教训，我学乖了一点，先照着访问单上留的客户电话打过去，电话响了两声，有人接了，我说，请问是王先生吗？对方说，你打错了。我“咦”了一声，对方立刻说：“骗子，骗子还咦什么咦。”就挂断了电话。

我站在楼前想了一会，不知道哪里出问题了，只好又打电话回公司，重新确认了地址和电话无误，我就直接找上楼去找人了。

上了楼，我按门铃，铃声清脆响亮，可按了半天，始终没有人接应，我换个办法吧，抬手敲了一下，嘿，门立马就开了，我又忍不住“咦”了一声，但很快就将“咦”字缩回去了，咦什么咦，家家有本难念的经，人人都有人人的脾气，也许老人不喜欢门铃声呢。

这回对头了，是位老先生，他一手把着半开的门，一手遮着眼睛想看清楚我的脸面，我凑到他面前，让他瞧仔细了。

老人家朝我点了点头，估计对我的长相还算满意，问我说，你找我吗？我见他年事已高，又具有知识分子模样，赶紧汇报说，老人家您好，是您的儿子委托我来看望您的。

我平时的工作和生活中，根本和一个“您”字沾不上边，这会儿左一个您，右一个您，您不离口，这让我感觉良好，觉得自己长了一个层次，是个文明人。

老人家却并不因为我跟他来文明的，他就跟我客气，他可是一点也不文明，也不礼貌，鼻子里重重地喷出一股气，冷笑道，省省吧，少来这一套。我向来反应灵敏，立刻知道老人家是对儿子有意见呢，我赶紧吹牛拍马撮合他们，我说，老人家，您儿子是个孝子哦，他特地找到我们公司，请我们代理，是付费的。老人家继续“哼哼”说，黄鼠狼给鸡拜年呢。我心里暗笑，但面子上我得做足了孙子，我赔着笑脸说，老人家，您这比喻，嘿嘿——老人说，怎么？我说得不对吗？我还不知道他安的什么心吗？不就是黄鼠狼给鸡拜年吗？

他硬说自己的儿子是黄鼠狼，自己是鸡，我也拿他没办法，但是我得想办法让他接受我的看望，在访问单上签名，我好回去交差，按月领工资。我耐心说服老人家，您儿子工作忙，抽不出时间回来，所以让我来——其实也不会太麻烦您，您只要在单子上签上您的大名——老人家硬是不给我面子，拒绝说，我不会签的，我又没有让他找人来看我。我再引诱说，老人家，您如果不签字，那可不合算呀，您儿子付费可是白费了。老人家说，白费？白费才好，别说这点费白付，这个儿子我都是白养的。我再换个地方打一枪，我说，老人家，现在有了法，子女不回家看父母，会违法的，您不愿意您儿子违法吧？老人家抢答道，我愿意他违法，我希望他违法，他违了法，就进去了，就不能委托你来看我了。

我自以为算是个能瞎掰瞎扯的货，可这风烛残年的老人家竟也不比我差，而且他比我有耐心，沉得住气，这原因我也知道，因为

在这个事件中，他不要赚钱，我要赚钱，人一要赚钱了，心态就不一样了。

但我还好啦，我虽然急于要赚个开门红，但我知道性急吃不了热豆腐，我更知道天上没有白掉的馅饼，只有白掉的砖头。所以我不毛躁，我比他更有耐心，更沉得住气。我暗地里运了运气，重新再开始，我说，老人家，您的手一直支着门，会累着的，不如让我进屋坐下来慢慢谈。我这一说，老人家的手果然放了下来，只不过我立刻看出来了，他不是要让我进屋，他是要关门了，我的心往下一沉，正在这时候，屋里边有动静了，出现了一位老太太，说，我正在午睡呢，你们吵醒我了。

我正要道个歉，那挡着门的老人家却说，你不用和她说话，她是个聋子。我奇了，聋子还能被吵醒。老太太又生气说，我虽然耳朵聋了，但我配戴了助听器。我又奇了，睡觉还戴助听器，怕没人吵醒她吗？

真搞不懂他们。不过好在我并不想搞懂他们，我也不觉得他们有多奇葩，有我的父亲母亲作参照系，无论如何我都不会被老人萌倒的。

我递上两盒保健品，告诉他们这是他们的儿子委托我代买代送的，可那老人家鄙夷地用眼神拒绝了我，还好那老太太用是另一种手段，她伸手接了过去，说，干吗不要，不要白不要——我看看是什么。她戴上老花镜看了一下，立刻就推了开去，说，喔哟，以为什么东西呢，这不是保健品。我指着盒子解释说，您仔细看看这上面的说明，是保健品，活络筋骨，强身健体，等等。老太太说，这是虚假广告，骗人的，以不毒死人为底线。

我不能再和这两位有文化的老人纠缠下去了，我赶紧掏出委托单说，王先生，请你签个字吧。老人家又立刻翻脸说，我不姓王，王八蛋才姓王。真出了奇，他说他不姓王，我倒恰好是姓王，他是在骂我吗？我且忍了，听他继续数落道，别说我不姓王，就算我姓王，他个王八蛋也不会来看我，更不可能付了钱叫别人来看我。我忍不住说，您是大学教授，说话怎么这么粗鲁？老人说，孔子曰，所谓诚其意者，毋自欺也。

天哪，他居然用孔子的话来骂人。

任凭我历经风雨饱受重创跌跌爬爬走到今天，我还没碰见过如此有水平的老人家呢，有人说是老人变坏了，有人说是坏人变老了，我不知道到底哪者说得对，我只是气得两眼翻白，忍不住说，孔子解决不了的问题，老子帮你解决。

其实孔子解决不了的问题，老子也一样解决不了。最后的结果使我很受伤，刚刚出马，就跌落下来，我可没脸回公司，在大街上茫然转着舔伤口呢，忽然我看到路边有一家花店，我咬咬牙，隐忍着作痛的小心脏，去花店买了一束玫瑰花。

我捧着花又回到那个鬼见愁小区，这回是那聋子老太太开的门，她一开到花，就冲着我说，还没毒死我们，就来送花圈了？我说，这不是花圈，这是花。老太太说，把花圈起来，就是花圈，你以为他不想给我们花送圈吗？

明明是我买的花，她又归到他儿子头上，那儿子岂不是冤哉枉也，可我才不会为他鸣冤叫屈，我自己的冤屈还没得解呢。何况以这老两口的奇葩思路，我要是送黄金，他们肯定认为儿子要逼他们吞金自杀，我要是送钻石，他们会说里边有毒辐射，我要是送大粪呢，他们一定把大粪朝我当头一泼。

为了预防他们泼我大粪，我必须得后退一步，可我实在是没

有退路，身后就是楼梯，后退一步我就滚下去了，还好那聋子老太没有逼我滚下去，她还主动和我说了话，她告诉我说，喂，其实我不是聋子。我朝她耳朵上夹着的线看了看。她就揪了下来，递到我眼前说，你看，假的，不是助听器，就是一根普通的线和一只小塞子，是我自己做了骗他们的。

我不知道她要骗谁，不过我还是小心一点，原先我以为以我这样的鬼马之才，亲自出马对付几个老人，那还不是手到擒来，可是事实无情地击毁了我的自信，我知道错了，我知道老人也不是好对付的，我千万不要再自以为是了，搞不好我被一个聋子老太卖了还替她数钱呢。

那脸可真丢大发了。

小心归小心，我的任务还是得想办法完成呀，我说，老人家，既然你不是聋子，那就太好了，我刚才在你家说的话你都听见了吧，你们的儿子——老太太朝我摆手，我奇怪说，怎么，难道你们没有儿子？老太太重新把那根做摆设的线夹到耳朵上，对我说，你说什么，我耳聋，听不见。我喷她说，你不是戴着助听器吗。老太太说，这个助听器效果太差，便宜没好货，他们说得买两万元以上的，才听得见。

这事情实在太诡异，太恶心，我终于要被他们气走了，我也应该被他们气走了，我把访问单朝他们的桌上一摔，老子不干了还不行吗。

真是还不行，因为意外的事情又接着来了，老两口见我要走，赶紧招呼我等一下，他们找了笔来，居然主动在访问单上签了名。

我又觉得离奇，问道，那你们承认这个委托人王先生是你们的儿子罗。他们神回答说，我们签名，只是我们向你表示歉意而已，

因为你的骗术没有得逞，我们虽然年老，但防骗能力还是有的。我赶紧拍马说，那是超强的。他们说，你也辛苦了半天，陪我们说了那么多假话，也付出劳动了，我们就签一下名而已，举手之劳，予人玫瑰，清香自留。

真有学问，这样的话我听都听不懂，他们都说得出来。

我就把玫瑰留在老人的屋里了。

可我还是大意了，出了屋子，下得楼来，我才想起看一下访问单，才知道我的任务并没有完成，他们虽然签了名，但他们签的名，不是我公司需要的名，他们还是不姓王。所以，实际上我还是没有拿到他们的签名，我不知道他们是真的不姓王，还是不愿意姓王，如果他们真的不姓王，那就是委托单出了差错，如果他们本来姓王，现在却不愿意姓王了，那是不是意味着，他们和自己的儿子之间早已经断绝了关系呢？

我心里头顿时一闪，我又联想到我的父母大人了，一时间我甚至觉得是我的父亲母亲和我恩断义绝了呢，我掏出手机给父母家打电话，却没人接电话，再换打手机，手机也停机了。我这才恍惚记起，他们似乎有日子不来骚扰我了。不过我可没指望他们已经放弃了我、不再来纠缠我了，绝不可能。即便我不是他们亲生的，他们也早就把我当成亲生的一样折腾了。

可我还是不能回公司呀，这单任务可是我代望老人的首秀，就这么铩羽而归，不是我的风格。

现在我又站在凌乱的楼幢之间了，我比第一次更绝望，完全没了方向感，我茫然无目的地走啊走啊，走到小区的门口，看到门卫室的时候，我心里一惊，难道我承认失败了？难道我知难而退、望风而逃了？

小区保安年纪也不小了，他大概很少在小区看到我这样英俊潇洒的年轻人，所以直盯着我看，我可是怕了这小区里的奇遇，我应该逃避他。可是，除了他，小区空无一人，我还真不能逃避，我上前把访问单递给他，请教他说，麻烦你帮我看一看，这个地址到底有没有问题。他一看，立刻笑了起来，没问题呀，就是你刚才进去又出来的那个楼嘛。我一听，感觉有戏，赶紧追问，他们家有儿子吗？老保安说，有呀。我没料到进展这么顺利，担心不牢靠，再追问，你怎么知道？老保安说，我是保安，守在门口，我天天看到，怎么会不知道。我又有了奇的感觉，赶紧问，你天天看到谁？老保安说，当然是他们的儿子啦。我又更奇了，难道他们的儿子天天来看望他们？老保安说，奇怪，他就住在这里嘛，不叫天天来看望，那叫天天回家。

既然他和父母是住在一起的，为什么还委托我们看望他父母？

你们可能早已经觉察出来了，我的思路出了问题，因为我太想完成任务了，所以在我的潜意识里，一开始就认定他们就是我要找的王姓人家，人家明明不承认姓王，何况人家明明是父母和儿子住在一起的，我却偏要强加于他们，我感觉自己走火入魔了，赶紧换个话题说，他们家那老太太一会儿聋，一会儿不聋，她到底是不是聋子？那老保安“切”了一声说，又装神弄鬼，那个聋子早就死了。

我简直服了这家人，我简直服了这个小区，但我实在又不能服他们，如果我服了他们，我这一趟就算是白跑了。

我在外面随便吃了点东西应付一下肚子，耗掉些时间，我越想越不能甘心，房子明明就是那个房子，电话也明明就是那个电话——我再次拨打了那个该死的电话，电话铃只响了一声，就有人接电话了，真够快的，我也抓紧了快问，是王先生吗。对方说是。终于找到王先生了，我心里一块石头落地，但很快我又奇道，王先生，为什么我中午打电话时你不承认，他说，中午不是我接的。我更觉不可思议，说，难道你家里的人不知道你姓王？他说，他才不是我家里人——家里人个屁，一间朝北的小屋收我八百块租金。我这才恍然大悟，原来他是那一家的租客，难怪中午我去的时候有一扇门一直关着呢。可我还是有奇，我说，我怎么听你的声音那么熟呢。那王先生说，我听你的声音也不陌生呀。

废话少说，我直奔主题，不仅确认他姓王，还确认了他们确实知道儿子委托了人去探望他们，他们正在家翘首等待呢。我心想，这回看你再往哪儿跑。

我赶紧再次上楼进门，中午那一对知识分子老人不在，换了另一对老人在，果然是待在一间朝北的小屋里，屋子很小，光线很暗，我乍一眼看过去，怎么觉得他们有点眼熟，我奇怪说，咦，我在哪里见过你们？他们对我，竟然也有同感，说，嘿，你好面熟啊。

我想到熟人好办事，如果我和他们有交情，那他们一定不会再为难我，我就可以拿上他们的签名走人了。所以我得赶紧把他们想起来，可我仔细地想了又想，却无法确定他们到底是谁，从前同事的长辈？没有印象，前任女友的父母？也没有印象，大中小学的老师？更没有印象。

明明是熟的，却又想不起来，明明就在眼前，却又觉得遥远，我有些沮丧，只好玩老一套的把戏，套近乎说，老人家，原来你们是租房子住的，你们不是本地人啊。那老人说，我们原来一直是住在一个小镇上，离这里很远，我们的儿子很有出息，大学毕业后就留这里工作了，是公司白领。我觉得这下对上号了，赶紧说，这就对了，你们的儿子很孝顺，他工作忙，抽不出时间，何况最近又出差了，所以委托我们代理公司来看望你们。

老两口很高兴，除了不停地感谢我，还主动跟我聊了他们的情况，那老先生说，我在小镇上当了一辈子小学老师，我一听，心里居然瞎跳了一下。那老太太又来戳我心惊，说，我从前是镇上医院的护士，后来退休了。

我感觉有点不对劲，随便应付了几句，就想提前结束任务了。我拿出访问单请老先生签名，老先生爽快地签上名，我接过来一看，竟然和我父亲同名，我心里忽然有一点异常的敏感，赶紧编造说，这访问单需要老夫妻双方都签名，他们也信了，老太太也麻利地签上名，我再一看，竟是我母亲的名字，这回小伙伴彻底惊待了，再仔细看他们，我认出来了，怎么不是我父母亲呢，他们就是我的父亲母亲呀，他们难道不认得我了吗，我也在访问单上签了自己的名字，其实这名可以回公司结算时再签的，但我提前签了，我把访问单递过去给他们看，他们一看我的名字，笑了起来，说，这不就我们儿子的名字嘛，你不就是我们的儿子嘛。

我和我的父亲母亲互留了新的联系方式，我就和他们道别了。

我的任务完成了。

回到公司，我告诉同事说，今天巧了，我上门代看的居然是我的父亲母亲。我同事说，那就奇了怪，他们不就你这一个儿子么，你又没有委托你自己去看望他们，那是谁委托的呢？我说，那就是他们自己委托看自己的。

我老板毕竟比我们精明，更比我们有经验，他看了看访问单，跟我说，你父母的名字是你签的吧。我吓了一跳，这怎么可能？我

老板说，你自己看看，跟你的笔迹一模一样的嘛。

我老板见我紧蹙眉头，过来拍了拍我的肩，鼓励我说，这就对啦，当初我看中你的，不是你的工作能力，而是你的想象力，我果然没看走眼。

他没看走眼，我可傻了眼，我还在思索着这个故事的来龙去脉，我老板说，行了行了，别再编了，你已经编得很赞了。我不服呀，我冤大了呀，我说，老板，你凭什么说我是编的。我老板笑道，那个小区本来是一个无人区嘛。

原来，我去的那个小区，早几年就准备改造了，住户全迁走了，资金却掉链了，就成了无人区。

但是那张委托单是哪来的呢？

这太好解释了，是我自己填写的罢。

五彩缤纷

我老婆其实不是我老婆。或者说，现在还不是我老婆，我们还没领证呢。

没领证，在出租房里同居，这种事情很多，也很普通。我们大学毕业，远离家乡，在陌生的城市打拼，要有事业，要赚钱，还想要爱情，还想有家庭和孩子，想要的确实太多了一点，那日子会比较辛苦。

不过目前还好啦，我们还没有想得那么远，我们辛勤工作，可以积攒一些钱下来，为今后的日子作准备，虽然必须省吃俭用，精打细算，但毕竟还是比较轻松自由的。

不料出了意外，我老婆怀上了。孩子我要的，我跟老婆说，孩子都有了，我也甩不掉你了，我们去领证吧。我老婆说，领证可以，按先前说定的办。

先前我们说定了什么呢，这一点也不难猜，又是一件再正常不

过的事情，先买房，后领证。

没有房子怎么结婚，这是正常要求，即使老婆不提，我也会做到的。但现在的问题是，我得把我积攒了几年的钱倾囊而出，才能付首付，接下去的日子，就不知怎么过了。我把我的忧虑和我老婆说了。我老婆说，那我管不着，反正没有房子不领证，这是当初说好了的，也是最起码的。她说得不错，这确实是最起码的。我老婆也不是个物质至上主义，她没有要车，没有要其他更多的东西。

但即便是她的最起码的想法，目前我也有难处，我得靠我的嘴上工夫，让她暂时地将这个念头搁存下来。于是我开始说，老婆，买房这么大的事，急不得呀。我又说，那是买房呀，不是买青菜萝卜，说买就能买来。我再说，老婆，现在我们的当务之急，尤其是我的当务之急，是保养好老婆，保养好老婆肚子里的孩子。我还说，老婆，你也是有文化有知识的年轻人，你想一想，到底是人重要呢还是房重要。

我老婆才不理会我的战略战术，她才不和我对嘴，她沉得住气，原则性强，从头到尾只有一句话，按原先说的办，不买房，不领证。

我无话可说了。

我的思想已经受了我老婆思想的影响，看来房是非买不可的了。一想到买房，我的想象就像长了翅膀，立刻飞翔起来，我想到，买了房，就得装修，装修房子，那可又是一件令人激动的大事啊，我一激动，灵感就闪现了，我就突发奇想了，我说，老婆，你想想，就算我们现在立刻买房，我们肯定买不起精装修房，肯定是毛坯房，毛坯房得装修吧，再怎么简装，也得几个月吧，那时候宝宝已经出来了。我老婆说，宝宝出来跟房子没关系。我说，怎么没关系，新装修的房子，你敢住吗，就算你不怕，你敢让宝宝闻那种有毒的油漆味吗。

那是常识，装修完了，怎么也得晾它个一年半载才敢入住啊。

我这是拿还未出世的孩子要挟她，我以为这下子将到她了，哪知她早就想好了应对的台词了。她说出来的台词，吓我一个跟斗，你以为我急着买房子是急着要住吗？我奇了怪，不急着住干吗要急着买。我老婆问我，你以为我买的是房子吗？我也不傻，我说，我知道，你买的是安全嘛。可是我若要变心，不会因为有房子就不变心的。我老婆说，是呀，你变了心，我至少还能得到一套房子。

这种对话实在平常而又平庸，大家见多了去，不过请耐心等一下，这只是为下面的事情作铺垫，马上就会出现不一样的事情了。

现在我完全没有退路了，只好朝买房的方向去考虑了，好在这是我的第一套房，应该是比较优惠的。我打听了一下买房的程序，先到房产局去开证明，证明我是无房户，这样才能享受到第一套房的种种优惠。

到了房产局，他们一查电脑，却告知我说，我已经有房了。我大吃一惊，以为天上掉下馅饼来了，不，这可不是一块馅饼，这是一套房子啊，难道是圣诞老人或者干脆是上帝他老人家送给我的。

做梦吧，别说房子，天上连馅饼都不会掉的。

可我的名下确实有一套房，这到底是怎么回事呢。

房产局那人用怀疑的眼光看着我说，现在全部都联网了，想冒充无房户是不可能的。我着急解释说，我确实是无房户，我和我老婆住在出租房里，现在我老婆肚子大了，我们要结婚，要买房，等等等等。他哪里爱听这样的话，但后来看我真的急了，或者他自以为从我的焦虑的眼睛里看到了我的诚实，他才告诉我说，既然你不肯承认你名下的这套房是你的，那只有一种可能。我赶紧问，什么可能？他说，有人用你的身份证买了房。他见我发愣，又补充说，虽然可能是别人买的，但既然用了你的名字和身份，你就不是无房户了。

我怎能相信这种莫名其妙的事情，我说，会不会你们搞错了？他又朝我看看，还朝他的电脑看看，反问我说，你不要吓我，你是不是想说，有人黑了我们的系统？我也吓了一跳，若是真有人黑了房产局的系统，岂不要天下大乱。

我知道那是不可能的。但如果他不可能出错，那么错在哪里呢，谁会用我的身份证买房呢。那人看了我一眼，觉得我连这样的问题都想不明白，极品脑残。其实我怎么会想不到呢，这个“谁”的可能性还是比较多的，比如亲戚朋友啦，比如老板啦，比如骗子啦。

可是现在我脑子里一片空白，我依据什么去把这个“谁”想出来呢。

见我站在窗口什么也不干，光发愣，后面排队办事的人着急了，我只得先退到一边，朝大厅的椅子上一坐，犯起糊涂来。

我旁边有个人架着二郎腿，哼着小曲，心情特好，我朝他一看，他立刻对我笑了笑。我说，你笑什么，我认得你吗？他说，恭喜你，你有房子了。见我干瞪眼，他又说，不是有人用你的名义买了房吗，既然是用你的名字，房子就是你的嘛，房子是什么，不就是一个人的名字嘛。我说，可房子不是我买的，钱不是我出的，怎么会变成我的房子呢。他说，这个太简单了，我教你怎么搞啊，你带上你的身份证，先到售房处去复印合同，人家问你为什么要复印合同，你就说合同丢了。我说，那可能吗。他说，他们没有理由不让你复印呀，房子就是你的嘛，身份证和人都对上号了嘛。然后你拿了合同，再到房产局去，补办房产证，你也可以跟他们说，房产证丢了，你有身份证，有购房合同，他们同样没有理由不让你补办，等办好房产证，房子就是你的了。

我听后，简直如梦如幻。他见我傻样，以为我担心什么，又指点我说，你怕夜长梦多吗，那就赶紧把房子卖了。

我的心里早痒起来了，一套房子，就这么到手了，只费了一点点吹灰之力？他见我不信，鼓励我说，信不信由你，你做做看就知道了。我疑惑说，这是违法的吧？他说，如果那个人确实在你不知情的情况下，用你的身份证买房，那是他违法在先。

他违法在先，我违法在后，那我不还是一样违法么。出主意的这人挺为我着想，说，你急于出手房子，一时找不到合适的买主，可以卖给我，我要。

我赶紧走开了，他还在背后说，要不要留个电话给你。我摆了摆手。他又说，不留电话也没事，我经常在这里，你要是想通了，就来这里找我。

我只听说外面骗子很多，很离奇，我以为这个人也是骗子，但我又不能确定他是骗子。无论他是不是骗子，他指点我做的事情我是不能做的。

如果我不能买首套房，我就买不起房，因为首套和二套的首付是不一样的，契税和房贷也不一样。可我不甘心就这样白白地丢失了我的第一套房的资格，虽然那套房已经在我的名下，但它毕竟不是我的房呀。

我得找到用我的名字买房的那个人。

我到了售楼处，把情况跟他们说了，他们爱理不理，说，这事情你别来找我们麻烦，跟我们无关。我气不过，说，怎么跟你们无关，你们没有尽到你们的责任，把我的名字让别人用去了。售楼处说，你跟我们有什么好吵的，你自己把身份证借给别人买房，还怪我们。我说，我怎么可能把身份证借给别人买房。他们说，这事情现在多得很，不管是怎么借的，出让身份证的人，肯定能得好处的。我跟他们生不得气了，我只说我要看那购房人的资料，他们又不同意，说客户的资料是要保密的。我反驳他们说，保密个屁，我单位有个同事，刚买房，登记在售楼处的信息立刻被出卖了，装修公司，中介公司，高利贷公司，各色人等，立马来骚扰。他们见我这样指桑骂槐，也不跟我生气，但就是不肯透露信息，他们是怕我影响了他们的声誉，搅黄了他们的生意吗？可他们这种人，也有声誉吗？

我回去将这离奇的事情告诉我老婆，我老婆以为我骗他，以为我不肯买房，跟我闹别扭，我怎么解释她也不信，我没办法了，只好说，要不你和我一起去那售楼处。她又不肯去，说，你肯定事先和售楼处的人商量好了来骗我。

女人的想象力真丰富啊。

我只好又回到售楼处，威胁他们要举报，他们还是怕我举报的，最后把购房者留下的联系电话给了我。我一看两个号码一个是手机一个是座机，寻思着肯定打手机更方便找到人，就立刻打了那个手机号码，却不料听到是“已停机”，我心头顿时掠过一丝不安和惊慌，手机都已停了，座机还会有人接吗，但无论如何死马得当活马医呀，再照座机号码打过去，呼叫声响了六下，我心里又“咯噔”了一下，料是无望了，但就在这绝望刚刚升起来的时候，在电话铃响到第七声的时候，有人接电话了，是个女的。我一听是个女的，下意识地“咦”了一声。那边就说，咦什么咦，打错电话了吧，以后把号码搞搞清楚再打，把人搞搞清楚再说话。我说，哎——我没有打错，我找的就是你，你在某某小区买了套房吧？那女的立刻警惕说，买房？买什么房？你个骗子，又想什么新花招？我说，我不是骗子，可是我碰到了骗子，骗子用我的名字买了房子。那女的说，那你找骗子去。我说，我找的就是你，房子就是你买的，在售楼处登记的就是你的这个号码。那女停顿半拍后惊叫了一声，说，什么？什么房子？我说，我的身份证被你盗用了，在某某小区买了一套房，有这事吧？那边没声音了，我以为她想抵赖，我不怕她抵赖，我有的是证据。哪知过了片刻，她大叫一声，我操你个狗日的！你竟敢买房！这声音实在刺耳，我说，你怎么骂人呢，又不是我买房，是有人盗用我的名字买房。她不听我解释，仍然骂人说，你个乌龟王八蛋，叫我住出租房，自己竟然有钱买房养小三。我这才明白过来，她大概是骂她老公或者男友的。果然，她又骂了许多脏话粗话，我实在听不下去，说，事情还不知道怎么个真相呢，你已经把祖宗八代都骂遍了，等到事情真相揭发出来，你还用什么东西来骂人？她忽然又大哭起来。

我不想听她哭，但我还是想从她那儿得到一点有用的信息，我只得耐下心来劝她，我说，你先别哭，可能里边有什么误会吧，你再仔细想想，既然你没有用我的名字买房，那是你家里其他什么人？她顿时停止了哭声，头脑冷静思路清醒地说，我老公为什么不用他自己的名字买房，怕我知道，所以，他用你的名字买房，你肯定是他的狐朋狗友，你才会借身份证给他，让他买房，包庇他养小三。

我怕了她，我还是赶紧败下阵去吧，我再也不想从她那儿得到什么了，我挂了电话。

她却没有罢休，反过来又打电话来，追问那套房子在哪里。她这追问这还真提醒了我，我又到售楼处去了一趟，查到了房子的具体地址。

我到了那个小区，莫名其妙的，心情居然有些激动。小区是新建起来的，看起来刚刚交付，都是毛坯房，里边还没有住户，我找了一圈，找到了某幢某层，上去一看，门关着，里边不像有人的样子，我还是敲了敲门，自然也是白敲的。

我并没有泄气，跑得了和尚跑不了庙，他房子买在这儿，我不怕他不现形。过一天我又来了，还是没有人，我刚要下楼，看到有人上楼来了，手里拿着钥匙，开对面那套房的房门。但我看他的穿着和模样，不太像是房主。那个人看出我的怀疑，主动说，我是搞装修的。我怀疑他他倒不生气，还和我聊天，问我是不是隔壁的房主，需不需要装修。我说是来找他隔壁的人家的，他问找他们干什么，我没敢说出来。

他见我支吾，也没有追问，只是说，他接了这一家的装修活，来过几次，没有看见对面人家有人来过。又说，一般刚刚拿到手的毛坯房，如果不马上装修，房主是不会来的。我委托他代我留心点，留了个电话给他，他点头答应了。

我出小区的时候，又经过售楼处，心里来气，我又进去了，他们都怕了我，躲躲闪闪，互相推诿。我责问说，你们提供的电话不对，你们是有意糊弄我的吧。他们指天发誓，那人留的就是这电话。我怀疑说，这电话的主人根本不知道买房的事，难道你们不和买房的人联系吗？他们说，我们还和他联系什么呢，房子已经售出，一手交钱，一手交货，我们再也不会联系他，只有他可能来联

系我们，我们最怕的就是这个了，如果接到他的电话，那必定是哪里出了问题，麻烦来了。

还是那个搞装修的人讲信用，有一天他给我发了个信，说对面房子有人来了，让我赶快去看一下。我立刻赶到那儿，这回终于让我抓住了一个真实的存在。可是最后结果并没有显现出来，因为被我抓住的这个人，并不是房主，他是房屋中介。

原来那个用我名字买房的人，打算出租他的毛坯房。不管怎么说，我庆幸自己又推进了一步，有中介就有房主，我离那个盗用我名字的人应该不远了。

这时候我还不知道，其实我前面的路还遥遥无期呢。接着中介就告诉我，房主是在 QQ 上留的言，没有其他联系方式，只有 QQ 号。也就是说，我要想找到房主，仍然要守候，只不过是从毛坯房前挪到 QQ 上而已。

我先上去找他，说我要租房，希望他能够现身。可是他没出现，我想我可能暴露了，因为他明明已经委托了中介，租房应该和中介联系，为什么要直接找他呢。他一直不出现，我急了，耍了个流氓手段，在群里发言说，有人用我的名字买了房子，我现在已经复印到了购房合同，打算明天就去补办房产证了。群里大家欢呼雀跃，为我高兴。

我以为这下子可以把他逼出来了，可是他仍然隐身。他这才叫耍流氓，那是真流氓，我这假流氓倒也拿他无奈，我不能真的去办房产证啊。

正在我山穷水尽疑无路的时候，先前那个骂人的女人倒来给我指路了，她主动打了个电话给我，情绪大好，和当天电话里那个愤怒的女人简直判若两人，完全判若两人。她耐心地告诉我，冒我名字买房的不是她老公，而是她现在住的出租房的前任住户，她已经通过房屋中介，帮我了解了他的踪迹，提供给我进一步追查。最后她还向我道了歉，说上次说话难听不是针对我的。

我虽然有些奇怪。但她的态度也让我更相信了一个事实，爱情确实能够让一个人完全变成另一个人。

我根据她提供的信息，找到了那个冒充者现在居住的另一处出租屋，我不知道他为什么要从一个出租屋搬迁到另一个出租屋，唯一能够让我做出一点判断的就是前后两处出租屋大小和质量有所差别，这地方比那地方更小更简陋。看起来他的经济状况也不怎么样，恐怕每个月的还贷压力很大吧。这也是我很快将要面临的难题哦。

所以一看到这样的出租屋，我立刻联想到了我自己的生活，在胡思乱想中我敲开了这间出租屋的门，开门的是一个孕妇，肚子和我老婆的肚子差不多大，看到她的一瞬间我真吓了一跳，以为她就是我老婆呢。本来嘛，同样的出租屋里的孕妇，能有多大的差别呢。

本来我肯定是气势汹汹的样子，但一看到这样的屋子，屋子里这样的人，我的气势顿时瘪了下去，我能够对着一个和我老婆一样的住出租房屋的孕妇大吼大叫或者横加指责吗？

我平息了一下积累在心头愤怒，尽量用和缓的口气询问她老公在哪里，我不跟孕妇说话，我要找的是她老公，那个冒我的名字买房的人。可孕妇告诉我，他们虽然在一起几年了，她肚子也那么大了，但从法律的意义上说，他还不是她老公，他们还没有领证。我心里“嘻哈”了一下，真是和我的遭遇越来越像哦，由此我又联想到，在这座城市之中，在许许多多的城市之中，在苍穹之下，还有

多少和我们的日子相差无几的男女呢。

但无论如何，我还是得找到冒名者，要他还我名来，还我购买第一套房的优惠权。我不能因为他们没有领证就放弃我的寻找，我再问了一遍，你老公现在在哪里？孕妇倒也很坦白，告诉我她老公回老家补办身份证去了。

我感觉到事情正在渐渐地浮出水面，又出来了一个身份证，这是好事，只要能和身份证联系上，我相信离我的目的会越来越近。我赶紧抓住她的话头，问她老公叫什么名字，她说她老公叫吴中奇。

我觉得很荒唐，荒唐得让我笑出了声。可是任我怎么笑，她也不觉得奇怪，只是很平静地看着我，我拿出我的身份证递过去想让她确认一下，可她并不接，她根本不要看。我只得说，他是冒名的，他不是吴中奇，我才是真正的吴中奇，他拣了我丢失的身份证，他就做起了吴中奇，但他是假的。那孕妇说，他不是拣的，他是买的。我嘲讽地说，买身份证，这都是新闻上才能看到的新闻，你们居然就是新闻。孕妇并不计较我的态度，她很淡定，继续告诉我说，她老公的身份证丢失了，原本打算要回老家补办的，但时间来不及了，只好先去办一张假的，然后等有时间回去补办真的身份证，等到补办好了真的证，那假的也就自然作废弃了。我奇怪说，那他真的就办了一张名叫吴中奇的假身份证，怎么这么巧，恰好就是我的名字。孕妇说，这么巧是不可能的，他们办假证的人手头有一大堆真的身份证，有的是拣来的，有的是收购来的，不知道有没有偷来的，或者是别人偷来卖给他们的，反正里边有一张你丢失的身份证，卖给了我老公，所以他暂时只能叫吴中奇了。她见我发愣，又给我补充说明，其实我老公当时也怀疑过的，用别人丢失的身份证，万一被丢身份证的人发现了怎么办。人家笑话他说，你看看这身份证上的地址，离我们这儿多远，八竿子都打不着，你想碰上都没有一点可能性。

我说，你老公不长脑子吗，他不想想，那么远的身份证，怎么会丢在这里，丢在这里，只能说明我离得并不远。她说，他哪有想那么多，那时候急着买房，也不管不顾了。虽然她很坦白，说得也很对路，但我还是觉得有疑，因为我的身份证丢失以后，我立刻去补办了新的身份证，原则上说，在我补办了新身份证的同时，我丢失的那个身份证就已经作废，可是他们居然用的作了废的身份证顺利地买了房。我表示怀疑说，你们竟然用一张已经失效的身份证买房，卖房子的人怎么这么随意，不仅没有核对本人和身份证的信息，甚至都没有上网核查。这孕妇说。核对什么呀，他们只核对钱，别的一概马马虎虎，说实在的，买房时我们也有点担心的，照片上的你，毕竟和我老公不太像，但他们连看都没看一眼，就跟我们签合同收定金了。

这种事情也稀松平常，别说售楼处，就算是银行，也经常有人用拣来或偷来的身份证开户，然后透支，然后银行找到身份证的主人，然后主人说，我冤枉呀。银行可不管你冤不冤枉，要你还钱，然后就是打官司上法院了。那可是没完没了的战争，一直到搞到你筋疲力尽。

现在我也轮上一件这样的事，我可不想追究，我实在没有那工夫，我要工作赚钱，我要照顾怀孕的老婆，我要为即将出世的宝宝作准备，最重要的，我还要买房子，我哪里有一点空闲的时间去跟他们纠缠真假身份证的事情，我只希望这个冒充者早点补办好他自己的身份证返回来，然后我们去过户，把我的名字还给我就行了。

这孕妇见我着急，安慰我说，别急别急，很快的，一两天就能回来了。她态度好，我却好不起来，我来气地说，现在房子多的是，你们就那么着急买房子，急到都不能用自己的名字买房？什么事那么急呀？那孕妇奇怪地朝我看看，说，你是明知故意问吧，我怀上了呀，是做人流手术，还是生下来，取决于房子，他要孩子，当然就要立刻买房子，哪怕先借用别人的名字。

苍天，怎么跟我的事情越来越像，我心头竟滋生出一些恐惧，下意识地朝她看看，我是不是该怀疑她是我老婆扮演的一个人？

孕妇看起来一点也不想瞒着我什么，她又主动告诉了我一些情况，但是我对他们的气仍然郁积着，我也顾不得她身怀六甲，恐吓她说，你们不怕我真的把房子卖掉。孕妇说，怎么不怕，就是因为看到你在 QQ 群上留的言，我老公才会在这时候赶回去补办身份证，我就要生了，也许他还没回来，孩子就生下来了。

我实在无言以对。

现在唯一可以指望的就是冒充者从老家带回他自己的真实的身份。

其实，在焦虑之余，我倒是很想见一见这个假我。

可是我一直没有见到他。

他没有再出现，他失踪了。但不管怎么说，他还算是个负责任的人，他把办好的真的身份证寄给了他老婆，还委托了他的堂弟，冒充他去帮嫂子办过户，但他自己从此没有再出现，他说他自己失踪了，房子留给老婆。可那孕妇哭着说，留给我有什么用，我用什么来还房贷啊。

我忽然吓了一大跳，我知道他们的房产证上，是用的他们两个人的名字，呵不，不是他们两个人，是我们两个人，是我和这个不是我老婆的孕妇的名字。

既然名字是我的，搞不好银行会来向我收贷款，我赶紧催着她去办过户，她自知理亏，答应我约到堂弟就去。

我吊心提胆地等了一天，还好，那个冒充者的堂弟也讲义气，就和我们一起去办过户了。当然，如果我不去，他们一定还能再找到一个人去冒充我的。

那天在办理大厅，我注意观察了一下那个堂弟的神色，发现他一点也不慌张，谈笑风生的。

出来的时候我问他，你冒充你堂哥，倒蛮镇定的嘛。你是不是经常做这样的事情。那堂弟说，现在有谁来注意你的真假，一手交钱，一手交货，干脆利索。何况，他毕竟是我堂哥，我们毕竟还是有点像的，即使是完全不像的两个人，只要有证件，都能办成事情，甚至哪怕证件也是假的，假人加假证件，也一样办成事。

他说得一点也不错，这正是我所经历的。

那天我回到家，老婆告诉我，房贷利率又提高了，她已经算了一下，买房以后，每个月我们两个不吃不喝，刚够还款。我以为她的意思是别买房了，就顺着她的意思说，是呀，除非我们能够做到不吃不喝，我们就买房。哪知我老婆教训我说，吃喝重要还买房重要啊？

那一瞬间，我简直怀疑那个失踪了的人就是我自己。

他怎么不是我呢，我们的经历几乎是一模一样，我们的名字也是一样的。

他失踪了，我难道没有失踪么？

有些事情很难说哦。说不定真的就有两个我呢。

那个我，冒了我的名，害我忙了一大通，才做回我自己，不过我还是觉得挺同情那个我的，这家伙忙了半天，结果什么也没留下。

可我哪里是有资格同情别的人，哪怕那是另一个我，我都没有能力去关心他，我还是可怜可怜我这个我吧。

现在，几经周折，总算将那套房子换了名字，现在好了，我的名下没有房子了，我又恢复了购买第一套房的资格，我喜滋滋地去买房了。

到了售楼处，我被告知，刚刚颁布了新的条例，单身不能在本地买房，除了要有本地本单位的证明，最重要的是要结婚证。我说，我还没结婚呢。他们说，那你先结婚嘛。我说，没有房不肯结婚呀。他们说，不结婚不能买房呀。

我真急了，说，怎么说变就变呢。他们说，所以说这东西像月亮嘛，每天一个样嘛。我说，你们这是存心不让我们买房呀。我这样一说，他们委屈大了，差一点要哭了，说，我们也没办法，我们也不想这样，我们恨不得什么条例也没有，我们恨不得什么条件也不讲，人人都能买房。但是现在在风头上，抓得紧，谁违反谁吃不了兜着走。

我原来以为我碰到的事情够沮丧，结果发现他们比我更沮丧。他们一边沮丧一边还劝我说，要不这样，你再等一等，虽然新规定很强硬，但过一阵，风头过去了，就会松软多了。

我想我老婆这回该死心了，不会再出幺蛾子了吧。哪料想我老婆要买房的意志无比坚强，说，那就先领证。

我心里窃笑，她这可是自打耳光，早答应了先领证，也就没那么多麻烦了嘛。虽然我对我老婆言听计从，只不过有些事情并不是她说怎么就能怎么的，就说这领证吧，规定必须在一方的户口所在地办证，我和我老婆的户口都在老家，我们得回一趟老家才行。

回一趟老家可不得了，别说数千里路迢迢，要转几趟车，我老婆又大着肚子，我单位还不给这么长时间的假，更重要的是，我们现在要买房了，恨不得把牙缝都塞上，哪有闲钱回老家呀。

我们求助于老家的村长，村长很热情也很负责任，替我们打听了，说规定是不允许的，一定要本人到场，但他有办法，我们只需要将标准照片寄给他，再打一点费用过去，他找两个假人冒我们去登记，为保万无一失，他会陪他们到登记处去，万一情况不妙，他还可以出面找人打招呼，总之，让我们尽管放心。

我们把照片和钱都寄过去了，果然很快，大红的结婚证就寄来了。

现在我们终于可以买房了，我们有身份证，有结婚证，有钱，还愁买不到房吗?

真的还是买不到房，因为我们被查出来，结婚证是假的。我被村长糊弄了，我打电话去责问村长，村长开始还抵赖，指天发誓那证绝对是真的，又说，是不是乡下的证和城里的证不一样，又说，你们在城里过日子干什么都要有证，也忒麻烦人了，等等等等，反正是死活不承认我那结婚证是假的。

他不肯坦白，我也有办法对付他，我查了县民政局的电话，问结婚登记处，一问就问出来了。村长这回没话说了，坦白了，说，我是带了两个人去的，长得和你们很像的，我好不容易才物色到的，可还是被发现了，现在这些狗日的，眼睛凶呢，我不好向你交代了，你不是急等着用么，我到登记处外面街上，就有人招揽生意，说可以办一张假的，我看收钱也公道，就办了。

我简直目瞪口呆，村长还继续为自己的行为辩解，说，我真以为你们看不出来的，不知你们是怎么看出来的，我还拿来和我儿子的结婚证比照了一下，真是一模一样的，看不出来的呀。

我说，看得出看不出那都是假的。村长“嘿”了一声，还亲切地喊了我小名，说，狗蛋啊，你从小可不是个计较的人，你念了大学，在城里做事了，反而变得计较了，其实人还是马虎点，活着自在。我说，也不能虎马到用一张假证来骗人呀。村长说，哎哟，什么证呀，不就是一张纸么，有什么真的假的，现在假夫妻比假结婚证多得多了，也没人管。

虽然我气村长的这种行为，但村长的话倒也给了我一些启发，我跟售楼处说，虽然证是假的，但我们两个人是真的，我们都有身份证，你们也查过了，身份证是真的，何况，我老婆肚子都这么大了，肚子里的孩子不能是假的吧。他们说，身份证和你老婆大肚子都是真的，但是你们用假结婚证骗人是不对的。我强词夺理说，也不能说我们的结婚证就是假的，你看，这照片是我们吧，这名字也是我们吧，这年龄等等，都是我们，也就是说，内容是真的，形式是假的，我们两个是真的要结婚，在乎一张纸干什么呢？售楼处显然很想卖房子，他们去请示了上级，但是上级不同意，说不能因为出售一套房子犯了规矩，查出来要被罚款的。

我们再一次被打了回来。房子再一次离我们远去。

我已经精疲力竭了，但我老婆斗志昂扬，我老婆说，不行，我们还是得回去领证。

我老婆说这话的时候，阵痛已经开始了。

就在这天晚上，我老婆生下一对双胞胎，我给他们取名：吴一真，吴一假。

他们两个长得太像了，简直一模一样，我一直都分辨不出，到底哪个是真哪个是假。

天气预报

早晨起来天气阴沉沉的，出门的时候，老婆说，你不带把伞？看上去要下雨了。于季飞满有把握说，不会下雨，天气预报说不下雨。他很信任现在的天气预报。过去大家都管天气预报叫天气乱报，但现在确实不一样了，天气预报的准确度非常高，有时候准得叫人难以置信。

这不，一出门，迎面就看到云开日出了。

于季飞是个凡事预则立的人，他很在意事物的确定性，比如对于天气，天冷天热，天晴天雨，他都愿意早些了解清楚，好有所防备。天长日久的，养成了解天气情况的习惯。开始还只是跟在电视新闻节目之后看一看，后来又听广播，开车上下班，一上车就会打广播，知道哪个台什么时候报天气，报纸来了，他还要顺便再看一眼报纸上的天气预报，哪怕昨晚已经看过电视，今早也已经听过广播，他还是会再看一眼报纸。渐渐地，感觉现在的天气预报，已经渗透到人们生活的角角落落，几乎是无孔不入，无处不在，都跟空气差不多了。除了以上这些渠道可以了解天气，还可以拨打服务电话询问，还有手机短信、上网查询等等，条条大路通罗马，现代人的生活，真是方便快捷。

于季飞经常出差，每次出门前，他都到网上去查天气。网络是什么，网络就是无限大，网络就是无限多，网络就是无限疯狂，你想要什么它都能告诉你，你要到什么地方出差，什么地方的天气就摆在你面前。

这会儿他又接到出差任务了，要到四川资阳去，他想查一下当地的天气预报，可不知怎么一上网就掉线。打电话问行政管理，管理说，路由器老化了。问为什么不换新的，说领导没有发话。于季飞骂了一声什么，挂了电话。

坐他对面的同事王红莱说，我今天不掉线，你到我这儿来查吧。于季飞就到王红莱的电脑上查天气预报。他们两个搭档工作好多年了，坐面对面的办公桌，一个负责外联，一个管内勤，两个人工作最大的不同就是于季飞经常出差，而王红莱从来不出差。

王红莱正好有事要走开，于季飞开玩笑说，你也不守着，不怕我偷看你的隐私。王红莱笑道，你爱看就看罢。走开了。

于季飞才不要看王红莱的隐私，两个人面对面坐了多年，且又是同一小区的邻居，熟得跟自家人也差不多，早已经没了这种兴趣。再说了，于季飞还是王红莱的电脑老师。一开始王红莱很抗拒电脑，但是大势所迫，工作所需，不可能不用，都是于季飞教的她。但是她本质上还是拒绝，凡是工作需要的，她都学得会，不是工作需要的，怎么教她都不进脑子，或者今天明明已经记住了，明天来上班，又忘得一干二净。用现在流行的话说，这叫作选择性遗

忘。于季飞对自己这个学生很不满意，王红莱却说，可以了，我们这种人，到这样的程度算不错了。她说“我们这种人”，算是什么种人呢？

王红莱走后，于季飞打开天气预报的网页，正要搜索四川资阳这个地名，无意中发现网页的左侧，有一排长长的地名，这是电脑自动记录的“您近期关注过的城市天气”，于季飞心里忽地一奇，心想，王红莱从来不出门的，她关注这许多城市的天气干什么呢？比如她查过西安和延安，那条线路于季飞走过，那是一条最经典的陕西旅游线路，不下一个星期是走不下来的，可是王红莱什么时候离开过办公室七天以上呢。思想就信马由缰起来。等再收回来时，心里就不太自在，明明不想窥视别人的秘密，可又控制不了自己的思维，偏偏要往那上面想，还往那上面细细地分析，这王红莱到底怎么回事呢？既然先前没有出过门，那么很可能还没成行，或许这是在做打算吧，国庆长假快要到了，也许王红莱正计划长假出行呢。

他就将心思放下了。

长假过后上班，王红莱一直没有说出去旅游的事情，于季飞等了两天，终于忍不住问了，还要装不经意的样子，说，去哪里了？王红莱没有反应过来，反问说，什么去哪儿了？于季飞说，国庆长假罢，你们出去旅游了吧？王红莱奇怪说，你怎么会这么想，我从来不出门的。于季飞不怎么相信，又说，这个长假也没去？王红莱说，没有呀。于季飞说，没有去西安和延安？王红莱笑了起来，说，还西安呢，还延安呢，你哪来的这种念头，我哪有这样的福气，天天做家务，倒头的家务，越做越多，做不完。于季飞拖长了声音说，真的吗，不会吧。王红莱不由看了他一看，说，这有什么

奇怪的，很正常啊，我不是常年如此么，单位搞内勤，家里也搞内勤，就是这个命罢。她的话匣子让于季飞给打开了，就“命怎么怎么”这个话题发了一大堆牢骚。

于季飞觉得王红莱有点反常，平时她不怎么发牢骚，碰到郁闷的事，最多叹息一声，也就算了。这次他问了一句旅游的事情，引来她这样的长篇大论，算不算是心虚的表现呢？

又觉得自己有些走火入魔，赶紧想，算了，算了，随她去没去，随她去哪里，不管她了。

过了一天在小区里碰到王红莱的老公，又忍不住了，先打个哈哈，然后说，长假里也没见你们的影子，出门去了吧，玩得开心吧？王红莱老公说，哪有，小孩快中考了，哪里敢出去把心玩野了。

于季飞判断失误，自己圆过来想，也许他们原来有计划，后来考虑不要影响孩子考试所以放弃了。

但是心里的东西还在，还没有放下，不仅没有放下，还渐渐地浓重了起来。因为在“您近期关注过的城市天气”那里，除了西安和延安，下面还有一长串的地名，当时他没来得及看，更没来得及记住，那些模糊的地名现在像一个个长了毛的疑团挠得他心里痒痒的，他又借故掉线到王红莱那儿去看了一下，地方还真不少呢。

过了一阵，他自己又出了一趟差，回来后就试探王红莱说，咦，我昨天在某地，好像看见你了。王红莱说，怎么可能，我上班呢。于季飞又想，会不会王红莱老公要出差，她是替老公查的天气？于是又说，跟你开玩笑的，不是看到你，是看到你老公了。话一出口，忽然就冒出一点冷汗，如果王红莱并不是替老公查的天气，而她的老公出差又没有告诉她，那岂不是出状况了，他无中生有这么一说，岂不是有意在挑拨人家的夫妻关系，赶紧收回来，

说，还是跟你开玩笑的，没看见你老公。心里恨不得抽自己几个嘴巴。

王红莱倒没在意他，甚至都没朝他看一眼，淡淡地说，他到哪里不关我什么事，我孩子要高考了，都紧张得喘不过气来，哪还有心思管别人呢。

于季飞心里忽然“咯噔”了一下，一直若隐若现的疑团，忽然就豁出了一道口子，前两天碰见王红莱老公的时候，他也说到孩子的考试，但他说的是中考，当时于季飞根本就没有听出问题来，这会儿王红莱说高考，才提醒了他，王红莱的女儿今年十七岁，怎么会是中考呢？

于季飞惊异了一会，不知道问题出在哪里，难道王红莱的老公不是她的老公，是他一直以来都认错了人，错把另一个男人当成了王红莱的老公？这个想法把他自己吓了一跳，赶紧说道，你老公怎么这么糊涂，你小孩明明高考，那天他却告诉我是中考，有这样当爹的？

王红莱“哦”了一声，说，他说的不是我们的孩子。见于季飞没听懂，又说，我们离了，你不知道吗？于季飞又吓一跳，以为王红莱开玩笑，但看她的样子，又不像在瞎说，问道，什么时候的事？王红莱仍然不温不火说，有两三年了吧。他跟你说的那个中考的孩子，是他现在的老婆带过来的。她见于季飞发愣，又补充说，当初买房时，我们在一个小区买了两套房，算是未雨绸缪，为孩子买的，结果倒方便了离婚。

于季飞惊出一身冷汗，面对面坐着的同事，离婚两三年了，他竟然一点也不知道，什么也不知道。忍不住说，都两三年了，怎么从来没听你说过。王红莱说，又不是什么好事喜事，有什么好说的，难道还要我到处炫耀？于季飞说，你沉得住气，一点也没见你有什么反常。王红莱说，我反常的时候，你有自己的心思，也不会注意我。

这倒也是。

这事情就这么过去了，也没起什么波澜。过了一阵，王红莱忽然问于季飞，你怎么跑到清河那地方去了？于季飞顿时头皮发麻，心里一阵乱跳，那是他唯一一次和姚薇薇一起外出的地方。

姚薇薇是个未婚的简单清纯的女孩，没什么心眼，一年前他和她在一次会议上相遇，他被她的单纯所吸引，所感动，两人渐渐走到一起。这是于季飞的婚外恋，他做得十分小心，十分隐蔽，怎么竟然让王红莱知道了？

于季飞着急而恼怒地说，你什么意思，我一年四季出差，为什么清河我就去不得？王红莱笑了笑，说，可是单位出差没有这个地方呀，这个地方和我们单位没有关系的嘛。于季飞更急了，说，难道我每次出差你都记得，你这么有心？王红莱说，咦，你每次回来报销不都是我做你的审核人吗？于季飞呛白她说，你记性真好，我自己到过哪里都不记得了，你倒都记得。王红莱又笑，说，那是因为你去的地方太多，你不稀罕，就不值得你去记住了，而我呢，从来没有出去过，只能在你的报销单上想象一下那个地方了。于季飞无言以对，想象着王红莱凭着报销单想象他出差时的情形，不由背上凉飕飕的。王红莱却又宽慰他说，不过，我可不是你想象的那样，你去的地方，我怎么可能凭一张报销单就都记下来，就算有那样的记性，也没有那样的精力，就算有那样的精力，也没有那样的兴趣。于季飞说，那你怎么知道我去过清河呢？王红莱说，这是你做老师的言传身教嘛，我过去从来不查天气预报，因为我从来不出门，最近孩子要去考省美院，我才学着你的办法，上网查天气预报，一上去就看到了你“关注过的城市天气”，其他地方我都听你说过，也看到过你的报销单，唯独清河这个地方，没见过，所以问问你，你紧张什么呢。于季飞气恼说，你趁我不在的时候，偷看我的电脑？王红莱说，你把我当什么人了，我为什么要偷看你的电脑，你送给我看我都懒得看。见于季飞发愣，她又指了指自己的电脑说，你忘了，前些时机关更新电脑，你淘汰下来的旧电脑，就给了我。我好说话嘛。再说我又不精通电脑，配置什么的，差不多能用就行了。

于季飞张口结舌。当时他是将硬盘的内容都删除了的，确信不会有什么秘密留下，才将旧电脑交出去的，而且行政管理答应他，一定将他的旧电脑配给不懂电脑的王红莱使用，他才放了心。

哪知自己还是大意了，电脑记录下了他的行踪。

真是报应哪，他凭着电脑记录的“您关注过的城市天气”去怀疑王红莱，结果却暴露了他自己。

王红莱见于季飞恼羞成怒的样子，赶紧缓和气氛说，你别当回事哦，去过哪里，没去过哪里，不能说明什么的。再说了，你和我同事这么多年，你又不是不了解我，我不会跟别人多说什么的。王红莱的话不错，但是于季飞心虚了，一旦心虚了，什么人都不敢相信了，和姚薇薇的这段地下情，早晚会曝光。还是老话说得好，若要人不知，除非己莫为。

于季飞干脆抢先一步，回去先跟老婆那儿试探试探。找了个老婆心情不错的时候，跟她说，现在生活真是方便，就说出差吧，无论你到哪里，都可以提前至少一星期知道那儿的天气情况。老婆没听明白，疑问说，你说什么？于季飞说，我是说，如果一个人在电脑上查了天气预报，电脑会记录下你所查的地方名，有人会根据电脑的记录，了解你近期到了哪里。

老婆脸色有点变，不高兴说，你什么意思，你是要查我的电脑吗？于季飞见她如此反应，心里反而踏实了些。

到了该去菜场买菜的时候了，老婆却磨磨蹭蹭不走，老是在书房进进出出，进去了又不干什么，转一圈又出来，过一会又进去，于季飞感觉她是想上电脑，但又不想让他看见，于是使个计说，忘了个事，要去单位跑一趟。老婆赶紧说，我和你一起走，我买菜去。

两个一起出来，于季飞绕了一小圈，赶紧回来上老婆的电脑查询天气预报，在“您近期关注过的城市天气”那里，赫然记录着两个陌生的地名，一个是地级市，一个是县级市。这两个地方离于季飞生活的城市并不远，但是它们从来没有出现在于季飞的生活中，他和它们没有任何的瓜葛和联系，他也从来没有听老婆提起过，可她却查询了这两个地方的天气，干什么呢？唯一的可能，就是她要去那个地方，或者她已经去过了，或者她正打算去，也或者，她经常去那个地方。

一个是长州市，另一个是长水县，长水县是长州市下属的一个县，于季飞又查了一下交通方面的信息，得知要去长水县，得在长州市转车，如果推理正常，也就是说，老婆是先坐车到长州市，再转车到长水县。

这个疑团又在他心里长了毛，挠得他痒痒的，不得安生，过了一天，他又偷了个空子打开了老婆的电脑，发现那个内容已经被删除了，无疑的，老婆心虚了，她不想让他知道这件事。

到底是件什么事情呢？

双休日，于季飞临时改变了原本的安排，出发往长州市和长水

县去了。

从长州市转车到了长水县。下车，就站在县城的街头了，看着同车的旅客四散而去，留下于季飞一个人独自站在那里，四顾之下，一时竟有些茫然，不知道自己在干什么，更不知道自己来干什么，想道，我怎么这么荒唐，就凭着天气预报记录的一个地名，就来了，来干什么，找人？找谁？是要做事情？做什么事情？

毫无头绪的他，在县城的街上漫无目的地走着，有一个广告牌掠过他的眼睛，惊着了他，再回头定睛看时，他看到一个确定的名称：江名燕心理咨询诊所。

于季飞心里猛地一跳，他老婆的名字就是江名燕，老婆学的也恰恰就是心理学，只不过她在城里的医院工作，没有开什么心理诊所。

难道江名燕有分身术，一个她在城里当他的老婆、在医院上班，另一个她在这个小县城里开心理咨询诊所？

于季飞照着广告上的地址，找到了江名燕心理咨询诊所，一位坐在轮椅上的截瘫的女士，笑眯眯地看着他，点头说，我叫江名燕，我是这个诊所的心理医生。

不是他的老婆江名燕，是另一个江名燕，但是世上哪有这么巧合的事情，他的老婆江名燕，和这个不是他老婆的江名燕，为什么会有某种联系呢？如果她们之间没有联系，那么他的老婆江名燕为什么要了解这个县城的天气预报呢？

江名燕医生在轮椅上艰难地挪动了一下，将身体挪得端正一点，仍然笑眯眯地看着一头雾水的于季飞，说，你是于季飞吧，我知道你会来的，只是，比我预计的迟多了。

接着，江名燕向于季飞说了这个早晚要说出来的故事。当年江名燕考上大学，就在拿到录取通知书的时候，出了一场车祸，高位截瘫了，可是她实在舍不得放弃那个苦读十二年换来的入学通知书，家人商量了一个主意，联系了亲戚家的一个女孩子，把名额送给了她，她就以江名燕的名字上了大学，走上了人生道路。她是个有良心的人，为了报答江名燕，在以后的日子里，她经常来看望江名燕，并且辅导她学习心理学，最后帮助江名燕取得了心理医师的资格证书，开办了这家心理咨询诊所。

最后江名燕说，我以为你早就会来的，却一直等到今天，看起来，你不是一个敏感多疑的人。

于季飞只觉得脸上发热，十分羞愧，从什么时候开始变得疑神疑鬼呢，就是那个该死的天气预报，就是那一行自己留下的“您近期关注过的城市天气”，在他心里植下了一个又一个的疑团。

江名燕有些好奇，问道，这么多年，她一直没有引起你的怀疑吗？于季飞哭笑不得说，没有，谁会怀疑一个方方面面都很正常的人呢。江名燕说，那这一次你是怎么来的呢？于季飞说，天气预报，她在电脑上查你们这个县的天气，我觉得很奇怪。江名燕说，终归会有这一天的。

于季飞注视着江名燕生动的笑容，问道，你叫江名燕，那她叫什么？江名燕抱歉地笑笑说，对不起，我只知道她的小名，叫小菲，我们是远房亲戚，过去从来没有来往，一直到她顶替我去上大学，我们才开始交往，开始我喊她的小名小菲，后来，等她大学毕业、工作了，我们再见面时，就互相喊对方江名燕，算是两个人共用一个名字。

于季飞说，荒唐，怎么会有这样的事情。江名燕说，不荒唐呀。于季飞说，还不荒唐，我竟娶了一个——她用了你的名字，她

这个江名燕是假的。江名燕说，名字只是一个符号而已，和你结婚的是一个人，无论她叫什么，她就是她，而不是一个名字。

虽然江名燕说的不无道理，于季飞还是觉得很怪异，无法接受，她无法想象，当自己回到城里，回到家里，面对那个不是江名燕的江名燕，他会怎么样。

但他必须得回去。

他没有能够回到家，就在回家的路上，他被姚薇薇挡住了。姚薇薇责怪他，本来约好星期天去看电影，他却不告而辞，连个音讯都不给，姚薇薇追问他，跑到哪里去了？

于季飞被逼不过，脱口说，你不要追问了，问出来你会害怕的。这话一出口，姚薇薇忽然脸色大变，慌了神，结结巴巴说，你，你，你去查我了？于季飞奇怪说，我查你？我查你什么？我为什么要查你？眼看着姚薇薇两行眼泪“唰”地就下来了，姚薇薇哽咽着说，我知道，我知道，你早就怀疑我了，你早就怀疑我了。说着说着，索性就放开来哭，边哭边说，是的，我是结过婚，我是有老公，我还有孩子，是的，你的怀疑没有错，可是，可是，我不是存心要隐瞒，更不是存心骗你，我只是不想让你多想，更不想让你伤心——于季飞双手紧紧抱住脑袋，脑子里一片混乱，听得姚薇薇继续说，你要听我解释，你要听我说，他——于季飞没有再听下去，扭头就走。

手机里的猫咪叫了两声，又有短信来了。这个时间的短信，估计又是报天气的。于季飞不由自主地打开短信一看，果然就是。

今天的天气情况是这样的：晴到多云，午间阴有小雨，傍晚转大到暴雨。

于季飞想，真是一个多变的天气啊。

哪年夏天在海边

去年夏天在海边我和何丽云一见钟情地好上了。

我们算是同事，又不算同事，我们都供职于一家大型国企，从这一点说，我们是同事。但是国企的总部在北京，我们不在北京，而在各自不同省份的分公司，这么说起来，我们又不是同事，在去年夏天到海边之前，我们根本就不认识，甚至不知道对方的存在。但有我们之间有一点是相同的，我们都是各自公司里的精英、佼佼者，要不然，我们就不可能享受去年夏天总部分配给每个分公司的海边休假的待遇。

就这样，去年夏天在海边我们相遇了。

其他诸省分公司的人，明明将我们的事情看在眼里，但他们不会说三道四，他们和我们一样，都是有素质的人，更何况，也许他们自己也有着类似的情况呢。毕竟谁都无法否认，夏天，海边，休假，这是催生婚外情的最合适的因素。

我们虽然如胶似漆地渡过了这个假期，但是我们心里都明白，只有这十天时间是属于我们的，十天以后，我们就分道扬镳，从此天各一方，很可能一辈子都不再见面。这是我们相爱的前提。因为我们都是有家室的人，都有优秀的配偶和孩子，都有体面的光鲜的家庭和事业。我们都不会因为一次露水情而毁了自己辛苦打拼多年才得到的一切。

可是，许多事情不由人的意志为转移，到了分手的前夜，我们才发现，我们已经无法分手了。我们又不是机器人，可以随意开关。机器人有时还不听指挥呢。

那天晚上，我们静静地躺着，开始是何丽云低低的抽泣，我无言。后来何丽云给我说了一个故事，是她的母亲讲给她听的。有一位女子，从年轻的时候开始，每年秋天到远离家乡的一个小镇的小旅馆，和情人相会三天，然后回到自己的生活中，一年中没有任何联系，明年再来。这样的日子一直延续到她老去。老年的她，仍然每年去那个小镇，他也同样。直到有一年，他没有再来。她并没有去打听他的情况，仍然每年都去。虽然没有了他的到来，但她仍然像从前一样度过每年完全属于自己的三天。

说了这个故事后，她沉默了，我也沉默了。最后我问她，是你妈妈的故事吗？她说不是，是母亲读过的一个外国小说。

于是我们决定，照着别人的小说展开自己的故事。

为了等待明年的这一天，为了不影响我们现在所拥有的一切，我们一起删除了对方的所有联系方式，手机号码，单位电话，电子邮箱，通讯地址等等。也就是说，在明年的这一天之前，我找不到她，她也找不到我。

今天就是这一天。

今天的一切都是那么顺利，订机票，打的三折，出发去机场一路是少有的畅通，好像今天红灯全部关闭、绿灯全部为我开放了。飞行过程也很好，没遇上什么气流，飞机不颠簸，机上的午餐也比以往日可口。下飞机打车到宾馆，司机开得又稳又快，据他自己说，只用了平时一半的时间。

虽然时隔一年，但我记忆犹新，熟门熟路到总台，事先预订了房间，不会有问题，我想要入住 517 房，给我的就是 517 房。

拿到钥匙后，我没有急着去房间，在总台前稍站了一会后，然后忍不住问了一下，515 房间有没有客人入住。

值班员到电脑上一查，冲我笑了一笑说，入住了。

我脸上一热，好像她知道我的来意，知道 517 和 515 的故事。

其实是不可能的，那是在我自己心底里埋了一年的秘密。

我没有再打听 515 房间的情况。

上电梯，进走廊，到 517 房，先要经过 515 房，我的心一下子提了起来，我没有去敲她的门，赶紧进了隔壁的 517 房。

放下简单的行李，我去卫生间刮胡子，其实出门时已经刮过胡子，我又重新刮了一下，洗了脸，换了衣服。

这是去年来海边时穿的衣服，这一年中，我都没再穿它，小心地将它叠在衣橱里，一直到今天出门来海边。

一切的准备，在无声的激动中完成了，我按捺住心情，走出 517，过去敲 515 的门。

无声无息，门却迅速地打开了，和我的脸色一样，开门的女士一脸的惊喜，但也就是在这一瞬间里，我们俩的脸色都变了。

她不是何丽云。

很明显，我也不是她正在焦急等候的那个人，一眼看清了我的

模样后，她的笑容顿时凝冻住了，眼睛里尽是失望和落寞。

说实在的，我被她的眼神伤着了，我知道，其实我的眼神了也一样伤着了她。我有点尴尬，赶紧往后退了一步，说，对不起，对不起，我敲错门了。

女士礼貌地点了点头，也往后退了一步，关上门。

我回到自己房间，心思一时无处着落，阳台的门敞开着，微风吹进来屋来，阳台上有藤椅，我想坐到阳台上去，可是我的阳台和515的阳台是连在一起的，中间只有一道矮矮的隔栏，如果515那位女士也上阳台，我们就会碰见。

我不想碰见她，所以没有上阳台，只是到靠近阳台的沙发上坐下，点了一支烟，望着远处的大海，慢慢沉静下来。

515房间住的不是何丽云，并不意味着何丽云就不来了。我有一个星期的假期，我有耐心等她，也有信心等她。

在这苦苦守候的一年中，我们双方音讯全无。我有好多次想打听她的消息，但最终还是忍住了。她也和我一样，严守诺言，始终没有来找我，我们一起用自己的努力工作，等待着今年的这一天。

今年是我们的头一个年头，我相信她会来。

我特意提前了一点到了餐厅，去预订去年我们常坐的那个位子，结果发现，住在515房间的女士已经先占了那个座，我犹豫了一下，没好意思提出换座，挑了旁边的一个双人座。

看得出来，那位女士也在等人。

用餐的人人渐渐多起来，不一会儿餐厅就满员了，有人站在那里到处张望找位子，服务生忙碌地穿梭着，四处打量，看到我和515那位女士的双人座上都空着一个位子，过来和我们商量，想请我们合并为一桌。

我和那位女士不约而同说，不行，这个位子有人。

我们像是相约好了似的，继续等待，又像是约好了似的，一直都没有等到。服务生来了又走，走了又来，始终彬彬有礼，一点也没有不耐烦，最后倒是我不好意思了，只得招呼服务生点菜。

我点了何丽云最喜欢的海鲜套餐，这期间，我下意识地瞥了515那位女士一眼，发现她也在点餐了，她点的是牛肉套餐。

牛肉套餐是我最喜欢的套餐。

她也和我一样，在等一个人，这个人和我一样，也喜欢牛肉套餐。

我们都点了别人喜欢的菜，但是喜欢吃这道菜的人，最终也没有来。

我吃掉了为何丽云点的晚餐后，有些落寞地到海滩去散步，又遇见了515的女士，也是一个人在散步。

两个人的行动如出一辙。

既然躲不开，我上前和她打个招呼，她也落落大方，朝我笑了笑，说，我们住隔壁。我说，我姓曾，叫曾见一。她说，我姓林，叫林秀。

和和气气的，我们擦肩而过了。

虽然心怀失落，却是一夜无梦，早晨醒来的时候，更有些沮丧，心想，竟然连个梦也不给，够小气的。

我没有去餐厅吃早餐，叫了送餐，二十分钟后，早餐送来了，我开了门，看到一辆送餐小车停在门口，车上还有另一份早餐，餐牌上写着515房间。我好奇地看了一下那位林秀女士要的早餐，一份麦片粥，一杯热牛奶，一份煎鸡蛋，一小盘水果。和去年何丽云要的早餐完全一样，我目睹服务员将早餐送进了515房，心里的疑惑像发了芽的种子，渐渐地长了起来。

上午是下海游泳的最佳时间，不晒人，我到沙滩的时候，林秀已经来了，不过她没有换泳衣，只是坐在遮阳伞下，也没戴墨镜。在这样的沙滩上，不戴墨镜的人非常少。

何丽云也不戴墨镜。去年夏天在这里，我走过的时候，看到她独自坐在遮阳伞下，一个人静静地望着大海，可能就是因为她的与众不同我才开始注意她的。

我走过来问林秀，你不下水？林秀脸微微一红，嘴里嘟哝了一句什么，我没有听清楚，但是她的神态和表情与去年在海边的何丽云实在太像了。我下海后，几次回头朝沙滩上看，林秀就一直静静地坐在那里，看着在大海里旅游的人。连她端坐的姿态也和何丽云十分相像。

可她为什么不是我朝思暮想牵肠挂肚等了整整一年的何丽云，而是一个陌生的女人？

下午，我忍不住坐到自己的阳台上去了，我感觉林秀也会在那里，出去的时候，她还没在，我刚刚在藤椅上坐下，她就出来了，看到我在阳台上，她并不惊讶，好像预感我会在那儿，我们互相笑了一下，隔着矮矮的漏空的围栏，两个人就像在一个屋子里。

我开始说话，从昨天晚餐以后，我就开始酝酿了，现在我终于要说出来了，我把自己去年夏天在海边的故事，把自己和何丽云的故事，从头到尾地点滴不漏地说给林秀听。

林秀一直静静地听着，没有打断我，也一直没动声色，一直到我说完了，她仍然一动不动地坐着。

完了，我想。

可就在这一瞬间，我忽然看到她的五官都变了样，她的表情夸张到令我感到恐惧，身上竟然起了一层鸡皮疙瘩。

她“忽”地站了起来，她的柔和的声音忽然变得十分尖利。

你是谁？

你怎么知道这件事情？

你为什么要打听我的私事？

起先我被她突如其来的质问搞得一头雾水，手足无措，但是很快我反应过来了，理清了思路，一旦思路清晰了，我立刻被更大的恐惧制住了。

林秀并不需要我的回答，她说，我知道了，是他的太太让你来的。

虽然她的话没头没脑，但是我能听懂，我心里很清楚，她碰到的事情和我碰到事情一模一样。

林秀没有给我更多的时间思考，她开始说话了。

她细说了自己一年来的思念。她说自从去年夏天在海边发生了婚外情以后，这整整一年的日子，都是为了这一天。可是最后他却没有来。

我虽然没有像她那样跳起来，但是她讲述的一切，无论是事情的过程，还是心理的历程，都与我完全吻合。

我和林秀，素不相识的，狭路相逢的，两个陌生人，合作完成了同一个故事，一个完整的故事，我讲的是上半段，她讲了下半段，配合得天衣无缝。

我再也坐不住了，回进房间，立刻拨通了管伟的手机，管伟那边声音嘈杂，只听得管伟大声说，你等等，我出来接。

我把这个事情尽可能简单地告诉了管伟，管伟听了一半，就“啊哈”了一声，说，你下手快嘛，一次休假就钓上了。我没有心

思说笑，说，你马上帮我去打听一下何丽云到底在哪里。管伟说，你这位何丽云是哪个分公司的？我说，四川分公司的，你现在就打电话。管伟说，曾哥，你在海边享受得昏头了吧，今天是周日，哪里找得到人，你以为我是中央情报局啊。话虽是这么轻飘飘的，但毕竟是我的铁哥们，哪能不知道我着急，又赶紧说，你放心，明天一上班我就替你找，今天晚上，你就安心地享受月光沙滩海浪仙人掌吧。

管伟果然给力，第二天上午九点刚过，电话就来了，可惜他的消息不给力，告诉我，四川分公司根本就没有何丽云这个人。我说不可能，我怀疑你根本就没有去打听？管伟说，曾哥，这可是人品问题。我又问，你托谁去打听的，这个人可靠吗？管伟说，吕同，可靠吧？我说，吕同怎么和四川分公司有往来？管伟说，你不知道了吧，他和那边总办的姐们有意思，噢，对了，据说也是哪年夏天在海边度假钩上的，凭这么密切的关系，就错不了。

我说，你马上找吕同要那姐们的电话告诉我。管伟说，早知道你会来这一招，早替你要来了，你自己找去吧。报了那个办公室女士的号码和名字，最后嘀咕一句，什么夏天在海边，蒙谁啊。我说，你说什么，你什么意思？管伟说，我没什么意思，联系方式你也有了，有本事你自己找去吧。

我让自己冷静了一会，才把电话拨过去，听到一个爽朗的女声说，哪位？我说，我是吕同的同事，我叫曾见一。那姐们笑了起来，说，今天怎么了，吕同和他的同事排了队来找我。我说，无论是吕同还是管伟，都是我请他们帮忙的。那姐们说，我已经知道了，你要找一个叫何丽云的，可是我们分公司确实没有这个人啊。我说，去年夏天，总部给每个分公司一个去海边休假的名额，你们四川分公司是何丽云去的。那姐们怀疑说，不会吧，我查了近三年的公司人员名单，没有何丽云——这姐们是个热情的人，知道我心急如焚，又赶紧说，这样吧，你稍等一等，我再到人事部替你仔细查一下，等会再回你电。

通话戛然而止，四处一点声音也没有，夏天的海边真安静。接下去又是等待，是再等待。其实我不再抱有希望，我几乎彻底失望了。去年夏天在海边的那个人、那个何丽云，到底是怎么回事呢，是假的，是骗子，或者根本就没有这个人，是我自己的幻想？无论真相是怎样的，我都想要丢开它了。

偏偏那边的电话很快就回过来了，那姐们告诉我，四川分公司从前确实有个何丽云，但是三年前出车祸去世了。我惊愕不已，愣了半天，才结结巴巴问道，她，那个何、何丽云，去世前，公司有没有安排她到海边度过假。那姐们说，这个我也问了，是有过的，就是度假回来不久就遇上了车祸。那姐们很善解人意，料定我还会追问，主动说，她走得突然，一句话也没有留下。我再也说不出一句话来，和她走的时候一样，太突然，一句话也没有。

我觉得自己快要疯了。我要联系何丽云，无论是死是活，我都要联系上她。可是我早已经去除了关于她的一切联系，一切可能找到她的方法都被我自己丢弃了。当初我们相信爱情，相信时间，把一切交给了时间，但是最后时间却无情地抛弃了我们，残害了我们。

我跑到阳台上，林秀不在，我隔着阳台喊了一声，林秀应声出来，我们两个面对面地站着，我劈面就说，你认得我。林秀笑了一笑说，我现在是认得你了，你叫曾见一，是我隔壁的517房间的客人——但是准确地说，两天前我才头一次见到你。我急了，说，你不叫林秀，你就是何丽云，林秀说，你什么意思，谁是何丽云？我说，你为什么要骗我？你是不是整了容？你为什么要整容？林秀又笑了起来，她揉了揉自己的脸皮，说，我整容，你从哪里看出来我整容了？见我不说话，她回屋去拿了一张身份证出来，朝我扬了扬，说，这是我好多年前拍的照片，你看看，我有没有整容。又说，有个韩国电影，妻子为了考验丈夫是不是真心爱她，去整了容，回来丈夫不认识她，她说出了真相，丈夫却不再爱她了。

我逃离了阳台，逃出了517房间，一路往海滩跑，路上我看到一个摄影师正在冲着我微笑，我在疑惑中隐约感觉到什么，赶紧问他，你为什么冲我笑，你认得我吗？摄影师说，不能说认得你，只能说见过你，去年夏天在海边，我给你和你太太拍过一张照片——当然，是在你们不知情的情况下。我说，我和我太太？摄影师说，也许，她不是你太太，是女友吧，总之是一位优雅的女士。我像落水的人抓到了最后一根稻草，追问说，是去年夏天吗，你确定是去年夏天吗？摄影师说，应该确定的吧，总之是夏天，是在海边，这错不了。我说，照片呢，把你拍的照片给我看看。摄影师说，一年前拍的照片，我不可能随身带着，我回去找找看。我却无法再等待，迫不及待地问，你说的，我的那位太太，或者女友，她长得什么样子？摄影师笑了起来，说，奇怪了，你自己带着的女人你不知道她的长相吗？再说了，我一年要给多少人拍照，怎么可能全都记住他们的长相呢。我说，你既然记得住我，为什么记不住她呢？摄影师说，我只对比较特殊的事情有特殊的记忆，比如说，长得比较特殊的人，我才会过目不忘。我不解，说，我长得特殊吗？摄影师说，你的长相并不特殊，但是你的眼睛和别人不一样，特别不一样，所以我记住了你。我不知道自己的眼睛有什么与众不同，但此时此刻我只能相信摄影师的话，别无选择，我要从他那儿探出哪怕是点滴的信息。我说，你不征求本人的意见就给人家拍照？摄影师说，我只是拍照而已，又不拿出去展览，不用于商业用途，更不出卖给别人，虽说是有一点侵犯隐私，但是不造成严重后果和恶果，不会伤害人的。他停顿一下，又说，其实我也不想这样，我看到美的画面就想拍，但是大部分人是不会同意我拍他们的，因为，因为——他笑了一下，因为什么你应该知道。

我当然知道。

摄影师最后感叹了一声，说，更何况，从艺术的角度看，只有在不知情的情况下，拍出来的效果是真实最美丽的。

摄影师说得没错，可是在我这里，却出了差错，最真最美的东西消失了，现在唯一的希望就在摄影师的照片上了。摄影师说，你放心，我回去就找，如果我找到了，明天上午我会放在总台上。我说，你知道我住哪个酒店？摄影师说，嘿，时间长了，能够分辨出来。你住的那个酒店，我也替好多人拍过照片。都寄放在总台上，大部分人都将照片取走了。

我回到宾馆，昏昏沉沉正要睡去，我的导师吴教授忽然推门进来了，我一见导师，喜出望外，赶紧说，导师，导师，你帮帮我。我导师淡然地朝我看了看，说，你出问题了。我说，我是出问题了，可我不知道问题出在哪里。我导师说，你的程序出差错了。我摸不着头脑，诧异地问导师，我的程序？我的什么程序？我导师说，三年前，是我给你设计的程序，我太过自信，还以为是世界一流的程序呢，方方面面都考虑周全了，却在婚外恋这一块上马失前蹄，我只给你设计了一次婚外恋，你超出这一次婚外恋，程序就不够用了，就错乱了——这也不能完全怪你，是为师三年前远见

不够，现在看来，我们的预测远远赶不上社会的发展速度啊。我委屈地叫喊起来，没有，没有，我只有一次，就是何丽云，可是，可是她却——我导师打断我说，你不用辩解，你的错乱，足以证明你突破了设定的程序，而且还是程度相当严重的突破，这套程序有自我修复的能力，如果是一般程度的混乱，它完全能够自我调整。我越听越觉得不可思议，大声抗议说，导师，一定是你搞错了，我又不是机器人，我怎么会有程序？我导师微微一笑，说，你去看看你的眼睛就知道了。我想起那个摄影师也说过我的眼睛奇特，我赶紧去照镜子，结果果真把自己吓了一跳，我问导师，我的眼睛怎么有这么多颜色，而且不断变化，一会儿红，一会儿绿，一会儿蓝，一会儿又五彩缤纷。我导师也不回答我的问题，坐到电脑前捣鼓了一番，重新设计了程序。我导师回头问我，现在，新的三年开始了，你是清零以后重新开始新三年呢，还是在前三年的基础上延续第二个三年。我想了想，说，还是不要清零吧，我总得把那些搞乱了的事情想起来才好。我导师说，当然，各有各的好处和坏处，你不清零，就得背负着前三年的种种痛苦、后悔、迷茫等等，当然也有幸福，快乐，成就等等。如果从零开始。虽然一身轻松，却是什么积累也没有，你想好了？我说我想好了。我导师果断敲了一下回车键——“咔嗒”一声巨响，把我惊醒过来了，外面电闪雷鸣，才知道是做了一个白日梦。

我忍不住去敲隔壁 515 的房门，林秀开了门，我朝里一看，她正在准备行李，我说，你要走了？林秀还没来得及回答，房门就被撞开了，冲进来一群穿白大褂的人，上前摁住林秀就绑，林秀也不挣扎，很镇定地任凭他们摆布。倒是我看不过去了，上前阻挡说，你们干什么，你们找错人了。那些人也没把我放在眼里，说，抓的就是她，谁也别想从精神病院逃走。林秀朝我笑了笑，说，他们没搞错，抓的就是我。我急道，错了错了。医生说，错不了，烧成灰也认得她。我嘀嘀咕咕说，她没有病，她，她是，她是——她到底是什么，我到底也没说得出来。

那些人听到我嘟哝，都回头看了我，其中一个说，怎么会有这么多精神病跑到海边来了。另一个说，不是从我们那里逃出来的，不关我们的事。

他们带着林秀走了。

我回到自己房间，开始收拾行装，意外地发现在自己的行李里有一块标着号码的牌子，我不知道这是怎么回事，打电话叫来一个服务员，服务员是个爱笑的女孩，拿起那块牌子看了看，笑着说，好像是附近一家精神病院的工牌。我说，怎么会在我箱子里？那女孩只管朝我笑，不回答。我说，你误会了，我不是逃出来的精神病人。那女孩又笑，说，从精神病院出来的，不一定都是病人，也可能是医生哦。

退房的时候，我抱着最后一线希望向大堂值班经理打听有没有照片留给他，值班经理说没有。我说，海边的那位摄影师没有来过吗？值班经理说，海边的摄影师早就离开了。我说，是那个喜欢拍情侣照的摄影师吗？经理说，是呀，几年前他拍了一个女孩和情人的照片，结果被跟踪而来的情人太太发现了，抓到了证据，女孩跳海自杀了，摄影师从此就失踪了。

我顾不得惊讶，赶紧跳上出租车往机场飞奔而去。

在飞机上，我随手翻了翻画报，看到一条信息，标题是：人的大脑有无限的潜能吗？内容如下：人类大脑未开发的部分达80%至90%。化学药品能够激发大脑进行记忆和处理信息的功能，或令思

维变得更加敏捷。喝咖啡和能量饮料的人清楚这一点。

我正在喝咖啡，但是我知道，它不能告诉我，到底是哪年夏天在海边。

飞机颠簸起来，遇上气流了。

生于黄昏或清晨

单位里一位离休老同志去世了。这是一件正常的事情。人老了，都会走的。但这一次的情况稍有些不同，单位老干部办公室的两位同志恰好都不在岗，小丁休产假，老金出国看女儿去了，单位里没人管这件事，那是不行的，领导便给其他部门的几个同志分了工，有的上门帮助老同志的家属忙一些后事，有的负责联系殡仪馆布置遗体告别会场，办公室管文字工作的刘言也分到一个任务，让他写老同志的生平介绍。这个任务不重，也不难，内容基本上是现成的，只要到人事处把档案调出来一看，把老同志的经历组织成一篇文字就行了，对吃文字饭的刘言来说，那是小菜一碟。

虽然这位老同志离休已经二十多年，他离开单位的时候，刘言还没进单位呢，但是刘言的思维向来畅通而快速，像一条高质量的高速公路，他只在人事处保险柜门口稍站了一会，翻了几页纸，思路就理出来了，老同志一辈子的经历也就浮现出来了。档案中有多年积累下来的各种表格，它们相加起来，就是老同志的一生了。这些表格，有的是老同志自己填的，也有组织上或他人代填的，内容大致相同，即使有出入，也不是什么大的原则性的差错，比如有一份表格上调入本单位的时间是某年的六月，另一份表格上则是七月，年份没错，工作性质没错，只是月份差了一个月，也没人给他纠正，因为这毕竟不是什么大不了的事情。

本来这事情也就过去了，刘言的腹稿都打好了，以他的写字速度，有半个小时差不多就能完成差事了，他把老同志的档案交回去的时候，有片刻间他的目光停留在最上面的这张表格上了，表格上老同志的名字是张箫生，刘言觉得有点眼生，又重新翻看下面的另一张表格，才发现两张表格上的老同志名字不一样，一个是张箫声，一个是张箫生，又赶紧翻了翻其他的表格，最后总共出现了三个不同的版本，除张箫生和张箫声外，还有一个张箫森。刘言问人事处的同志，人事处的同志有经验，不以为怪，说，这难免的，以本人填的为准。刘言领命，找了一份老同志自己亲自填的表格，就以此姓名为准写好了生平介绍。

生平介绍交到老同志家属手里，家属看了一眼就不乐意了，说，你们单位也太马虎了，把我家老头子的名字都写错了，我家老头子，不是这个“声”，是身体的“身”。刘言说，我这是从档案里查来的，而且是你家老同志亲自填写的。家属说，怎么会呢，他怎么会连自己的名字都填错了呢。刘言说，不过他的档案里倒是有几个不同名字，但不知道哪一个是准的。家属说，我的肯定是准的，我是他的家属呀，我们天天和他的名字在一起，这么多年，难道还会错。刘言觉得有点为难，老同志家属说的这个“身”字，又是一个新版本，档案里都没有，以什么为依据去相信她呢？

他拿回生平介绍，又到人事处把这情况说了一下，人事处同志说，这不行的，要以档案为准，怎么能谁说叫什么就叫什么呢，那玩笑不是开大了。刘言说，可即使以档案为准，老同志的档案里，也有着三种版本呢。人事处同志说，刚才已经跟你说过这个问题了，你怎么又绕回来了呢？刘言的高速公路有点堵塞了，他挠了挠头皮说，绕回来了？我也不知怎么就绕回来了，难怪大家都说，机关工作的特点，就是直径不走要走圆周，简单的事情要复杂化嘛。人事处的同志笑了笑，说，你要是实在不放心，不如到老同志先前的单位再了解一下，他在那个单位工作了几十年，调到我们单位，不到两年就退了，那边的信息可能更可靠一点。

刘言开了介绍信就往老同志先前的单位去了，找到老干部处，是一位女同志接待他，看了看介绍信，似乎没看懂，又觉得有些不解，说，你要干什么？刘言把事情经过简单说了，女同志“噢”了一声，说，我也是新来的，不太熟悉，我打个电话问问。就打起电话来，说，有个单位来了解老张的事情，哪个老张？她看了看刘言带来的介绍信，说，叫张箫声，这个声，到底对不对，到底是哪个sheng(shen、seng、sen)，是声音的声音，还是身体的身？还是——她看了看刘言，刘言赶紧在纸上又写出两个，竖起来给她看，她看了，对着电话继续说，还是森林的森，还是生活的生——什么？什么？噢，噢，我知道了，原来是这样。女同志放下电话，脸色有点奇怪，有点不乐，对刘言道，这位同志，你搞什么东西，老张好多年前就去世了，你怎么到今天才写他的生平介绍？刘言吓了一跳，说，怎么可能，老张明明是前天才去世的，我们领导还到医院去送别了他呢。女同志半信半疑地看了看他，最后还是相信了他的话，说，肯定老胡那家伙又胡搞了。他以为女同志又要打电话询问，结

果她却没有打，自言自语说，一个个信口开河，胡说八道，谁都不可靠，还是靠自己吧。就自己动手翻箱倒柜找了起来，翻了一会，才发现了自己的问题，停下来说，咦，不对呀，他人都已经调到你们那里了，材料怎么还会在我这里？刘言说，我不是来找材料的，我只是来证实一下他的名字到底是哪一个。女同志说，噢，那我找几个人问问吧。丢下刘言一个人在她的办公室，自己就出去了。这个女同志有点大大咧咧，刘言却不想独自待在陌生人的办公室里，万一有什么事情也说不清，就赶紧跟出来，看到女同志进了对面一间大办公室，大声问道，张箫声，张箫声你们知道吗？大家都在埋头工作，被她突然一叫，有点发愣，闷了一会，有一个人先说，张箫声，知道的，是位老同志了，什么事？女同志说，走了，名字搞不清，他现在的单位来了解，他到底叫张箫哪个“sheng(shen、seng、sen)”。另一个同志说，唉，人都走了，搞那么清楚干什么，又不是要提拔，哪个“sheng(shen、seng、sen)”都升不上去了。女同志说，别搞了，人家守在那里等答案呢。大家就七嘴八舌地说起来，说什么的都有，但好像都没有什么依据，有分析的，有猜测的，有推理的。不一会儿，大伙儿给老同志名字的最后一个字，又添加了好几个新版本，有一个人甚至连肾脏的肾都用上了。女同志头都大了，说，哎哟哎哟，人家就是搞不准，才来问的，到咱们这儿，给你们这么一说，岂不是更糊涂了？刘言也觉得这些人对老同志也太不敬重了，说话轻飘飘的，好像老同志不是去世了，而是坐在办公室里等着大家调侃呢。

女同志一喳哇，大家就停顿下来，停顿了一会，忽然有个人说，是老张吗，是张箫 sheng(shen、seng、sen) 吗，我昨天还在公园里遇见他的呢，怎么前天去世了呢？女同志惊叫一声说，见你的鬼噢！另有一个女同志失声笑了起来，但笑了一半，赶紧捂住嘴。先前那人想了半天，才想清楚了，赶紧说，噢，噢，我收回，我收回，我搞错了，昨天在公园里的不是他，是老李，对不起。于是大家纷纷说，也没什么对不起的，时间长了就这样，，这些老同志退了好多年，平时也见不着他们，见了面也不一定记得，搞错也是难免的。

刘言不想再听下去了，悄悄地退了出来，那女同志眼尖，看见了，在背后追着说，喂，喂，你怎么走啦？可是你自己要走的，回去别汇报说我们单位态度不好啊。刘言礼貌道，说不上，说不上，跟我们也差不多。

刘言重新回到老同志家，看到老同志的遗像挂在墙上，心里有些不落忍，对他家属说，还是以您说的身体的“身”为准吧。老同志家属说，果然吧，肯定还是我准，如果我都不准，还有什么更准的？刘言掏出生平介绍，打算修改老同志的姓名，不料却有一个人出来反对，她是老同志的女儿。女儿跟母亲的想法不一样，女儿说，妈，你搞错了，我爸的“sheng”字是太阳升起来的“升”。她妈立刻生起气来，当场拉开抽屉，拿出户口本来，指着说，在这儿呢。刘言接过去一看，张箫身，果然不差。刘言以为事情终于可以告一段落了，可是那女儿却也掏出一个户口本来，说，这是我家的老户口本。两个户口本的封皮不一样，一个是灰白色的硬纸板封皮，一个是暗红色的塑料封皮，一看就知道是时代的标志和差异。但奇怪的是母亲拿的是新户口本，女儿拿的反而是老户口本。刘言说，你们换新本的时候，老本没有收走吗？那女儿说，我们不是换本，我们是分户，我住老房子，所以收着老本，老本上，我爸明明是张箫升，升红旗的升。老太太仍然在生气，说，反正无论你怎么说，老头子是我的老头子，不会有人比我更知道他。女儿见妈不讲理了，说话也不好听了，说，难道你亲眼看见我爷爷奶奶给我爸取名的吗？老太太说，哼，一口锅里吃了六十多年，就等于是亲眼看见一样。女儿说，就算亲眼看见，都八十多年了，说不定早就搞混了。老太太气得一转身进了里屋，还重重把门关闭了。

刘言手里执着那份生平介绍，陷入了僵局，不知该怎么办了。那女儿却在旁边笑起来，说，咳，这位同志，别愁眉苦脸的，没什么为难的，你就按我妈说的写罢。刘言说，那你没有意见，你不生气？那女儿说，咳，我生什么气呀，哪来那么多气呀，我也就看不惯我妈，样样事情都是她正确，我得跟她扭一扭，现在扭也扭过了，至于我爸到底是"声"还是"身"还是"升"，人都不在了，管那还有什么意思呢。刘言如遇大赦，正要改写，忽见那老太太又出来了，手里举着几张证件，说，搞不懂了，搞不懂了。

原来老太太被女儿一气之下，就进里屋找证据去了，结果找出来好些证件，有身份证、工作证、医疗证、离休证，老年证，乘车证等等，可是这些证件上的名字，居然都不统一。老太太气得说，怎么搞的，怎么搞的，这些人，不像话。那女儿却劝她妈说，妈，你怎么怪别人呢，你自己平时就没注意没关心嘛，你要是平时就注意就关心了，错的早就改了嘛。老太太说，改？这么多不同的字，照哪个改？那女儿嘻嘻一笑，说，照你的改罢。老太太这才把气生完了，看着刘言按照她的说法改了老张的全名叫张箫身，接过那生平介绍，事情算是办妥了。

刘言回到单位，把这遭遇说给大家听，大家听了，说，刘言你这么认真干吗，人都不在了，搞那么准，有必要吗？另一同事说，你追查清楚了想干什么呢，告慰老张吗？又说，你可别告慰错了，

弄巧成拙。刘言想辩解几句，但想了半天，却不知道该辩解什么，也不知道该替谁辩解，最后到底也没有说出一句话来。

那天回家，刘言把自己的几件证件找出来，一一核对，不同证件上自己的名字是完全一致的，这才放了点心。但是老婆觉得奇怪，问他干什么，刘言说，我看看我的名字。老婆更奇了，说，这有什么好看的，名字生下来就跟着你了，难道今年会换一个名字？刘言既然心里落实了，也就没再吱声。

不几日就到清明了，刘言带着老婆女儿回家乡上坟，遇到一老乡，稀开嘴朝他笑。他认不出老乡了，但看着那没牙的黑洞洞，觉得十分亲热，但也有点不好意思，便也笑了笑，点点头，想蒙混过去。不料老乡却亲热地挡住他，说，小兔子，你回来啦？女儿在旁边“哧”地一声笑了出来，说，哎嘿嘿，小兔子，啊哈哈，小兔子。越想越好笑，竟笑疼了肚子，弯着腰在那里“哎哟哎哟”地喊。刘言愣了一会说，大叔，你认错人了，我不是小兔子。老乡说，你怎么不是小兔子，你就是小兔子，你打小就是小兔子。刘言说，我排行第四，所以小名就叫个小四子。那老乡说，我不是喊你小名，你是属兔的，所以喊你小兔子。刘言“啊哈”了一声，说，果然你记错了，我不属兔，我属小龙。老乡见他说得这么肯定，也疑惑起来，盯着他的脸又看了一会，说，你是老刘家的老四吗？刘言说，是呀。老乡一拍巴掌道，那不就对了，就是你，小兔子，你小时候都喊你小兔子。刘言说，我怎么不记得了。老乡奇怪说，你们从乡下人变成城里人，难道连属相都要跟着变吗？刘言说，我可没有变，我生下来就属小龙的。老乡也不跟他争了，喊住路上另外两个老乡，问道，老刘家的老四，属什么的？那两老乡也朝刘言瞧了几眼，一个说，老刘家老四，属狗的，小时候叫个小狗子。另一个说，不对不对，老四属猴。刘言赶紧说，小时候叫个小猴子吧。他老婆和女儿都笑得前抑后仰，说，不行了，不行了，肠子要笑断掉了。老乡不知道她们俩笑的什么，感叹说，城里人日子好过，开心啊。

刘言也不再跟他们计较了，上了坟就赶紧到大哥家去。他兄弟四个，只有大哥一家还在农村，俩兄弟到饭桌上，先洒了点酒在地上祭了父母，然后就喝起来。大哥寡言，喝了酒也不说话，刘言代二哥三哥打招呼说，本来他们也是要回来的，因为忙，没走得成。大哥说，忙呀。刘言又说，不过他们都挺好的，让大哥放心。大哥跟着说，放心。刘言说一句，大哥就跟着应一句，刘言不说话，大哥也就不作声，就好像刘言是大哥，而大哥是老四似的。后来大嫂过来给刘言斟酒，说，老四啊，明年是你大哥的整生日，做九不做十，今年就要做了，你跟老二老三说一下。大哥说，咳呀。意思是嫌大嫂多事，但大哥话没说出口来，刘言也没听进耳去，因为刘言心里被“整生日”这说法触动了一下，说，大哥，你都六十啦。本来他已经把路上那老乡的事情丢开了，但喝了喝酒，又听到说大哥六十了，就觉得那岁月的影子还在心里搁着，一会就隐隐地浮上来，一会又隐隐地浮上来，忍不住说，大哥，你属什么的？大嫂笑道，老四你做官做糊涂啦，你跟你大哥差十二岁，同一个属相。刘言说，属小龙。大嫂说，咦，哪里是小龙，属大龙的。刘言说，奇了，我一直是属小龙的呀。大嫂说，噢，也可能你小时候给搞差了吧。见刘言有点懵，又劝说，老四，没事的，小时候搞差的人多着呢，我姐的年龄给搞差了五岁呢，也不照样过日子。口气轻描淡写。还是大哥知道点儿刘言的心思，说，城里人讲究个年龄，不像乡下人这样马马虎虎。大嫂有点儿不高兴，说，那就算我没说，老

四你该几岁还几岁，该属什么还属什么。大家就没话了。

离了大哥家，刘言三口人到乡上的旅馆住下。那娘儿俩嫌刘言打呼噜，便合睡一间，让刘言单独睡一间。刘言夜里听到乡下的狗叫，想起小时候的许多事情，结果就梦见了母亲，刘言赶紧问道，娘，老四是属小龙的吧。母亲笑眯眯的，眼睛雪亮，说，生老四的时候，天气好热，天都快黑了，还没生下来，后来就点灯了，也巧了，一点灯，就生了。刘言说，娘，你记错了吧，我是冬天生的，早晨七八点钟，太阳升起来的时候。母亲摇了摇头，转就身就走了。刘言急得大喊，娘，你不能走，你走了，我再也不知道我是什么时候生的了。可是母亲还是头也不回地走了。刘言大哭起来，把自己哭醒了。好半天才回过神来，心里悠悠的，摸不着底。看看窗外，天已亮了，乡镇的街上已经人来人往了。刘言起来到隔壁房间门口听了听，那娘儿俩还睡着呢。刘言给老婆发了一个短信，自己就出来了。

到得街上，打听到乡派出所，刘言进去一看，已经有很多人来办事了，围着一张办公桌，吵吵嚷嚷的，他插上去探了一脑袋，那守在办公桌边的警察朝他看看，说，排队。又看他一眼说，你是外面来的？刘言赶紧说，是，是。警察说，那也得排队。刘言空欢喜了一下，发现大家都朝他看，有点尴尬，往后退了退，心里着急，这么多人，也不知道要等多长时间才轮到他，在后边站了站，听出来警察正在断事情呢，听了几句，觉得这警察虽然歪瓜裂枣、其貌不扬，说话倒是很在理，很有水平，也很利索，刘言干脆安下心等了起来。

两个老乡争吵，是为了一头猪，说是一家的猪跑到了另一家的猪圈去了，怎么也不肯回去，后来硬拖回来了，总觉得不是他家那头，咬定邻居偷梁换柱，又上门去闹，结果打起来，一个打破了头，一个撕破了衣裳。警察听了，问道：猪呢？那两人同时说，带来了，在院子里等着呢。警察就离了办公桌往外拱，大家自觉地让出一条道，除了那俩当事人，无关的人也一起出来围在院子里，那俩猪果然被牵在树上。警察朝那俩猪瞄了一眼，笑了起来，说，嚯，真像呐，难怪分不出来了。那逃跑的猪的主人指着其中一头猪说，喏，这是我家的。说过之后，却又怀疑起来，挠了挠脑袋，说，咦，是不是呢？警察说，你自己都分不清，怎么说人家偷换了呢。那老乡上前抓住猪的一条腿，扯了起来，神气地说，看吧，我做了记号的。一看，果然猪腿上扎了一根红绳子，因为沾满了猪粪，黑不溜秋，不仔细看是看不出来的。警察说，这猪是你的？那老乡说，本来是我的，逃到他家去了，他又还给我了，但我看来看去，觉得不是它。警察问另一老乡，你说呢。那一老乡委屈说，他说他做了记号的，记号明明在他猪身上，他却又不承认。这一老乡说，谁晓得呢，猪在你家圈里待了两天，不定你把记号换过来了。警察说，你有证据吗？老乡说，我有证据就不来找你了。警察说，找我我也是要找证据的，证据就是这猪腿上的这根绳子，既然这根绳子在你这猪腿上，这就是你的猪，你服不服？老乡倔着脑袋，说，我不服。警察说，那你的意思是什么呢，你觉得那猪是你的？老乡被问住了，走到那猪跟前，蹲下来，仔仔细细地看来看去。警察说，看够了没有，它是不是你的猪？老乡说，我吃不准，反正，反正，我心里不踏实。警察说，你是觉得你那猪变小了，变瘦了？老乡说，小多了，瘦多了。警察说，你是想要胖一点的那猪？老乡说，那当然，我猪本来就比他猪胖。警察说，那你觉得它们俩哪个胖一点？老乡又朝两头猪看了半天，也看不出来哪个更胖一点，说，我眼睛看花了。警察指了其中一头说，喏，这头胖一点。那老乡不依，说，我怎么觉得那头胖。警察说，弄杆秤来。刘言起先以为警察在挖苦他们，哪里想到真有人弄了秤来，是个带轮子的秤，轰隆轰隆地推过来，把猪绑了抬上去称，在猪的撕心裂肺杀猪般地叫喊声中，两猪分量称出来了，它俩商量好了似的，居然一般重。警察笑道，随你挑了。那老乡还是不依，说，分量虽是一样重，但肉头不一样，我家的猪吃得好，他家的猪吃的什么屁。给猪吃屁的那老乡见两头猪一般重，就想通了，不恼了，说，换就换吧。就把腿上带绳子那猪牵到自己手里。给猪做记号这老乡换了一头猪之后，牵着猪走了几步，又觉不靠谱，说，这是我的猪吗？警察骂道，你就是个猪。老乡说，你警察怎么骂人呢。警察说，你连自己是什么你都搞不清，还来搞猪的身份。这老乡不作声了，朝着被别人牵走的那头猪看了又看，有点依依不舍，说，我们还是换回来吧。那老乡好说话些，说，换回就换回。两人重又交换了猪。警察又笑道，白忙了吧。

两个人和两头猪走了以后，下面轮到的是一桩不养老的事情，一个老娘，两个儿子，都不肯养老，老大老二各自有新房子，老母亲住在旧屋里，七老八十了，没有生活来源。警察说，老大出二百，老二出一百。结果两个儿子均不承认自己是老大。问那老母亲，哪个是老大，老母亲老眼昏花，支支吾吾竟然连哪个是大儿子都说不清。警察恼了，说，两个儿子，不分大小，一人二百。两个儿子不服，说，这事情不该你警察管，该法官管。警察说，那你们找法官去。两儿子说，找法官也没用。警察说，知道没用就好，走吧走吧，一人二百。两儿子又互相责怪起来，言语难听，不过没动手，最后还是领了警察的命令走了。那老母亲蹒跚地跟在后面，撵不上两个儿子，喊着，等等我，等等我。

轮到刘言的时候，警察已经很辛苦了，但仍然认真地听了刘言的话，说，你想要证明一下自己的年龄？又说，你身份证丢了吧？刘言说，身份证没丢。警察怀疑地看看他，说，身份证没丢？拿来我看看。刘言拿出身份证交给警察，警察一看，笑了起来，你要查出生年月日，这上面不就是你的出生年月日。刘言说，可是这次我回乡，老乡说我是属兔子的，又说是属大龙的。警察说，老乡的话你也听得？刚才你都见了吧，猪也分不清，老大老二也分不清，他们还想搞清你属什么？刘言说，不是他们想搞清，是我自己想搞清。警察说，笑话了，你自己的年龄你自己都不知道，那你自己是谁你知不知道呢？刘言同志，你可是有身份证的人，你可是有身份的人噢。刘言说，可有时候身份证上的信息并不可靠。警察说，身份证都不可靠，什么可靠呢？刘言说，所以我想来了解一下，就是我小时候家里头一次给我上户口时到底是怎么写的，到底是哪一年哪一月哪一日。警察听了，沉默了一会，眼神渐渐地警觉起来了，说，你查自己的年龄干什么，想把年龄改小是吧？少来这一套，你这样的人我见多了，要提干升官了，把你娘屙你出来的时辰都敢改掉，不过你别想在我这儿得逞。刘言说，我不是要改小，也不是要改大，只是要弄清楚自己到底属什么，查清楚了，说不定是要改大呢。警察惊讶说，改大？那你岂不傻了，改大了有什么好处？现在当官进步，年龄可是个宝，万万大不得，别说大一年两年，不敲起来，大一天两天都不行。刘言说，我不是要改，我只是想弄清楚了。警察听了，又想了一会，理解了刘言的心情，同情地说，倒也是的，一个人连自己的出生年月日都搞不准，那算什么呢。刘言赶紧道，是呀，警察同志，就麻烦你替我查一查吧。警察说，你知道我这派出所管多少人多少事，要是什么烂事都来找我，我不叫派出所，我叫垃圾站得了。警察虽然啰里啰唆，废话不少，但还是起了身朝里边走，嘴里嘀咕说，我去查，我去查，几十年前的存根，在哪里呢。

刘言感觉就不对，果然那警察刚一进去就出来了，脸色很尴尬，说，对不起，那些存根不在这里，我大概翻错了地方。刘言想，我几乎就料到你会这么说。话没出口，感觉有人在拉扯他的衣服，回头一看，女儿不知什么时候已经站到了他的身后，老婆也跟来了，站在一边，抿着个嘴笑。刘言被女儿拉着揪着，分了心，眼睛也花了。再看警察时，就觉得警察的脸很不真切，模模糊糊的，刘言顿时就泄了气，他是指望不上这个认真而又模糊的警察了，他也不想证明自己到底是大龙小龙还是小兔子了，跟着女儿就往外走。那警察却不甘心，在背后喊道，哎，哎，你怎么走了？你等一等，我帮你查。刘言说，算了算了，我不查了。警察说，不查怎么行，一个人连自己的出生年月都搞不清，那算什么？刘言说，我搞得清，身份证上就是我的出生年月。警察说，身份证也有出错的时候。他见刘言执意要走，有些遗憾，最后还顽强地说，那你留一个联系电话吧，等我空一些，一定帮你查，查到了我会立刻打电话告诉你。眼睛就直直地盯着刘言手里的手机，刘言只得留下了手机号码。

一家人往外走的时候，有一个老乡正在往里挤，边挤边大声叫喊，钱新根，钱新根，你不要老卵钱新根。那警察说，我老卵怎么啦。刘言才知道这警察叫钱新根。那老乡说，钱新根，你再老卵，我就把你捅出来。警察说，你捅呀，你有种现在就捅。那老乡见钱新根无畏，反而缩退了，口气软下来，大喊大叫变成了小声嘀咕，

说，你以为我不敢？你以为我不敢？警察说，我正等着你呢。刘言三人走出了派出所的院子，后面的话，也就听不清了。

开车回去的路上，老婆和女儿对乡下人的这些可笑之事，又重新笑得个人仰马翻的。刘言心里不乐，想起单位里刚去世的老同志张箫 sheng(shen、seng、sen) 的事情，说，你们也别这么嘲笑人家，有些事情，并不是城里人和乡下人的区别。老婆和女儿不知道他的遭遇，所以不理解他的心思，不同意他的说法，说，城里没见过这等事，下乡来才见到。

快到家的时候，刘言接到学校老师的电话，喊家长到学校去谈话。刘言问女儿在学校犯什么错了，女儿说，我犯什么错，我才不犯错，喊你们去是表扬我呢。刘言跟老婆商量谁去，老婆说，那老师年纪不大，倒像更年期了，说话呛人，我不去。

就只好刘言去了，老师告诉刘言，他女儿把学校填表的事情当儿戏，一式两份表格，父亲的职务级别居然不同，一份填的是科长，一份填的是处长。老师说，刘先生，你有提拔得这么快吗？在填第一张表格和第二张表格的时间里，你就由科长当上处长了？刘言目前既不是科长，也不是处长，是个副处长，熬那处长的位置也有时间了，没见个风吹草动，正郁闷呢，女儿倒替他把官升了。

刘言回家责问女儿捣什么蛋，女儿说，噢，我没捣蛋，一不留神随随便便就写错了罢。刘言批评说，你也太没心没肺了，表格怎么能随便瞎填呢。女儿不服，说，这有什么，填什么你不都是我爸？又说，你还说我呢，你自己又怎么样，从来不出差错吗，小兔子同志？刘言一生气，说，你怎么不把自己的生日填错呢。老婆在一边替女儿抱不平了，说，刘言你吃枪子了，女儿的生日怎么会错？她又不是你，她的出生证就在抽屉里，你要不要再看一看。刘言火气大，呛道，那也不一定，医院也有搞错的时候。老婆见刘言平白无故发脾气不讲理，性子也毛躁了，言语也呛人了，说，那医院还会犯更大的错呢，护士还会抱错孩子呢，你还可以怀疑她不是你亲生的，你要不要去做个亲子鉴定啊？刘言投了降，说，算了算了。

过了些日子，刘言的一个朋友过生日，办个生日派对，刘言去了，就问那朋友，你这生日，这年这月这日，最早是谁告诉你的？朋友愣了半天，说，咦，你这算什么问题，生日当然是从父母那里知道的啦，难道你不是？刘言说，我父母都不在了。朋友又愣了愣，捉摸不透刘言要干什么，说，怎么，父母不在了，生日就不是生日啦？刘言说，趁你父母健在，赶紧回去搞搞清楚，父母说的话，未必就是真相啊。朋友说，生你养你的人，怎会不知道真相啊？刘言说，最真实的东西也许正是最不真实的东西。朋友见他神五神六，不理他了，忙着去招呼其他人。一位来参加派对的客人听了他们的对话，又看了看刘言，说，刘言，你好像话里有话嘛。刘言说，你呢，你的生日你是怎么知道的？你父母告诉你的吗？这客人说，我家户口本上写着呢。刘言说，你那户口本是哪里来的呢？这客人翻了翻白眼，撇开脸去，不再和刘言搭话了。

大家喝酒庆生，刘言喝了点酒，指着过生日的朋友说，今天真是你的生日吗？朋友见刘言一而再再而三地对他的生日提出异议，不满道，刘言，你什么意思？刘言又说，你能肯定你真是今天生出来的吗？你能肯定你这几十年日子是你自己的日子吗？你真的以为你就是你自己吗？你有没有想过，你辛辛苦苦努力的，可能根本就不是你的人生呢。大家都被刘言的话怔住了，怔了半天，有一个人先回过神来了，一拍桌子大笑起来，指那过生日的朋友说，啊哈哈哈，原来你是个私生子啊？朋友气得不行，手指着刘言，有话却说不出来，憋得嘴唇发紫发青。大家赶紧圆场，说，喝多了喝多了，刘言喝多了。也有人说，奇了奇了，从前他再喝三五个这么多，也不会醉。还有人说，废了废了，刘言废了。

其实刘言并没有喝多，他只是听到大家左一口生日快乐右一口生日快乐，句句不离生日，搞得跟真的一样，心里犯冲，就觉得“生日”那两字很陌生，很虚无，他不能肯定到底是谁在过生日，也不能肯定这生日到底是谁的，便借着点酒意发挥了一下，让自己逃了出来，逃离了那个不真切的，模糊的，虚幻的“生日”。

刘言走出来的时候，手机响了，是一个陌生的号码，那个人说，刘先生你好，我就是那个警察呀。见刘言不回答，那警察又说，刘先生你忘记我了？我就是乡下那个叫钱新根的警察，其实我又不是那个叫钱新根的警察。刘言说，你帮我查到出生年月日了吗？警察说，我打电话给你，就是要跟你说一声对不起，我现在不当警察了，不过不是因为我干得不好，是因为我是个冒名顶替的。刘言说，原来警察也是假的。那警察说，也不能算是假的噢，钱新根是我的堂兄，他部队转业回来，上级安排他当民警，开始他答应了，后来又不想干了，要出去混，可是放弃警察又太可惜，就让我去顶替了，我是他的堂弟，长得很像的。刘言说，你被发现了？那警察说，我不是被发现的，我堂兄在外面混不下去，又回来要当警察了，就把我赶走了，我下岗了。刘言说，荒唐。那警察说，不荒唐的，只可惜我没有来得及替你查到出生年月，其实我已经快要接近真相了，我已经知道那些存根在哪里了。刘言说，那些存根就很可靠吗，也许当初就有人写错了呢。那警察说，所以呀，所以说很对不起你，我正在争取重新当警察，以后如果能够重新当上，我一

定替你寻找证明，我一定查出你的真正的不出一点差错的出生年月日。刘言说，你不叫钱新根，你叫个什么呢。那警察说，我叫钱新海，跟我堂兄的名字就只差一个字。刘言听了，眼前就浮现出那警察的面貌来，心里有些苍凉，说，谢谢你，钱新海。就挂断了电话。

我们都在服务区

天快亮时，桂平才朦朦胧胧要睡去了，结果手机设的闹钟却响了，喳喳喳地叫个不停，桂平翻身坐起来，和往常一样，先取消噪耳的铃声，再打开手机，又和往常一样，片刻之后，手机里的信息就接二连三地响了起来，桂平感觉至少有五六条，结果数了一下，还不止，有七条，都是昨晚他关机后发来的，还有一条竟是凌晨五点发的，也没什么了不起的大事，那个人天生醒得早，一个人起来，全家人还睡着，窗外、路上也没有什么人气人声，大概觉得寂寞了，就给他发个信，消解一下早起的孤独。这些来自半夜和凌晨的短信，只有一封是急等答复的，其他都没有什么太重要的事情，桂平也来不及一一回复了，赶紧就到会场，将手机放到震动上，开了一上午的会，会议结束时，才发现事情也像短信和未接来电一样，越开越多，密密麻麻。中午又是陪客，下午接着还有会。总算午饭抓得紧一点，饭后有二十分钟时间，赶紧躲进办公室，身体往

沙发上一横，想闭一闭眼睛，放松一下，结果在这短短的时间里，手机上又来了两条短信和三次电话，桂平接了最后一个电话，心里厌烦透了，一看只剩五分钟了，“嘀”地一下关了手机，强迫自己闭上眼睛，可那眼皮却怎么也合不拢，突突突地跳跃着。就听到办公室的小李敲他的门了，桂主任，桂主任，你手机怎么不通？你在里边吗？桂平垂头丧气地坐起来，说，我在，我知道，要开会了。

他抓起桌上的手机，忽然气就不打一处来，又朝桌上扔回去，劲使大了一点，手机“嗖”地滑过桌面，“啪”地摔到地上，桂平一急，赶紧去捡起来，这才想起手机刚才被他关了，急忙又打开，检查一下，确定有没有被摔坏，才放了心。抓着手机就要往外走，就在这片刻间，手机响了，一接，是一老熟人打来的，孩子入学要托他找教育局领导，这是为难的事情，推托吧，对方会不高兴，不推托吧，又给自己找麻烦，正不知怎么回答，小李又敲门喊，桂主任，桂主任！桂平心里毛躁得要命，对那老熟人没好气说，我要开会，回头再说吧。老熟人在电话里急巴巴说，你开多长时间会？我什么时候再打你手机？桂平明明听见了，却假作没听见，挂断了电话，还不解气，重又下狠心关了机，将手机朝桌上一扔，空着手就开门出来，往会议室去。

小李跟在他后面，奇怪道，咦，桂主任，你的手机呢，我刚才打你手机，怎么关机了？不是被偷了吧？桂平气道，偷了才好。小李说，充电吧？桂平说，充个屁电。小李吐了一下舌头，没敢再多嘴，但是总忍不住要看桂平的手，因为那只手，永远是捏着手机的，现在忽然手里空空的了，连小李也不习惯了。

曾经有一次会议，保密级别比较高，不允许与会者带手机，桂平将手机留在办公室，只觉得那半天，心里好轻松，了无牵挂，自打开了这个会以后，桂平心烦的时候，也曾关过手机，就当自己又在开保密会议吧。结果立刻反馈来诸多的不满和批评，上级下级都有意见，上级说，桂平，你又出国啦，你老在坐飞机吗，怎么老是关机啊？下级说，桂主任，你老是关机，请示不到你，你还要不要我们做事啦？总之很快桂平就败下阵来，他玩不过手机，还是老老实实恢复原样吧。

跟在桂平背后的小李进了会议室还在唠唠叨叨，说，桂主任，手机不是充电，是你忘了拿？我替你去拿来吧。桂平哭笑不得说，小李，坐下来开会吧。小李这才住了嘴。

下午的会，和上午的会不一样，桂平不是主角，可以躲在下面开开小差，往常这时候，他定准是在回复短信或压低声音告诉来电者，我正在开会，再或者，如果是重要的非接不可的电话，就要蹑手蹑脚鬼鬼祟祟地溜出会场，到外面走廊上去说话。

但是今天他把手机扔了，两手空空一身轻松地坐到会场上，心里好痛快，好舒坦，忍不住仰天长舒一口气，好像把手机烦人的恶气都吐出来了，真有一种要飞起来的自由奔放的感受。

乏味的会议开始后不久，桂平就看到坐在前后左右的同事，有的将手机藏在桌肚子里，但又不停地取出来看看，也有的干脆搁在桌面上，但即使是搁在眼前的，也会时不时地拿起来瞄一眼，因为震动的感觉毕竟不如铃声那样让人警醒，怕疏忽了来电来信。但凡有信了，那人脸色就会为之一动，或者喜色，或者着急，或者平静，但无不立刻活动拇指，沉浸在与手机相交融的感受中。

一开始，桂平还是怀着同情的心情看着他们，看他们被手机掌控，逃脱不了，但是渐渐的，桂平有点坐不住了，先是手痒，接着心里也痒起来了，再渐渐的，轻松变成了空洞，潇洒变成了焦虑，

甚至有点神魂不定、坐立不安起来，他的心思，被留在办公室的手机抓去了。

坐在他旁边的一个女同事，都感觉出他身上长了刺似的难受，说，桂主任，你今天来例假了？桂平说，不是例假，我更了。大家一笑，但仍然笑不掉桂平的不安。他先想了一想今天是什么日子，会不会有什么重要的电话或信息找他，会不会有什么重要的事情要他去做，有没有什么重要的工作忘记了，除了这些，还会不会有一些特殊的额外的事情会找到他，这么一路想下去，事情越想越多，越想越紧迫，椅子上长了钉似的，桂平终于坐不住了，溜出会场，上了一趟洗手间，出来后，站在洗手间门口还犹豫了一下，终究没有直接回会场，却回了办公室。

办公室一切如常，桂平却有一种恍若隔世的奇怪感觉，看到了桌上的手机，他才回到了现世，忍不住打开手机，片刻之后，短信来了，哗哗哗的，一条，两条，三条，还没来得及看，电话就进来了，是老婆打的，口气急切说，你怎么啦，人又不在办公室，手机又关机，你想躲起来啊？桂平无法解释，只得说，充电。老婆说，你不是有两块电池吗？桂平说，前一块忘记充了。老婆"咦"了一声，说，太阳从西边出来了，你是出了名的"桂不关"，竟然会忘记充电？桂平自嘲地歪了歪嘴，老婆就开始说要他办的事情，桂平为了不听老婆啰唆个没完，只得先应承了，反正虱多不痒债多不愁，桂平永远是拖了一身的人情债，还了一个又来一个，永远也还不清。

带着手机回到会场，桂平开始看信，回信，旁边的女同事说，充好电了？桂平说，你怎么知道我充电？女同事说，你是机不离手，手不离机的，刚才进来开会没拿手机，不是充电是什么？难道

是忘了？谁会忘带手机你也不会忘呀。桂平说，不是忘了，我有意不带的，烦。女同事又笑了一下，说，烦，还是又拿来了，到底还是不能不用手机。桂平说，你真的以为我不敢关手机？女同事说，关手机又不是杀人，有什么敢不敢的，只怕你关了又要开噢。两人说话声音不知不觉大起来，发现主席台上有领导朝他们看了，才赶紧停止了说话。桂平安心看短信、回短信，一下子找回了精神寄托，心也不慌慌的了，屁股上也不长钉了。

该复的信还没复完，就有电话进来了，桂平看了看来电号码，不熟悉，反正手机是震动的，会场上听不到，桂平将手机搁在厚厚的会议材料上，减小震动幅度，便任由它震去，一直等到震动停止，桂平才松一口气，但紧接着第二次震动又来了，来得更长更有耐心，看起来是非他接不可，桂平一直坚持到第三次，不得不接了，身子往下挫一挫，手捂着手机，压低声音说，我在开会。那边的声音却大得吓人，啊哈哈哈，桂平，我就知道你会接我电话的，其实我都想好了，你要是第三次再不接，我就找别人了，正这么想呢，你就接了，啊哈哈哈。不仅把桂平的耳朵震着了，连旁边的女同事都能听见，说，哎哟喂，女高音啊。虽然桂平说了在开会，可那女高音却不依不饶，旁若无会地开始说她要说的说来话长的话，桂平只得抓着手机再次出了会场，到走廊上才稍稍放开声音说，我在开会，不能老是跑出来，领导在台上盯着呢。女高音说，怎么老是跑出来呢？我打了你三次，你只接了一次，你最多只跑出来一次啊。桂平想，人都是只想自己的，每个人的电话我都得接一次，我还活不活了。但他只是想想，没有说，因为女高音的脾气他了解，她的一发不可收的作风他向来是甘拜下风的，赶紧说，你说吧你说吧。女高音终于开始说事，说了又说，说了又说，桂平忍不住打断

说，我知道了，我现在在开会，走不掉，会一结束我就去帮你办。女高音这才甘心，准备挂电话了，最后又补一句，你办好了马上打我手机啊。桂平应声，这才算应付过去。心里却是后悔不迭，要是硬着心肠不接那第三次电话，这事情她不就找别人了么，明明前两次都已经挺过去了，怎么偏偏第三次就挺不过去呢，这女高音是他比较烦的人，所以也没有储存她的号码，可偏偏又让她抓住了，既然抓住了，她所托的事情，也就不好意思不办。桂平又悔自己怎么就不能坚持到底，抓着手机欲再回到会场，正遇上小李也出来溜号，见桂主任一脸懊恼，关心道，桂主任，怎么啦？桂平将手机一举，说，烦死个人。小李以为他要扔手机，吓得赶紧伸出双手去捧，结果捧了个空。桂平说，关机吧，不行，开机吧，也不行，难死个人。小李察言观色地说，桂主任，其实也并非只有两条路，还有第三种可能性的。桂平白了他一眼，说，要么开，要么关，哪来的第三种可能性？小李诡秘一笑，说，那是人家逃债的人想出来的高招。桂平说，那是什么？小李说，不在服务区。桂平“切”了一声，说，怎么会不在服务区，我们又不是深山老林，又不是大沙漠，怎么会不在服务区？小李说，桂主任，你要不要试试，手机开着的时候把那卡芯直接取下来，再放上电池重新开机，那就是不在服务区。桂平照小李说的一试，果然说："对不起，您拨的电话不在服务区，请稍后再拨"。桂平大喜，从此可以自由出入“服务区”了。

如此这般的第二天，桂平就被领导逮到当面臭骂一顿，说，我这里忙得要出人命，你躲哪里去了？在哪个山区偷闲？桂平慌忙说，我没去山区，我一直都在单位。领导说，人在单位手机怎么会不在服务区？桂平说，我在服务区，我在服务区。领导恼道，在你

个鬼，你个什么烂手机，打进去都是不在服务区，既然你老不在服务区，你干脆就别服务了吧。桂平受了惊吓，赶紧恢复原状，不敢再离开服务区了。

小李当然也没逃了桂平的一顿臭骂，但小李挨了骂也仍然不折不挠地为桂平分忧解难，又建议说，桂主任，你干脆别怕麻烦，把所有有关手机都储存下来，来电时一看就知道是谁，可接可不接，主动权就在你手里了。

桂平接受了小李的建议，专门挑了一个会议时间，坐在会场上，把必须接的、可接可不接的、完全可以不接的，实在不想接的电话一一都储存进手机，储得差不多了，会议也散了，走出会场时，手机响了，一看，是一个可以不接的电话，干脆将手机往口袋里一兜，任它叫唤去。

桂平找到了一个切实可行的好办法，他已经把和他有关系的大多数人物都分成几个等次储存了，爱接不接，爱理不理，主动权终于掌握在他自己手里了，如果来电不是储存的姓名，而是陌生的号码，那肯定与他没有什么直接关联的人，那就不去搭理它了。

如此这般过了一段日子，果然减少了许多麻烦，托他办事的人，大多和那女高音差不多，知道他好说话，大事小事都找他，现在既然找不上他，他们就另辟蹊径找别人的麻烦去了。即使以后见到了有所怪罪，最多嘴上说一句对不起，没听到手机响，或者正在开会不方便接，也就混过去了，真的省了不少心。

省心的日子并不长，有一天开会时，刚要入会场，有人拍他的肩，回头一看，吓了一跳，竟是组织部的常务副部长，笑眯眯地说，桂主任，忙啊。桂平起先心里一热，但随即心里就犯嘀咕，部长跟他的关系，并没有熟悉亲切到会打日常哈哈的地步，桂平赶紧反过来试探说，还好，还好，瞎忙，部长才忙呢。部长又笑，说，不管你是瞎忙还是白忙，反正知道你很忙，要不然，怎么连我的电话都不接呢？桂平吓了一大跳，心里怦怦的，都语无伦次了，说，部、部长，你打过我电话？部长道，打你办公室你不在，打你手机你不接，我就知道找不到你了。桂平更慌了，就露出了真话，说，部长，我不知道你给我打电话。部长仍然笑道，说明你的手机里没有储存我的电话，我不是你的重要关系哦。他知道桂平紧张，又拍拍他的肩，让他轻松些，说，你别慌，不是要提拔你哦，要提拔你，我不会直接给你打电话哦。桂平尴尬一笑。部长又说，所以你不要担心错过了什么，我本来只是想请你关照一个人而已，他在你改革委工作，想请你多关心一下，开个玩笑，办公室主任，你们都喜欢称大内总管嘛，是不是，年轻人刚进一个单位，有大内总管罩一罩，可不一样哦。桂平赶紧问，是谁？在哪个部门？部长说，现在也不用你关照了，他已经不在你们单位了，前两天调走了，放心，跟你没关系，现在的年轻人，跳槽是正常的事，不跳槽才怪呢，由他们去吧。说着话，部长就和桂平一起走进会场，很亲热的样子，会场上许多人看着，后来有人还跟桂平说，没想到你和部长那么近乎。

桂平却懊恼极了，送上门来的机会，被自己给关在了门外，可他怎么想得到部长会直接给自己打电话呢。现在看起来，他所严格执行的陌生号码一概不接的大政是错误的，大错特错了。知错就改，桂平把领导干部名册找出来，把有关领导的电话，只要是名册上有的，全部都输进手机，好在现在的手机内存很大，存再多号码它也不会爆炸。

现在桂平总算可以安心了，既能够避免许多无谓的麻烦，又不

会错过任何不应该错过的机会，只不过，过了很长很长的时间，也没有等到一个领导打他的手机。桂平并不着急，也没觉得工夫白费了，他是有备无患，凡事预则立。

过了些日子，桂平大学同学聚会，在同一座城市的同班同学，许多年来，来了的，走了的，走了又来的，来了又走的，到现在，搜搜刮刮正好一桌人，这一天兴致好，全到了。坐下来的第一件事，大家都把手机从包里或者从口袋里掏出，搁在桌上，搁在眼睛看得见的地方，夹在一堆餐具酒杯中。桂平倒是没拿出来，但他的手机就放在裤子后袋里，而且是设置了铃声加震动，如果聚会热闹，说话声音大，听不到铃声，屁股可以感受到震动，几乎是万无一失的。也有一两个比较含蓄的女生并没有把手机拿出来搁在桌上，但是她们的包包都靠身体很近，包包的拉链都敞开着，可以让手机的声音不受阻挡地传递出来，这才可以安心地喝酒叙旧。

这一天大家谈得很兴奋，而且话题集中，把在校期间许多同学的公开的或秘密的恋情都谈出来了，有的爱情，在当时是一种痛苦，甚至痛得死去活来，时隔多年再谈，却已经变成一种享受，无论是当事人，或是旁观者，都在享受时间带来的淡淡的忧伤和幸福。

谈完了当年还没谈够，又开始说现在，现在的张三有外遇吧，现在的李四艳福不浅啊，谁是谁的小三啦，谁是谁的什么什么，怎么怎么，接着就有一个同学指着另一个同学，说那天我看到你了，你挽着一个女的在逛街，不是你老婆，所以我没敢喊你。大家哄起来，要叫他坦白，偏偏这个同学是个老实巴交不怎么会说话的人，急赤白脸赌咒发誓，但谁也不信，他急了，东看看，西看看，好像要找什么证据来证明，结果就见他把手机一掏，往桌上一拍，说，把你们手机都拿出来。大家的手机本来就搁在桌面上，有人就把手机往前推一推，也有人把手机往后挪一挪，但都不知他要干什么。这同学说，如果有事情，手机里肯定有秘密，你们敢不敢，大家互相交换手机看内容，如果有事情的，肯定不敢——我就敢！话一出口，立刻就有一两个人脸色煞白，急急忙忙要抓回手机，另一个人说，手机是个人的隐私，怎么可以交换着看，你有窥视欲啊？当然也有人不慌张，很坦然，甚至有人对这个点子很兴奋，很激动，说，看就看，看就看，大家摊开来看。桂平也是无所谓，但他觉得这同学老实得有点过分，说，哪个傻子会保留这样的信？带回去给老婆老公看？那同学偏又顶真，说，如果真有感情，信是舍不得马上删掉的。大家又笑他，说他有体验，感受真切等等。这同学一张嘴实在说不过大家，恼了，涨红了脸硬把自己的手机塞到一个同学手里，你看，你看。

结果，同学中分成了两拨，一拨不愿意或不敢把自己的秘密让别人知道，不肯参加这个游戏，赶紧把手机紧紧抓在手心里，就怕别人来抢，另一拨是桂平他们几个，自觉不怕的，或者是硬着头皮撑面子的，都把手机放在桌上，由那同学闭上眼睛先弄混乱了，大家再闭上眼睛各摸一部。桂平摸到了一个女同学的手机，正想打开来看，眼睛朝那女同学一瞄，发现那女同学脸色很尴尬，桂平心一动，说，算了算了，女生的我不看。把手机还给了那女同学，女同学收回手机，嘴巴却又凶起来，说，你看好了，你不看白不看。桂平也没和她计较，但他自己运气就没那么好了，他的手机被一个最好事的男生拿到了，先翻看他的短信，失望了，说，哈，早有准备啊。桂平说，那当然，不然怎么肯拿出来让你看。那男生不甘心，又翻看他的储存电话，想看看有没有可疑人物。

真是不看不知道，一看吓一跳，那男生脸都涨红了，脱口说，哇，桂平，你厉害，连大老板的手机你都有？接着就将桂平手机里的储存名单给大家一一念了起来，这可全是有头有脸有来头的大人物啊，惊得一帮同学一个个朝着桂平瞪眼，说，嘀，好狡猾，这么厉害的背景，从来不告诉我们。也有的人，说，这是低调，你们懂吗，低调，现在流行这个。桂平想解释也解释不清，只好一笑了之。

却不知他这一笑，是笑不了之的。第二天，就有一个同学找到他办公室去了，提了厚重的礼物，请桂平帮忙联系分管文化的副市长，他正在筹办一个全市最大也最规范的超霸电玩城，文化局那头已经攻下关来，但没有分管市长的签字，就办不成，他已经几经周折几次找过那副市长，都碰了钉子被弹回来了，现在就看桂平的力度了。

桂平知道自己的手机引鬼上门了，只得老老实实说，我其实并不认得该副市长。同学说，不可能，你手机里都有他的电话，怎么会不认识？桂平只得老实交代，从头道来。那同学听后，“哈”了一声，说，桂平，你当了官以后，越来越会编啊，你怎么不把中央领导的电话也输进去？桂平开玩笑说，我知道的话一定输进去。那同学却恼了，说，桂平，凭良心说，这许多年，你在政府工作，我在社会上混，可我从来没找过你麻烦是不是，这是第一次，第一次求你你就这么对付我，你说得过去吗？桂平知道怎么说这同学也不会相信他了，但他也无论如何不可能去替他找那副市长的，只得冷下脸来，说，反正你怎么理解、怎么想都无所谓，这事情我不能做。同学一气之下，走了，礼物却没有带走，桂平想喊他回来拿，但又觉得那样做太过分，就没有喊。

那堆礼物一直搁在那里，桂平看到它们，心里就不爽，搬到墙角放着，眼睛还是忍不住拐了弯要去看，再把办公室的柜子清理一下，放进去，关上柜门，总算眼不见为净。本来他们同学间都很和睦融洽，现在美好的感觉都被手机里的一个错误的储存电话破坏了，右想左想，也觉得自己将认得不认得的领导都输入手机确实不妥，拿起手机想将这些电话删除了，但右看左看，又不知道哪些是该删的哪些是不该删的，全部删了肯定也是不妥，最后还是下不了手。

原来以为得罪了同学，就横下一条心了，得罪就得罪了，以后有机会再给弥补吧。哪知那同学虽然被得罪了，却不甘心，过了两天，又来了，换了一招，往桂平办公室的沙发上一坐，说，你不答应我，我就不走了。桂平说，我要办公的，你坐在这里不方便。同学说，我方便的。桂平说，我不方便呀。同学说，有什么不方便，你就当是自己在沙发上搁了一件东西就行，你办你的公，你又不是保密局安全局，你的工作我听到了也不会传播出去的，即使传播出去别人也不感兴趣的。就这样死死地钉在桂平的办公室里。

即便如此，桂平还是不能打这个电话，因为他实在跟这位副市长没有任何交往，没有任何接触，这副市长并不分管他们这一块工作，即使开什么大会，副市长坐主席台，桂平也只能在台下朝台上远远地看一眼，主席台上有许多领导，这副市长只是其中一位，除此之外，就是在本地电视新闻里看他几眼，他和副市长，就这么一个台上台下屏里屏外的关系，怎么可能去找他帮忙办事呢，何况还不是他自己的事，何况还是办超霸电玩城这样的敏感事情。

同学就这样坐在他的沙发上，有人进来汇报工作，谈事情，他便侧过脸去，表示自己并不关心桂平的工作，就算桂平能够不当回

事，别人也会觉得奇怪，觉得拘束，该直说的话就不好直说了，该简单处理的事情就变复杂了，半天班上下来，桂平心力交瘁，吃不消了，跟同学说，你先坐着，我上个厕所。同学说，你溜不掉的。

桂平只是想溜出去镇定一下，想一想对策，但又不能站在走廊上想，就去了一趟厕所，待了半天，没理出个头绪来，也不能老在厕所待着，只得再硬起头皮回办公室。哪曾想到，等他回到办公室，那同学已经喜笑颜开地站在门口迎候他了。桂平说，你笑什么？同学说，行了，我拿你的手机给市长打过了，市长叫我等通知。桂平急得跳了起来，你，你，你怎么——同学说，我没怎么呀，挺顺利。桂平说，你跟市长怎么说的？同学说，我当然不说我是我，我当然说我是你啦。桂平竟然没听懂，说，什么意思，什么我是你？同学说，我说，市长啊，我是改革委的桂平啊。桂平急道，市长不认得我呀，市长怎么说？同学笑道，市长怎么不认得你，市长太认得你了，市长热情地说，啊，啊，是桂平啊。后来我就说，我有个亲戚，有重要工作想当面向您汇报。桂平说，你怎么瞎说，你是我的亲戚吗？同学说，同学和亲戚，也差不多嘛，干吗这么计较。我当你的亲戚，给你丢脸了吗？桂平被噎得不轻，顿住了。那同学眉飞色舞又说，市长说了，他让秘书安排一下时间，尽快给我，啊不，不是给我，是给你答复。话音未落，桂平的手机响了，竟然真是那副市长的秘书打来的，说，改革委办公室桂主任吧，市长明天下午四点有时间，但最多只能谈半小时，五点市长有接待任务。桂平愣住了，但也知道没有回头路了，总不能告诉人家，刚才的电话不是他打的，是别人偷他的手机打的。同学怕他坏事，拼命朝他挤眉弄眼，桂平狠狠地瞪他，却拿整个事情无奈，赶紧答应了市长秘书，明天下午四点到市长办公室，谈半小时。

挂了电话，那同学大喜过望，桂平却百思不得其解，说，怎么可能，怎么可能？同学也不生气了，说，反正事情就是这样，你明天得陪我去，你放心，我不会空手的。桂平气得说，没见过你这样的。同学却高兴而去了。

同学走后，桂平把小李叫来，说，小李，我认得某副市长吗？小李被问得一头雾水，说，桂主任，什么意思？桂平说，我不记得我和他打过什么交道呀，他才当副市长不久呀。小李说是，年初人大开会时才上的，不过两三个月。桂平说，何况他又不分管我们这一块，最多有时候他坐在主席台上，我坐在台下，这是八竿子也打不着的呀。小李说，那倒是的，我也在台下看见领导坐在台上，但是哪个领导会知道台下的我呢。小李见桂平愁眉不展，又积极主动为主任分忧解难，说，桂主任，会不会从前他没当市长的时候，你们接触过，时间长了，你忘记了，但是市长记性好，没忘记。桂平说，他没当市长前，是在哪里工作的？小李说，我想想。想了一会，想起来了，说，是在水产局，他是专家，又是民主党派，正好政府换届时需要这样一个人，就选中了他，后来听说他还跟人开玩笑说，我做梦也没有想到我会当副市长哎。桂平说，水产局？那我更不可能认得了，我从来没有跟水产局打过交道。小李又想了想，说，要不然，就是另一种可能，市长不是记性好，而是记性不好，是个糊涂人，把你和别的什么人搞混了，以为你是那个人？桂平说，不可能糊涂到这样吧？小李说，也可能市长事情太多，他以为找他的人，打他手机的人，肯定是熟悉的，你想想，不熟悉不认得的人，怎么会贸然去打领导的手机呢？无论小李怎么分析，也不能让桂平解开心头之谜，等小李走了，桂平把手机拿起来看看，看到刚才市长秘书的来电号码，这是一个座机号码，估计是市长秘书的办公室电话，就忽然想到，自己连这位副市长的这位秘书姓什么也没搞清楚，只知道他是刚刚跟上市长不久的，桂平赶紧四处打听，最后才搞清了这位秘书姓什么，于是又拿起手机，手指一动，就把那秘书的电话拨了回去，那边接得也快，说，哪位？桂平说，我是改革委办公室的桂平，刚才，刚才——那秘书记性好，马上说，是桂主任啊，明天下午市长接见已经安排了，四点，还有什么问题吗？桂平支吾了一下，一时不知道该怎么说，停顿片刻后，才说，我想问一问，你今天晚上有没有时间——那秘书立刻有习惯性的过度反应，说，桂主任，不用客气。桂平想解释一下，但那秘书认定桂平是要给他请客送礼，又拒绝说，桂主任，你真的不必费心，我知道你跟市长关系不一般，市长吩咐的事，我们一定会用心办的。桂平赶紧试探说，你怎么知道我跟市长关系不一般。那秘书一笑，说，市长平时从来不接手机的，他的手机都是交给我处理的，一般都是我先接了，再请示市长接不接电话，但是今天你打来的电话，却是市长亲自接的，这还不能说明问题？桂平被问得哑口无言，只得作罢。

桂平下班回家，心里仍然慌慌的，虚虚的，老婆感觉出来了，问有什么事，桂平也说不出到底是个什么事，只能长叹几声，老婆心里就起疑，正在这时候，桂平的手机响了，桂平一看，正是那同学打来的，人都被他气疯了，哪里还肯接，就任它响去，它也就不折不挠地响个不停。老婆说，怎么不接手机，是不是我在旁边不方便接？桂平没好气说，我就不接。老婆疑心大发，伸手一抓，冲着那一头怪声道，谁呀，盯这么紧干吗呀。一听是个男声，就没了兴致，把手机往桂平手里一塞，无趣地走开了。桂平捏着手机，虽然心里一千一万个不情愿，但听得手机那头喂喂喂的叫喊，也只得重重地"嗯"了一声，说，喊个魂。正想再冲他两句，那同学却抢先道，桂平啊，明天不用麻烦你了。桂平心里一惊，一喜，还没来得及说话，那同学却又说了，明天不麻烦，不等于永远不麻烦噢。就告诉桂平，刚接到文化局的通知，上级文件刚刚到达，电玩城电玩店一律暂停，市长也没权了，审批权被省里收去了。桂平愣了半天，竟笑了起来，说，笑话笑话，这算什么事，人家市长那边已经安排了时间，难道要我通知市长，我们不去见市长了？那同学笑道，那你另外找个事情去一下吧。桂平气道说，你以后别再来找我。那同学仍然笑，说，那可不行，以后还要靠你的。桂平说，你不是说审批权被省里收去了么，我又不认得省领导。同学说，得了吧，你能认得这么多的市领导，肯定就是一个四通八达的人，省领导必定也能联系上几个的。不过现在还不到时候，情况还不明确，我马上会了解清楚的，如果省里可以松动，到时候要麻烦你帮我一起跑省政府呢。桂平差点喷出一口血来，说，我要换手机了。同学笑道，你以为穿上马甲别人就认不出你了。

第二天桂平硬找了个借口去了市长办公室，见到正襟危坐的市长，心里一慌，好像那市长早已经看穿了他的五脏六腑，忽然就觉得自己找的那借口实在说不出口来，正不知怎么才能蒙混过关，市长却笑了起来，说，你是桂平吧，改革委的办公室主任，桂主任，其实我根本就不认得你噢。桂平大惊失色，说，市长，那你怎么？市长说，嘿，说来话长——市长看了看表，说，反正我们被规定有半小时谈话时间，我就给你说说怎么回事吧——你们都知道的，我们的手机，一直是秘书代替用的，一直在他手里，我自己从来都看不到，听不到，什么也不知道，个个电话由他接，样样事情由他安排布置，听他摆布，我一点主动权也没有，一点自由也没有，因为

机关一直就是这样的，前任是这样，前任的前任也是这样，我也不好改变。停顿一下又说，你也知道，我原来是干业务的，忽然到了这个岗位，真的不怎么适应，开始一直忍耐着，一直到昨天下午，我忽然觉得自己忍不下去了，就下了一个决心，试着收回自己用手机的权力，结果，我刚让秘书把手机交给我，第一个电话就进来了，就是你的。当时秘书正站在我面前，看着我，我就让他给安排时间，我要让他知道，没有他我也一样会布置工作，事情就是这样。桂平愣了半天，以为市长在说笑话，但看上去又不像，支吾了一会，实在不知道说什么才好，好在那市长并不要听他说话，只是叹息一声，朝他摆了摆手说，不说了，不说了，今后没有这样的事情了，你也打不着我的手机了——我又把手机还给秘书了，我认输了，我玩不过它，就昨天一个下午，从你的第一个电话开始，我一共接了二十三个电话，都是求市长办事的，我的妈，我认输了。停顿了一下，末了又补一句说，唉，我也才知道，当个秘书也不容易啊，更别说你办公室主任了。桂平说，是呀，是呀，烦人呢。市长又朝他看了看，说，对了，我还没问你呢，桂主任，我并不认得你，你怎么会直接打我的手机呢？桂平也便老老实实地把事情的来龙去脉说了出来，市长听了，哈哈地笑了几声，桂平也听不出市长的笑是高兴还是不高兴。

桂平经历了这次虚惊，立刻就换了手机号码，只告知了少数亲戚朋友和工作上有来往的人，其他人一概不说，结果给自己给大家都带来很多麻烦，引来了很多埋怨。但无论出现什么情况，桂平都咬牙坚持住，他要把老手机和手机带来的烦恼彻底丢开，他要和从前的日子彻底告别，他要活回自己，他要自己掌握自己，再不要被手机所掌控。

现在手机终于安安静静地躺在办公桌上，但桂平心里却一点也不平静，百爪挠心，浑身不自在，手机不干扰他，他却去干扰手机了，过一会儿，就拿起来看看，怕错过了什么，但是什么也没有，桂平怀疑是不是手机的铃声出了问题，就调到震动，手机又死活不震动，他拿手机拨自己办公室的座机，通的，又拿办公室的座机打手机，也通的，再等，还是没有动静，就发一条短信给老婆，说，你好吗？信正常发出去了，很快老婆回信说，什么意思？也正常收到了。老婆的信似乎有点火药味。果然，回信刚到片刻，老婆的电话就追来了，说，你干什么？桂平说，奇怪了，今天大半天，居然没有一个电话和一封短信。老婆说，你才奇怪呢，老是抱怨电话多，事情多，今天难得让你歇歇，你又火烧屁股。老婆搁了电话，桂平明明知道自己的手机没问题，仍然坐不住，给一个同事打个电话说，你今天上午打过我手机吗？同事说，没有呀。又给另一朋友打个电话问，你今天上午发过短信给我吗？那人说，没有呀。

桂平守着这个死一般沉寂的新号码，不由得怀念起老号码来了，他用自己的新号码去拨老号码，听到“对不起，您拨打的电话已停机”，桂平心里一急，把小李喊了过来，责问说，你把我手机停机了？小李说，咦，桂主任，是你叫我帮你换号的呀。桂平说，我说要换号，也没有说那个号码就不要了呀，那个号码跟了我多少年了，都有感情了，你说扔就扔了？小李说，桂主任，你别急，没有扔，我帮你办的是停机留号，每月支付五元钱，这个号码还是你的，你随时可以恢复的。桂平愣了片刻，说，你怎么会想到帮我办停机留号？小李说，桂主任，我还是有预见的嘛，我就怕你想恢复嘛。桂平还想问，你凭什么觉得我想恢复。但话到嘴边，却没有问出来，连小李一个毛头小子，都把自己给看透了，真正气不过，发

狠道，我还偏不要它了，你马上给我丢掉它！小李应声说，好好好，好好好，桂主任，我就替你省了这五块钱吧。

到这天下午，情况忽然发生了很大的变化，打到他手机上的电话多起来，发来的短信也多起来，其中有许多人，桂平明明没有告诉他们换手机的事情，他们也都也打来了。桂平说，咦，奇怪了，你怎么知道我的电话。对方说，哟，你以为你是谁，知道你的电话有什么了不起的。也有人说，咦，你才奇怪呢，我凭什么不能知道你的电话？也有心眼小的，生气说，唏，怎么，后悔了，不想跟我联系了？

桂平又恢复了从前的生活，手机从早到晚忙个不停，那才是桂平的正常生活，桂平早已经适应了这样的生活，他照例不停地抱怨手机烦人，但也照例人不离机，机不离人，他只是有点奇怪，这许多人是怎么会知道他的新手机号码的。

一直到许多天以后，他才知道，原来那一天小李悄悄地替他换回了老卡。

我在哪里丢失了你

王友早就忘记了他拿到别人的第一张名片是在什么时候，什么场合，那是一个什么人，什么身份，什么模样等等，都记不得，甚至是男是女都想不起来了，没有了一丁一点的印象。后来他也曾努力地回忆过，却是徒劳。他问了问身边年纪较长的人，社会上大概是什么开始流行名片的，结果谁也说不准，有人说好像是在八十年代后期，也有人说好像更早一点，或者好像更晚上一点。其实这都无关紧要。从前谁都没见过这东西，可是自从流行起来后，发展的速度快得惊人，一下子就像漫天的大雪，飘得满地都是了。现在保姆也印名片，方便有东家请他们干活。还有一个骗子也印了名片，发给路人，是专门教人骗术的。有人说幼儿园的小朋友也互相交换名片呢。就像你走在大街上，看到扫大街的人，穿着又旧又破的工作服，一看模样就知道外地来的农民工，但他扫着扫着，掏出手机往地上一蹲就打起电话来了。这也不稀罕。所以，无论是谁掏出个名片来都是稀松平常。或者你走在街上，街面上竟然散落了好多名片，像树叶一样，不小心踩到一张，你心里正有点不过意，不小心又踩了一张。踩到人家的名片，就是踩到了一个人的名字。一个人的名字是不应该随便被人踩的，但是因为街面上的名片好多，你得小心着点，才能躲避开来。

名片也是拉动经济发展的一个重要因素，别说有些人因为给了别人一张名片，从此就交上了好运，大发其财，或者撞上艳福，即使是那些印名片的小店，五六七八个平米一间的店面，也催生了好多小老板呢。

名片多起来了，就应运而生地有了名片簿，像夹照片的相薄一样，虽然有大有小，有厚有薄，有华丽有朴素，但大致都有一个漂亮的封面，内里是塑料薄膜的小夹层，规格比照片的夹层要小，按照名片的大小量身定做，一般都是 9cmX5.5cm。如果碰到一些有个性的人设计出来的有个性的特型名片，就夹不进去了。比如超大或超长的名片，比如用其他材料做的名片，像竹片啦，布料啦，芦苇啦，就有点麻烦。但这样的人和这样的名片毕竟只是少数，少之又少。大多数人也只是在 9cmX5.5cm 的大前提下，稍有些变化，比如用的字体不是印刷体而自己的书法体，比如在名片上画些背景画，又比如只印姓名和电话而不印任何头衔职务身份，或者是在纸张的颜色上有所变化，淡绿的，粉红的，天蓝的，等等，却是万变不离其宗的。这许许多多花式花样夹在名片簿里，一打开来多少有点像相薄。打开相薄，看着一张张照片，能让人回忆起彼时彼地的情景，打开名片簿也一样能让你回想起一些往事，看到排列着的一个个的名字，你会想起那一次次的交往，有的有趣，有的无趣，有的开心，有的并不怎么开心，有的有实质性的意义，有的只是虚空

一场，但无论怎么样，这总是一段人生的经历吧。

但是如果时间太长久了，或者记性不太好，有的就记不清了，有的只能想起一个大概，有的也许全部忘记了。这是一个什么人，在什么场合给我的名片，甚至觉得完全不可能，这样一个身份的人，和自己怎么会碰到一起呢，比如一个造原子弹的和一个卖茶叶蛋的，怎么可能碰到一起交换名片呢？但名片却明明白白地夹在名片簿里，你赖也赖不掉的。一些与自己的工作和生活完全不搭界的人，就这样出现在你的名片簿里了。你下死功地想吧，推理吧，你怎么推也推不出一个相对合理的解释和可能性。可是名片它就死死地守在名片簿里，等你偶尔打开的时候，它就在那儿无声地告诉你，你忘记了历史。

王友也曾经忘记了一些历史，他丢失了他一生中接过来的第一张名片，但是在他保存的名片簿里，却是有第一张名片的。王友的名片簿是编了序号的，在每一本中，名片又是按收到的时间顺序夹藏的，那个人就夹在他的第一本名片簿第一页第一个格子里。他叫杜中天。这个人跟王友现在的生活并没有任何的关联，王友也只是在接受他的名片的时候见过他一次，后来再也没有接触过。，但是王友把他的名片留下来了，这就和被他丢了名片的人不一样了。如果王友有闲暇有兴致，可以把他的许多本名片簿拿出来，如果按照编号排序翻看翻看，第一眼，他就会看到杜中天。看到杜中天这个名字，有时他会闪过一个念头，想照这个名片上的电话试着打打看，许多年过去了，这个杜中天会不会还是老号码呢？肯定不会了，因为他们这个城市的电话号码已经从六位升到了七位，又从七位升到了八位。但是，话又说回来，每次升电话号码，都不是乱升的，都有规律，比如第一次六升七时，是在所有的电话号码前加一

个数字 5，第二次升级时，是加一个 7，所以，如果王友在杜中天的老号码前加上 7 和 5 这两个数字，能打通也是有可能的。不过王友从来没有打过这样的电话，他不会吃饱了撑着送去被人骂一声十三点有毛病。

留下杜中天的名片，是一个特殊的原因。多年前的一天，王友和一群人在饭店里吃饭。和大多数的饭局一样，他们坐下来先交换名片，这似乎已经成了一个规矩，好像不先交换名片就开吃，心里总不是很踏实，不知道吃个什么饭，也不知道坐在身边的、对面的，都是些什么人，饭局就会拘谨，会无趣，甚至会冷冷清清，酒也喝不起来。一旦交换了名片，知道某某人是什么什么，某某人又是什么什么，就热络起来了，可以张主任李处长地喊起来了，也有话题可以说起来了。当然，在这样的场合，也可能有个别人拿不出名片来。别人就说，没事没事，你拿着我的名片就行。拿不出名片的人赶紧说，抱歉抱歉，我的名片刚好发完了，下次补，下次补。其实这“下次补”也只是说说而已，谁知道还有没有下次呢。现在的饭，有许多都是吃得莫名其妙的，有的是被拉来凑数填位子的，酒量好一点的那多半是来陪酒的，也有的人有点身份地位，那必是请来摆场面的，还有专程赶来买单的或者是代替另一个什么人来赴宴的，如此等等，结果经常在一桌酒席上，各位人士之间差不多是八竿子打不着的，竟然也凑成了一桌聚了起来。有一次王友有事想请一位领导吃饭，领导很忙，约了多次总算答应了，但饭店和包间却都是领导亲自指定的，结果王友到了饭店，进包厢一看，领导还没到，倒已经来了一桌的人，互相之间一个也不认得，但他们有一个共同点，就是都认得那位领导。起先大家稍觉难堪，后来领导到了，朝大家看一圈，笑道，哈，今天只有我认得你们所有的人，给大家一一作了介绍，大家都起身离开位子出来交换名片，立刻就放松活络了，也都知道领导实在太忙，分身无术，就把毫无关系的大家伙凑到一块了。那一顿本来应该是很尴尬的饭，结果竟是热闹非凡，最后喝倒了好几个呢。

也有糊涂一点的人，喝了半天的酒，你敬我我敬你，说了半天的话，你夸我我夸你，最后也不知道那人是谁。所以，还是交换个名片方便一些，至少你看了人家的名片，知道自己是在和谁一起吃饭。没有名片的人不多，名片刚好发完的也毕竟是少数，还有个别个性比较独特的人，你们名片发来发去，我就偏没有，有也不拿出来给你们。大家也会原谅他，还会说几句好听的，比如说，名人才不需要名片呢。

王友收好名片，酒席就热热闹闹地开始了。那一天他们的宴会进行得不错，该喝的酒都喝了，该说的话都说了，想通过酒席来解决的问题也有了眉目，酒宴结束时，大家握手道别，有的甚至已经称兄道弟起来了。

大家酒足饭饱地涌出饭店，有人在前有人在后，王友走在中间，他面前有一拨人，后面也有一拨人。走了几步，王友就看到前面的一个人手里扔出一个白色的东西，飘了一两下，就落到地上。王友捡起来一看，是一张名片，名字是杜中天，正是酒席上另一位客人的名片，他也把名片给了王友，那杜中天三个字正在王友的口袋里揣着呢。王友“哟”了一声，后面的一个人就走上前来了，凑到他身边看了看，这人正是杜中天，他看到自己的名片从地上被捡起来，脸色有点尴尬，“嘿”了一声。王友顿时红了脸，赶紧上去推推前边那个人，把名片递给他说，你掉了东西。那个人回头看了看王友，也看看杜中天，天色黑黑的，看不太清，他说，不是我掉的，是我扔掉的，名片太多了，留着也没什么用。杜中天像挨了一拳，脸都歪了。王友赶紧提醒扔名片的人说，咦，你怎么忘了，这就是杜中天呀。那个人还没有领悟，说，杜中天？杜中天是谁啊？杜中天脸色铁青说，杜中天是我。从王友手里夺过名片，“撕啦撕啦”几下就把名片撕了，然后用劲朝天上一扔，撕成了碎片的名片，就像雪花一样，飘飘洒洒摇摇晃晃地落了下来。名片的碎片没有完全落地的时候，杜中天就已经消失在黑夜中，给大家留下了一个生气的背影。王友呆住了，他以为那个扔名片的人会很难堪，不料他还是那样无所谓，还笑了笑，说，噢，他是杜中天，生什么气嘛，留着他的名片有什么用嘛。这么说了还觉得说得不过瘾，又拍拍王友的肩，说，朋友，别自欺欺人啦，这名片，你今天不扔，带回去，收起来，过几个月，过半年，看你还在不在，肯定也一样扔掉了，所以嘛，何必多那番手脚，晚扔不如早扔。

王友看了看地上洒落的名片碎屑，心里有点难过，觉得有点对不住杜中天，好像当着杜中天的面扔掉杜中天名片就是他自己。在这之前，王友也扔掉过别人的名片，但他不会当场就扔掉，他会先带回家，在抽屉放一阵子，到以后抽屉里东西多了，塞不下了，整理抽屉时，就把这些没用的名片一起清理了。

自从那天晚上杜中天洒了一把碎片、留下了一个愤愤的背影以后，王友就再也没有扔掉过任何人的名片，他把杜中天的名片夹在名片簿的第一页第一格，从此以后，天长日久，他留存下了所有人给他的名片，夹满了厚厚的十几本名片簿。

王友偶尔也会去翻翻那些保留下来的名片，那多半是在书房里东西堆得越来越多越来越乱，忍受不下去，不得不整理的时候。在整理的过程中，肯定会看到许多年积累下来的许多名片。开始的时候，他还能想起一些人和一些事，后来时间越久，名片越多，就基本上都是些莫名其妙的人名和身份了。有一次他还看到一张“科奥总代理”的名片，王友怎么也想不起来，这个科奥是个什么，总代理又是什么意思，分析来分析去，总觉得是一件讲科学的事情，而王友只是一个地方志办公室的内刊编辑，跟这个科奥总代理，那是哪儿跟哪儿呀？王友拍打拍打自己的脑门子，觉得那里边塞得满满的，但该记得的东西却都找不着了。

由名片提供的方便很多，由名片引起的麻烦也一样的多。王友就碰到过这么一个人，不知在什么场合得到王友的一张名片，就三天两头打王友的手机，要求王友指点指点他正在写着的一部历史小说，他告诉王友，小说才写了个开头，想请王友看看，是不是值得写下去。王友开始还很认真负责地替他看了几页，可还没等王友发表意见，第二批稿子又来了，紧接着，第三批，第四批，接二连三地来了。王友这才发现，他哪里是才写了个开头，已经写下了一百多万字了。这是个完全没有写作能力的人，王友也不想再接触他了，这个人却没完没了不屈不挠。王友把他的电话储进自己的手机，一看到来电显示是这个人，他就不接电话。但这个人也有本事，这个电话你熟悉了，不肯接，那我就换一个你不熟悉的电话打给你，王友又上当了，如此这般斗智斗勇斗了近半年，王友实在忍不住了，跟他说，老李啊，我不是出版社的编辑，你的要求我实在无法满足你。那人说，王老师，我没有要求你帮我做什么呀，我只是请你关心关心我而已，我是一个下了岗的人，我热爱历史，热爱写作，你可能对我还不了解，要不，我再把我的经历简单地讲给你听听吧。王友只听到自己的脑袋里“轰”地一声响。

王友的脑袋还在嗡嗡作响，他的一个同事就带着一位老太太站到了他的办公桌前，同事敲着他的桌子说，王友，想什么心思呢？王友这才清醒过来，看到面前有位老太太正朝他笑呢，王友也勉勉强强地笑了一下。老太太说，你是王友吗？王友说，我是。

王友因为工作的原因，经常会和一些关心历史的人打交道，特别是一些热心的老人，他们有时候会主动找上门来，提供一些关于这个城市的往事。老人往往啰嗦絮叨，一说话半天也打不住，但这正是王友所需要的，王友就是要从这些絮语中，发现珍贵的失落的历史记忆。

可面前的这位老太太听王友说他就是王友后，却没有急着说她要说的话，而是将他上上下下打量了一番，好像不相信他是王友，怀疑说，你就是王友？你是王友吗？王友说，我是王友。老太太头微微摇着头，也不知道她是不承认王友就是王友呢，还是她要找的人不是王友。同事们在旁边笑起来，有一个同事说，老王，老太太怀疑你是假的，你把身份证给老太太看看吧。老太太眼巴巴地看着王友的手，过一会又看着他的口袋，看起来还真的要等他拿身份证呢。王友忍不住说，身份证有什么用，身份证也有假的呢。王友这么一说，老太太倒笑起来，说，好，好，我相信你，你是王友就好，我找到你了。王友说，我不认得你，你是怎么认得我的？老太太说，你不认得我，但是有一个人，你肯定认得——许有洪，许有洪你认得吧？我就是许有洪的老伴。老太太见王友发愣，又说，王友，你怎么啦？你怎么不说话？你是王友吗？王友说，我是王友，可是，可是我不记得许、许什么？许有洪？老太太说，你不记得他，可他记得你，他有你的名片，我就是按照你的名片找到你的。王友又努力地想了想，还是想不起来，只得说，真的很抱歉，发出去的名片很多，不一定都能记住，我实在想不起来——老太太说，如果你肯定是王友，你一定会记得许有洪的，这样吧，你有空到我家来一趟好吗？王友疑惑地看着老太太，老太太已经把一张名片递给他了，说，你什么时候来都可以，我一直在家。说完话，老太太拄着拐棍就走了。王友捏着那张名片，愣了半天。同事在一边笑话说，王友，你可是有丈母娘的人，怎么又来一个相女婿的。

王友看了看名片，才知道老太太给他的是她老伴许有洪的名片。名片上只印了许有洪三个字，没有头衔职务，也没有单位名称和地址，倒是印着详细的家庭地址和联系电话。王友觉得这事情有点怪异，不想多事，随手就把这张名片丢在办公室的抽屉里了。

接下来的一个双休日，王友休息在家，心里却老有什么事情搁着，不踏实，想来想去，感觉就是那个许有洪的名片在作怪。王友又后悔自己乱发名片，这个许有洪，也不知是什么时候拿到他的名片的，也不知想要干什么？为什么自己不来，要叫老太太来，他翻来覆去地回忆，也回忆不出什么来，一点点蛛丝马迹都没有，最后王友干脆想，去就去一趟吧，什么谜，什么怪，走一趟不就知道了吗？再说了，一个七老八十的老太太，即便有什么怪，她还能怪到哪里去。

星期天的下午，王友先绕到单位，从抽屉里拿了名片，按名片的地址，找到了老太太的家。一敲门，老太太像是守在那儿呢，很快就开了门，笑着对王友说，说，王友，我知道你会来的。

一进门，王友就看到墙上有一张老先生的遗照，老太太在旁边说，他就是许有洪，走了半年了。

王友仔细地看了看许有洪的照片，还是不能确定自己是不是认得他，也仍然想不起来自己在什么场合把名片给他的。他跟老太太说，我的记性太差，我发的名片也太多了，我打几个电话问问别人吧，也许他们能够记起来。老太太微微地笑了一下，指了指座机电话说，你用这个打吧。

王友打了几个电话，有朋友，有亲戚，有同事，但是没有人认得许有洪，倒是对王友的问题感觉奇怪，有的说，你干什么，这个许有洪跟你什么关系？有的说，许有洪怎么啦，他是不是股票专家啊？七扯八绕，电话打到后来，王友彻底失望了，最后的一个电话他都不想多说了，只报了许有洪三个字，对方却马上说，许有洪，许有洪怎么不认得，不就是许有洪吗？王友一激动，赶紧问，是许有洪，你认得他？对方说，不光认得，现在就在一起打麻将呢，你要跟他说话吗？王友吓了一跳，说，不对不对，许有洪半年前就去世了。他朋友“呸”了他一声，骂道，你咒谁呢？

王友挂了电话，无奈地朝老太太摇摇头，老太太却点了点头，感叹地说，唉，现在的人，忘性真大。她回头看了看墙上的遗像，说，老许啊，虽然别人不记得你，但总算有个人记得你，总算有个人来看你啦。老太太打开柜门，取出一本又小又薄的名片簿，说，王友，你看看，老许生前留下的名片很少，总共就这么多，你的名片就在里边。王友接去一看，果然他的名片夹在许有洪的名片簿里，他仔细地看了看，这还是一张比较新近的名片，因为头衔是他当了主编后的头衔了，这事情也不过才半年。自己怎么就会忘记发生不到半年的事情呢，他到底是在什么场合把自己的名片给许有洪的呢。

老太太告诉王友，许有洪去世前，把名片簿交给她，说名片簿里留下的，都是平时关系特别好的人。以后她孤身一人，有什么困难，可以找他们。凡是不够朋友的人，他都没有保留他们的名片，凡是保留下来的，一定是够朋友的好人。可是，许有洪去世后，老太太挨个给名片簿里的人打电话，却没有人记得许有洪，也有几个人，依稀记得许有洪这么个名字，但一旦问清楚了情况，得知许有洪去世了，就立刻糊涂起来，再也想不起任何关于许有洪的事情了。老太太说归说，她也知道王友并不完全相信她说的话，所以老太太又说，你不相信的话，可以打电话试试，这名片簿里边的人，你随便打哪个，看他们肯不肯来，看他们记不记得许有洪。

王友觉得很荒唐，他不可能去打那些电话，一个连他自己也不认得的人，他凭什么去责问别人认不认得他？

老太太叹了一口气，说，不打也罢，打了也是白打，没有人会来的。老太太请王友坐下，向他表示感谢，感谢他肯到她家来，肯来看一看许有洪的遗像，老太太说，这对许有洪的在天之灵，是一个安慰。

王友又下意识地看了看许有洪的遗像，许有洪笑眯眯的，确实对他很满意的样子，王友还是想跟老太太解释清楚他真的不认得许有洪，但话到嘴边，他却再也没有说出来。

老太太开始给他讲许有洪了，她说许有洪活着的时候经常说起王友，说有一次王友喝多了啤酒，尿急了，也没看清标识，一头就钻进了女厕所，正好许有洪跟在王友后面上厕所，发现后赶紧替他挡着女厕所的门，看到有女同志来，就骗她们说厕所坏了，不能用。后来王友从女厕所出来，尿畅快了，酒也醒了，还反过来责问许有洪，为什么站在女厕所门口，是不是想偷窥呢。

王友一点也不记得这件事情，就像他始终没有想起许有洪一样，但是他不再解释，也不再分辩，任由老太太去说，说到一定的时候，他还会凑上去加几句补充一下情节，比如，老太太又说了一件事，说王友有一次喝喜酒，走错了场子，走进另一对新人的婚宴了，但恰好许有洪也在参加那一对新人的婚宴，王友就以为自己走对了，坐下来吃喝完毕，到散场也没有发现自己错了。王友说，是呀，后来请我喝喜酒的朋友问我，说好了要来，结果不来，说话不算数。我觉得很冤，跟他说，我怎么没来，人太多了，我没看见你，我就把红包给你外甥了。我朋友说，瞎说，你根本就没来。我说，许有洪可以作证，许有洪和我坐一张桌子。我朋友说，许有洪是谁，我根本就不认得许有洪，我怎么会请他喝我外甥的喜酒。闹了半天，才知道是我走错了场，许有洪是吃另外一家的喜酒的。老太太听了，开心地大笑起来，说，是呀是呀，老许回来也跟我这么说的。王友觉得自己越来越进入角色，现在他什么事都记起来了，而且记得清清楚楚，连很小的细节也能说出来。

为了装得更像一点，把细节说得更真实一点，王友也有说过头的时候，有一两次就差一点露馅了。老太太给王友看了看名片簿里的另一张名片，这是一个歌舞厅老板的名片，老太太说，那一次老许认得了这个老板，老板非要给老许名片，老许不要，老板还生了气，我们家老许，是个老实人，一看人家生气了，就赶紧收下来了，回来还跟我说，这个老板，是个好人。王友听老太太说得津津乐道的，也忍不住加油添醋说，对了，我想起来了，那一次我也在场，我们和老许一起跟着这老板去唱歌，没想到老许唱歌唱和那么好，年纪那么大了，中气还那么足，整整一个晚上，老许唱了一只又一只，简直是个麦霸，嗓子都唱哑了，回来你没发现？老太太听了王友这话，开始没作声，过了一会，朝王友看看，说，王友，你是不是记错了，老许是左嗓子，唱歌跑调，他从来不唱歌的，怎么会去歌舞厅唱歌把嗓子唱哑了呢？王友赶紧圆回来说，是吗是吗，噢，是的是的，是我记错了，那不是老许，是另外一个人，我把他们搅成同一个人了。老太太笑了，说，你看看，现在你们这些年纪轻的人，记性都不如老年人。

王友一直没弄清老太太叫他来的目的，难道就是为了说一些他根本就不知道、根本没有经历过的事情？难道就是为在一张遗像面前说这些莫名其妙的事情，给遗像一点安慰？王友胡乱地应付了一阵，最后终于忍不住问老太太，是不是有人欠了许有洪的钱不还，还是有什么其他的难处？

老太太说，没有人欠钱，也没有人欠什么东西，谁也不欠谁的。王友说，那您让我来到底是——老太太摆了摆手，打断他说，谢谢你王友，谢谢你来跟我说了许多老许的事情，其实我知道，你说的都不是老许的事情，你说的都是假的。王友彻底愣住了。老太太又说，其实，我跟你说的老许的事情也是假的，你根本就不认得老许，老许也一样不认得你。王友奇怪了，指了指老许的名片簿说，那他怎么会有我的名片呢？老太太说，名片算什么，名片是最不能说明问题的，你说不是吗？

这天下午，王友从许有洪家出来，走了没多远，就看到地上有一张被扔掉的名片，他的脚步本来已经跨过去了，却又重新收了回来，弯腰把名片拣了起来，揣进口袋。

就在他把名片揣进口袋的一瞬间，他忽然明白了，夹在许有洪名片夹里的他的名片，是老太太拣来的。

王友把拣来的名片带回家，小心地夹在名片簿里。他太太看到了，说，又交结什么人啦。王友笑了笑，没有说话。

一个素不相识的陌生人，就这样来到他家，成为一分子，王友偶尔会想起他来。

他叫钱勇，一个很普通的名字，如果上网查一查，大概会有成千上万个。

我们的会场

年底前，大家都慌慌忙忙，慌的什么，忙的什么呢。都忙了一年了，还忙么？不仅还忙，那是更忙。现在生活幸福，日子好过，一年一眨眼就过去了，年初时总觉得一年的时间太充裕了，可以做很多事情，可以翻很多花样，结果还没怎么着呢，一年倒又过去了，大街小巷已经有年的味道出来了。

所以要赶紧呀，赶紧干什么呢，赶紧把年前的该做的事做掉。年前该做的事很多，其中最重要的工作就是开会，也有些会是可以挪到年后去开的，那就不必在这时候凑热闹，但有些会必须在年前开掉。这是铁定的。谁定的？不知道，能不能改革？也不知道。就这么照着走罢。

既然开会是铁定的，那就得紧锣密鼓地准备起来，何况今年这个会与往年又不同，请到了一号首长。一号首长听起来吓人，其实也还好啦，也就是上级直管部门的正职。别看这一个正职领导，下面分管的十几条线几十个单位都抢着请他到场，他到场不到场，会议的档次大不一样，结果也大不一样，不仅面子光鲜，很可能会有真金白银到手，首长听汇报的时候，一高兴了，说，这个项目好，你们打个报告来，我批。现官不如现管，所以都管他叫一号首长，或许比来一位中央首长更实惠呢。

可惜的是，正职只有一个，他也愿意每个单位都到一到，作个指示，给辛苦了一年的同志们敬个酒，哪个也不得罪，可他哪里忙得过来，他也不能分身，只能有选择地参加其中的部分会议，没被他选上的单位总是有一点失落，但也理解首长的辛苦，于是就想，今年请不动，明年加油。

黄会有家的老板比较纠结，连续三年没有请得动一号首先，别说在兄弟单位面前没面子，就是在自己家里，看到同事部下，也有点抬不起头，挺不起腰。所以今年早早地就犯起了心思，却又迟迟不敢开口，怕万一一开口被回绝，那就没有回旋的余地了。但迟迟不开口吧，样样又被别人抢了先头，首长肯定是先请先答应，你请得迟了，他的日程都安排满了，想答应你都不行了。

老板着急，一般都拿办公室主任出气，办公室主任就是个受气包，出气筒，垃圾箱，还得是个灭火器。

其实黄会有早已经替老板想好了主意，只是老板不开口，他也犯不着主动献计献策，显得自己多有谋略，像个智多星似的，盖了老板的帽可是大忌。等到老板说了这事，黄会有也没有马上就献出来，只是说再想一想，等了一天，觉得火候差不多了，就跟老板建议说，用激将法吧。老板说，什么激将法？怎么说？黄会有说，你就跟他说，他三年都不到我们单位来参加年终大会，我们的同志对他有意见，群众议论纷纷。老板一听，恼了，说，黄会有，你害我？黄会有说，只有这个办法还能一试，其他办法，试都别试。老板想了想，也认了，说，也是的，我们这种边缘单位，得不到他的重视，又想请他来，只能按你说的一试了。

这一试还真行，那首长起先一看老板的笑脸，就知道是要请他到会了，赶紧边走边摆手说，你别说了，你的会我去不了。老板追着说，知道您忙，也不想让您负担过重，可是，主要是下面的同志、群众有意见。首长一听“意见”两字，顿时站住，目光虚虚的，盯着老板看了看，说，意见？对我都有些什么意见哪？老板赶紧说，没啥别的意见，就是您三年都没有出席我们的年终大会，同志们觉得您太忙了。首长“啊哈”了一声，说，肯定不是说我太忙，是说我对你们不够重视吧——我真有三年没去你那儿了？老板说，三年，肯定是三年。首长又笑一声，说，那好吧，今年我去。又说，一会儿你就跟小陆把时间定下，这个时间，铁定就是给你的了。

老板回来到黄会有办公室，当着其他人的面，朝他点了点头，也没说话，将笑容藏在脸皮后面，走了。

黄会有就知道事情成了，顿时头皮一麻，心往下一沉，首长答应来，是给老板面子，可老板有了面子，他们干会务的，就得扒掉一层皮了。

办公室的气氛一下子紧张起来，人都像没头苍蝇似的乱转，会场还没有确定，所有的事情都无法进展，会议通知发不下去，会议议程也排不上来。所以眼前的头等大事，就是找会场。因为有首长来，会场的标准要高，又因为是全系统年终大会，人数多，这样的又要大又要好的会场一直是最抢手的，何况临近年底，这是全城热会的季节，哪有空闲的会场等着他们呢。

事情果然如此，黄会有和办公室的同志分头联系，先拣最有把握、最熟悉的饭店宾馆，果然全满，有的都排到年三十了。

熟悉的找不着，就找不熟悉的，黄会有发动群众，人人出主意，自己出不了的，回去问家属亲友，我还不相信了，偌大一个城市，连个会场都找不到？结果大家果然报来许多，有些连听也没听说过，有些也不是家属亲友提供的，而是到114查询来的。堆在黄会有面前，一大堆，黄会有分了工，大家再分头联系，又狂打一圈电话，结果出来了，四星及以下的，想都别想了，五星以及超五星的，还有一两家可以一看。

但是如果订五星超五星，会议预算就要大大超支，而不是小超支，黄会有不能擅自做主，去跟老板请示，老板说，钱重要还是人重要，你连这点都搞不清，当的什么主任。话是老板有理。可老板也有不讲理的时候，有一回老板出国，联系不上，也是人和钱的问题，黄会有擅自作了一回主，老板回来问话，却不问钱重要还是人重要，问的是你做主还是我做主。

黄会有去看会场，这是一家五星宾馆，商务型的，老外比较多，大多只开些小型商务会议商谈商谈而已，根本就没有大会场，为了接这单大生意，他们表示可以将大餐厅改成会场，一算座位，倒是可以容纳，虽然餐厅改成会场有些不伦不类，怎么看怎么不舒服，还有一股子油烟气，但好歹是可以安放了。

这里黄会有正暗自庆幸，那边经理又提出要求说，会议要在上午十一点前结束，因为下面接的是一场婚宴，十一点翻场已经够紧的了。这个条件一出来，事情又黄了，十一点那时候正是首长开始总结的时候，首长爱讲到几时便是几时，哪能跟首长限定时间，这是其一。其二，中午宾馆接了婚宴，就意味着黄会有的会议

午餐不能在这里用，难道开会和用餐还得分场地，没听说过，也不好操作，这么大的规模，转移人员就得借调多少辆大客，黄会有泄了气，想去看另一家了，嘴上却说，你们先替我们留着，我们回去汇报一下再说。那宾馆人说，汇报还要赶回去？你打个电话不就行了。但黄会有还是走了。

又到下一家，这家星级更高，连服务生都长得跟外国人似的，可级次越高越没有大会场，便使出个昏招，建议他们分会场开会，说音像设备齐全，可以接通每个分会场的电视电话，效果比开大会还好。黄会有掉头就走，赶紧又回到第一家，可就这一个小时的时间，那餐厅改成的会场就已经被人订走了。黄会有说，你们怎么不讲信用呢，我说好要回头的。那人家说，怎么是我们不讲信用呢，你连订金都没有交，我们怎么对你讲信用。

黄会有一边着急，一边等着另外两个行动小组的消息，就怕错过电话，将个手机一直紧紧攥在手里，但偏偏这一天，手机又出奇的安静，一次也没响起来，黄会有就知道事情不靠谱了，心直往下沉。

几个小组回来一碰，情况差不多，他们还欲细细汇报，黄会有不想听了，他要的是结果，没有结果的过程，听也是白听。

老板也一样啊，老板也不要过程，也是要结果，结果黄会有什么结果也没给他，他能不着急吗？一着急，老板说，黄会有啊黄会有，你本来叫个会有多好，会有会有，什么都会有的，会场也会有，但你偏偏姓个黄，什么都给你黄掉了，会场也给你黄掉了，哪里还有呢。这么一说，气氛倒是松弛了一点，大家笑了笑，黄会有说，要不我临时改个姓吧。老板说，你改姓什么呢？大家出主意，这个说，姓尤，叫尤会有。那个说，改姓惠吧，惠会有。还是黄会有更明白老板的心思，说，不如姓铁最好，铁会有，都铁定了会有，还能没有？大家虽然笑了一笑，心里的压力却没有减轻，工作还得做，会场还得找，这才是铁定的。

搞得夜里睡觉也没睡踏实，做梦也在找会场，早晨醒来的那一瞬间，想到会场还没有落实，心里“咯噔”了一下，坐起来感觉浑身都是酥软的。其实黄会有干这活也不是一天两天了，一开始就在办公室搞行政，一直干到主任，经历会议无数，找过会场无数，这一次怎么就这么揪心呢。当即在家里就给办公室的几个人打了电话，布置任务，让大家出家门就直接奔赴找会场去，免得一会儿磨蹭到单位，再碰头，再交代，再切磋，差不多半天又过去了。

他自己这一组，是小金牵的线，赶过去一看，会场倒是有，可是没有暖气，到处冷冰冰的，里边的工作人员个个穿着棉大衣，嘴里哈白气，哪像个宾馆样子。那经理跟前跟后地说，我们有暖气的，我们有暖气的。果然暖风机的声音倒是轰隆作响，巨大无比，可是打出来的却是冷气。黄会有扭头往外走，那经理跟在屁股后面还在狡辩说，这是暖气，这真的是暖气，主任你靠近出风口试试，就是暖气。黄会有说，就算是暖气也不行，你这暖气的声音，比我们首长讲话声音还响。回头朝那经理和几个服务员看了一眼，心想，还星级宾馆呢，搞得跟殡仪馆似的。

出来朝小金瞪眼，说，穷得连暖气都打不起，还接会议？小金躲闪说，我也不知道他们经营成这样。又到一处，是个体育场所，也是小金的主意，找了个全市最小的一个体育馆，可进去一看，最小也大得吓人，可坐三千人，黄会有又扭头走，那馆长说，可以用屏风隔开。黄会有也没有答他，出来就给一个哥们打电话，那哥们也是个办公室主任，这会儿肯定也在为年终的会议找会场，看能不能挪一挪，腾一腾，救他一急。

哥们一听他这话，啊哈哈一笑，说，老兄啊，我们昨天都借到动物园去啦，会场倒是合适，可是骚气薰死人啦。黄会有说，动物园怎么会有会场，他们要会场干什么？找狮子老虎狗熊开会啊？那兄弟说，两年前开全国动物大会开到他这里，借这理由拿了一块地，可地不能老空着，就建个会场，会场是假，地是真。可没想到到这节骨眼上，这会场还真派用场呢，老兄你要是不嫌骚臭，我替你联络一下。黄会有服了他，说，谢啦谢啦，我自己找吧。

后来又去了一个消防指挥中心，甚至还去了一个蔬菜大棚，一天奔波，一无所获，老板急了眼，也不开玩笑叫改姓改名了，朝黄会有说，说，明天再找不到你也不用来上班了。当着部下的面，黄会有下不来台，嘴凶说，不来最好，我求之不得呢。

嘴凶归嘴凶，可哪能为了一个会场就不干了呢。

一个会场而已，听起来是个小屁事，可到了这节骨眼上，真是人命关天啦。晚上黄会有回到家，胡乱吃了几口晚饭，就往床上一斜，老婆也不理他，自顾看电视，黄会有心头竟有点悲凉。过一会儿手机响了，听到小金急吼吼地说，主任，快看新闻综合频道，快看新闻——黄会有跳了起来，去抢了老婆手里的遥控器，调了台，看到有一个郊区的远山大酒店在做广告。小金电话又追来了，问怎么样怎么样，黄会有泄气说，就半天会议，还要跑到郊区，首长也不方便，到时候嫌远不去了，就麻烦。小金还没说话，老婆倒先说了，你看看这上面的地址，不是远郊，很近，说不定比去市里哪个宾馆还近呢。才知道老婆其实也是关心他的，心里复又暖了一暖。

急病乱投医了，黄会有当即就往这个做广告的酒店打电话，一问，果然有符合条件的会场，餐厅也有，样样具备，似乎就专等着他去开会呢。

第二天一大早黄会有就去了，路很好走，出门就上外环线，下了外环线就是，整个行程也就半个小时。地方又果然山清水秀，赏心悦目。宾馆造得别致，中西合璧，很妥帖，很有姿态，内部装修也十分养眼，既大气又典雅。黄会有不再犹豫，交了订金，就给老板打电话，老板即刻赶过来一看，十分满意，说，你看看，我一让你不干，你就干好了，牛还是要用鞭子打呀。

事情忽然就有了结果，快得让黄会有都不敢相信，但事实就是这样，事情解决了，会场找到了。

黄会有给首长秘书小陆和司机分别发了短信，告知详细线路，秘书回说，收到，放心。秘书体贴人，黄会有心头一暖。

会议那天，一早黄会有就开始和秘书保持热线联络，开始还有些担心会不会路上不顺利，毕竟是在郊区，会不会走错了道，等等，结果一切又是出乎意料的顺利，没费什么事，没绕一点路，时间掐得很准，九点差五分，首长的车到了。

老板带领全体班子成员上前迎接，黄会有在一边守着秘书，悄悄恭维说，你时间掌握得很准。秘书道，昨天来过一趟了。黄会有笑道，哦，踩过点了。才知道要想工作不出差错，应该是怎么做的，学了一招。

首长进入会场，落座，就开会了，因为快过年了，大家心情好，气氛也热烈，会场纪律也特别好，讲话发言的，内容一个比一个靠谱，水平一个比一个高。首长频频点头，表示满意。

会议顺利进行，黄会有现在是彻底放下了心思，他的任务已经圆满完成，听不听会都不重要了，他浑身松软地坐在舒适的沙发椅上，享受和体会着这个新建宾馆的高档设施，过一会，手机震动起来，他矮下身子一接，低声说，我在开会。那边“哦”了一声，挂了。一会儿又有电话来，他依然低声说，我在开会。对方说，好，我稍后打给你。几次三番后，黄会有想，就是开会的好处了，可以少接好多电话呢。

正体会着这份少有的安逸，就听到了热烈的掌声，知道首长开始讲话了。

首长也受到大家的感染，不像平时那样沉着淡定，情绪有些高昂，讲话铿锵有力，句句说在点子上。

会议掀起一个高潮。但大家知道，更高的高潮是在宴会上，除了主桌上各色人等都安排了任务，其他桌的女同志也都拣年轻美貌的早早埋伏好了，但一直不动声色，等黄有会观察到火候差不多，才开始暗示她们。

她们训练有素，不会蜂拥而上，那样太惹眼，太张扬，对首长影响不好，一个一个来，轻轻地来，像飘过来似的，过来敬首长酒，但并不要求首长喝，只是说，首长，我敬您，您随意，我干了。可首长哪能随意，说，那哪行，你干了我不干，你们要说我脱离群众啦。也干了。还不放女同志走，说，你敬了我，我不回敬，又是脱离群众，又是欺负女同志，罪加一等哦。来，我回敬你一杯，你随意，我干了。女同志哪敢随意，于是两个都干了。

如此几番，首长兴致高起来，黄会有赶紧喊服务员开酒瓶，满酒，等到又有女同志过来，首长干脆丢开了小杯，拎起酒壶，女同志笑道，首长您是令狐冲。拎壶冲过，接着又是罚点球，又是分组对抗等等。

首长下午还有一场会议，但这会儿他情绪好，兴致高，全没有下午还要去开会的样子。大家担心首长喝高了，影响了下午的会

议。连一向了解首长脾性的秘书也有点着急了。但是既然首长高兴，谁也不敢让首长扫兴。那秘书只管朝黄会有瞪眼睛，黄会有两肩一耸，感觉自己像外国人似的潇洒。

他当然潇洒啦，可下午那场会议的主办者惨啦。不过最后的结果谁也没有料到，那是皆大欢喜，到了点，谁也没有去催促首长，甚至没有人向首长提醒时间，说也奇怪，那首长说站起来就站起来了，干脆利索地笑了笑，说，你们给我的任务，我完成了，时间到啦。说罢就往外走，还有几个同志正举着酒杯打算来敬酒呢，首长笑道，留着，留着，下回吧。

大家赶紧送首长到门口，首长步履轻松矫健，面带微笑，好像根本就没有喝那么多酒，一切正常得不能再正常。黄会有跟在后面不由得赞叹，首长到底是首长，久经考验，这点小酒，这点小场面，哪在话下。

首长出大厅的门，车子已经无声地滑到门口，秘书拉开车门，首长一抬腿就上车了，车子又无声地滑走。

首长走了，老板心上一块石头才彻底放下，特意走过来拍了拍黄会有的肩，也上车走了。

黄会有留下善后，算账买单，一切手续办妥后，那宾馆经理还想拉回头客，拍黄会有马屁说，黄主任，我们这地方风景很好，不如陪你看一看？

黄会有和经理出来，放眼四周的湖光山色，不由感叹道，哎——真是个好地方。

那宾馆经理候在一侧，赶紧说，是呀是呀，我们这是深藏闺中人不识。黄会有笑道，今天倒给我们见识了一番哦，只可惜了首长和我们家老板，光顾着开会，连这么好的景色都没时间欣赏。

众人沿着山路，沐浴着暖冬的阳光和微风，慢慢地走一走，黄会有又发感叹说，青山绿水，绿水青山。经理紧扯住话题说，主任要是喜欢，就在我们这里多住几天。黄会有叹道，多是多少天呀，住几天，还是得回去呀。经理又说，要不，我们给您留一间长包房。黄会有说，我不要被老板骂死。说到个死字，忽然就一笑，说，哎，你倒启发我了，活着不能在这里住，死了住过来也挺好嘛。

知道是调侃，却没有人接话茬，因为不知道怎么接，是说他说得对呢，还是说他说得不对，只有那宾馆经理话多，赶紧又凑上前说，主任真是好眼光，我们这地方——下面的话还没出口，大家已经“哎哟”了一声，停了下来，他们已经走到了山弯处，赫然的，弯弯的路边，竖着一块巨大的路牌。

路牌上画了一个大大的箭头，箭头下面四个大字：远山公墓。

跨过这个路牌，转过这个山弯，远山公墓就一览无遗了。

山这边是一片绿，山那边是一片白。黄会有放眼望着那白花花的一大片，顿时愣住了，愣了片刻，冒出一身冷汗，惊恐地想，幸亏首长走了，幸亏老板走了，如果现在站在这里的是首长或者是老板，那岂不是完了蛋？

一起跟了来赏景的一位女同事却笑了起来，说，哟，这么大的公墓，我还是头一次见到呢。

那饶舌的宾馆经理以为大家有兴趣，赶紧上前介绍说，主任，远山公墓是本市最有规模也是规格最高的公墓，许多有头有脸的人都——黄会有奇怪说，你做宾馆的，怎么还连带推销公墓？经理高兴说，一家的，本是一家的。黄会有心有余悸地呛他说，那是，活着开会和死了休息，本来就是一条龙服务嘛。

知道自己口气有点重了，这事情本来怪不着他们，是他自己找来的嘛，于是笑了笑，口气放宽松了说，我说呢，怎么这个地方这么安静，这么和谐，空气这么清——一个“新”字没说出口，手机响了，一看是小陆秘书打来的，当下心里就一紧，赶紧问陆秘书什么事。秘书说，首长已经进下午的会场了，我抽空给你打一下，你小子有本事，搞这么个会场让我们来开会啊。黄会有心里“咯噔”了一下，一颗心一边往下沉，一边还存着一点侥幸试探说，怎么，怎么，不好吗？秘书道，好呀，背靠公墓，怎么不好啊。黄会有直冒冷汗，但仍然还有一丝丝侥幸，说，首长不知道吧？秘书说，怎么会不知道，有什么事是他不知道的。那一瞬间，黄会有感觉有什么东西“嗖”了一下，知道是灵魂出窍了，似真似幻时，忽然听到秘书笑了起来，说，黄主任，别紧张，我这会儿就是给你转达首长的意见，首长很喜欢你们今天的会场，说了，如果以后你们还在那儿开会，他争取再来。黄会有摸不着底，试探着说，是，是呀，这是五星标准的——秘书打断他说，不是标准的问题，是因为宾馆后边就是远山公墓，他父母就在那里，如果今天下午没会议，他想去看一看父母的，可惜又有会议，所以，下次吧。电话就挂断了。黄会有手里抓着手机，有些迷惑，似乎都不知道此时自己身在何处了。

小金因为处理剩余酒水之类的杂事耽搁了时间，他是最后一个追上来的，追到黄会有身边，朝庞大的公墓看了看，说，我有个同学，就葬在这里。黄会有还没从秘书的电话中回过神来，旁边那女同志却说了，小金，你同学，才几岁啊？小金有点感伤，说，是得了病，从发病到去世就没几天。又说，我一直想来看看他，一直没来，有时候夜深人静，会想起他。

那女同志说，今天倒是个机会，你要不要去看看他？宾馆经理又赶紧上前问道，你要看的这个人，在几区几排几号？小金说，我没来过，说不出来，只是听说他在这里。宾馆经理说，这好办，我陪你到公墓管理处查一查登记册。

于是到公墓管理处去翻名册，结果却没有翻到。小金说，没翻到就算了吧，也许是我记错了。可管理处的主任着了急，就不相信自己的公墓里就没有这么个周见橙，又将那名册重新翻起来，一边翻，一边念叨，张三李四王五，念得大家心里忽悠忽悠的，怕有个和自己名字一样的人躺在这里。

管理处主任这个办法还真有效，当他念到一个叫周建成的人名时，小金说，就是他吧。上前看了看名册，说，周建成——周见橙，音同的，我这同学名字比较特殊，上学的时候大家就常常搞错。

大家跟着小金去看周建成，小金赶紧说，你们不用去的，我一个人去看看就行了。再说了，也不知道到底是不是他呢。大家不说话，见黄会有跟着，就都跟着，跟到那地方，又随着小金一起，朝周建成恭恭敬敬地鞠了三个躬。

黄会有的手机又响了，对方是个大嗓门，在安静的墓地里显得特别刺耳。黄会有不由自主地压低了声音说，我是黄会有，你哪位？那边一听，立刻明白了，说，哦，你在开会，不打扰你开会，稍后再打给你吧。

图书在版编目（CIP）数据

活着，就要幸福 /（韩）法顶禅师著；柳时华编；一南昌：二十一世纪出版社，2008.12
（心灵・出口系列）
ISBN 978-7-5391-4483-2
I . 活… II . ①法… ②柳… III . 人生哲学一通俗读物 IV .B821-49
中国版本图书馆 CIP 数据核字（2008）第 147700 号

Title of the original edition:
Author: Boep Joeng
Title:May All Beings Be Happy

版权合同登记号 14-2007-121

活着，就要幸福　（韩）法顶禅师 著 柳时华 编

责任编辑 周向潮
丛书设计 明名文化
摄影作者 高 旭
出版发行 二十一世纪出版社（江西省南昌市子安路 75 号 330009）
www.21cccc.com cc21@163.net
出 版 人 张秋林
经　　销 新华书店
印　　刷 天津兴湘印务有限公司
版　　次 2019 年 4 月第 1 版第 3 次印刷
开　　本 880 × 1230mm 1/32
印　　张 7.75
字　　数 60 千
书　　号 ISBN 978-7-5391-4483-2
定　　价 28.00 元

（如发现印装质量问题，请寄本社发行部调换。服务热线：0791-86524997）